ANNALIESE AVERY

JOGOS IMORTAIS

São Paulo
2024

The Immortal Games © 2024 by Annaliese Avery
Ilustração da capa © 2023 by Tom Roberts
Ilustração do mapa © 2023 by Julia Bickham
Tradução © 2024 by Book One
Todos os direitos de tradução reservados e protegidos pela Lei 9.610 de 19/02/1998. Nenhuma parte desta publicação, sem autorização prévia por escrito da editora, poderá ser reproduzida ou transmitida sejam quais forem os meios empregados: eletrônicos, mecânicos, fotográficos, gravação ou quaisquer outros.

Coordenadora editorial:	*Francine C. Silva*
Tradução:	*Lina Machado*
Preparação:	*Tainá Fabrin*
Revisão:	*Rafael Bisoffi e Silvia Yumi FK*
Adaptação de capa:	*Francine C. Silva*
Diagramação:	*Bárbara Rodrigues*
Impressão:	*Grafilar*
Capa original:	*Tom Roberts*
Mapa original:	*Julia Bickham*

Dados Internacionais de Catalogação na Publicação (CIP)
Angélica Ilacqua CRB-8/7057

A97j	Avery, Annaeliese
	Jogos imortais / Annaeliese Avery ; tradução de Lina Machado. — São Paulo : Inside Books, 2024.
	240 p.
ISBN 978-65-85086-37-0	
Título original: *The Immortal Games*	
1. Ficção inglesa 2. Mitologia grega I. Título II. Machado, Lina	
24-1914	CDD 823

*Para Linda Rosemary Spendlove,
que certa vez me ensinou o segredo da imortalidade.*

A medida de um homem é o que ele faz com o poder.
— PLATÃO

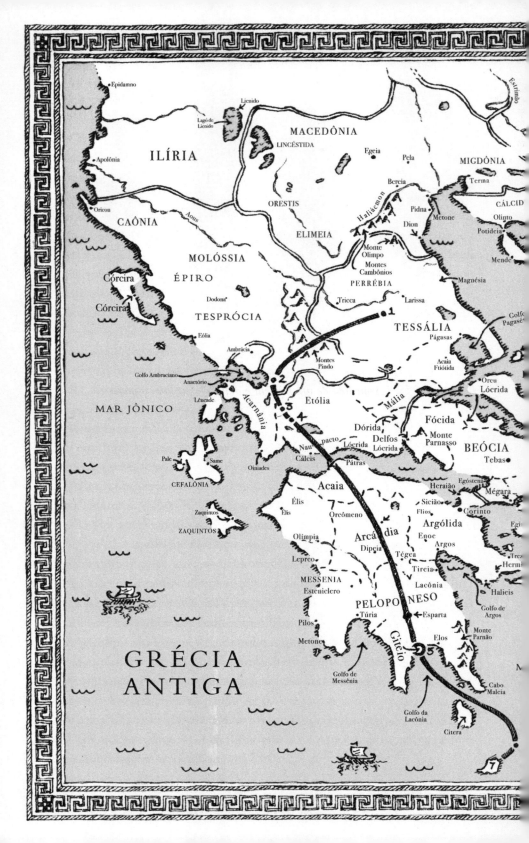

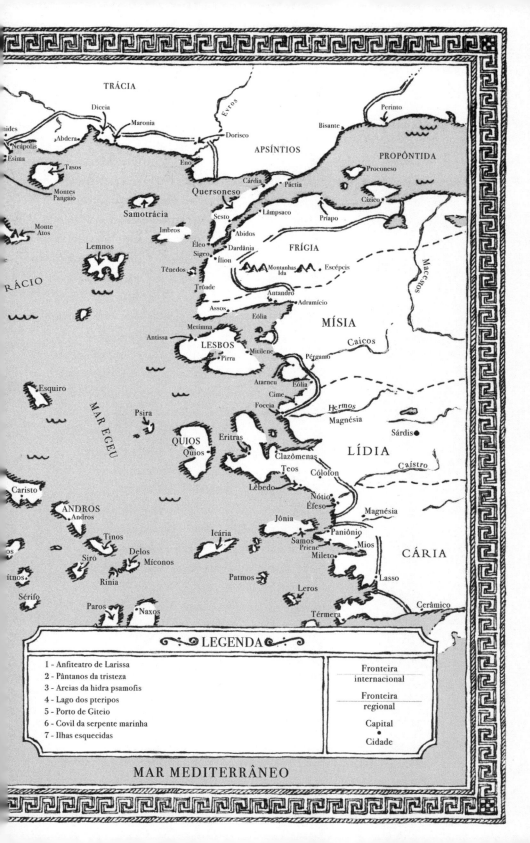

A MANHÃ DA LUA DE SANGUE

A casa está silenciosa e fria ao alvorecer, mas não tão fria e silenciosa quanto a cama ao meu lado. Olho para ela, o travesseiro intocado, o lençol ainda no lugar.

Já faz cinco anos desde a última vez que minha irmã esteve deitada ao meu lado no quarto, mas ainda prendo a respiração todas as manhãs; ainda me preparo enquanto me viro para encarar o vazio. E nesta manhã, neste dia, sinto sua ausência ainda mais intensamente que de costume.

Eu sento colocando as pernas para fora da cama; os ladrilhos de terracota são frios sob meus pés. Rapidamente tiro a camisola e a deixo cair, depois vou até a cadeira ao lado da minha cômoda e visto a túnica que está à minha espera. Nossa governanta, Ida, deve tê-la colocado ali enquanto eu dormia. Coloco o cinto de couro e logo tranço meu cabelo, amarrando-o com uma tira de couro. A pequena jarra de barro que deixei na cômoda ainda está lá, e eu a pego. Encaixa perfeitamente, a cera vermelha do selo que retém o vinho saboroso que decantei antes de dormir na noite passada. Coloco-o na dobra de minha túnica. Minhas sandálias tinham sido colocadas debaixo da cadeira; eu as pego enquanto ando na ponta dos pés até a porta e saio.

Atravesso depressa o piso de mosaicos do corredor, indo até a porta da frente. Estou prestes a girar a maçaneta quando ouço meu pai gritar.

— Ara!

Hesito por um segundo, depois entro na sala de recepção na entrada da casa. As portas da varanda estão abertas, e a luz fraca do amanhecer lança sombras acinzentadas. Meu pai se mistura a elas sentado atrás de sua mesa, uma lamparina a óleo lançando uma suave luz âmbar sobre os papéis que ele está examinando. Se há qualquer calor na luz, acaba antes de atingir seu rosto.

— Está pronta? — Ele nem olha para cima. Não preciso perguntar sobre o que ele está falando, para o que preciso estar pronta.

Um arrepio percorre meu corpo enquanto estou diante de sua mesa com as pontas dos pés descalços pressionadas no chão duro, as sandálias balançando na mão e, de repente, sinto-me como uma criança de seis anos, em vez de uma jovem de dezesseis.

— Estou pronta. Eu só ia dar uma corrida, deixar uma oferenda no templo.

Os olhos do meu pai ainda não abandonaram a papelada; pergunto-me se ele está entendendo algo de verdade, assim como me pergunto se de fato me entende.

— Muito bem, os deuses sempre recebem bem uma oferenda, e uma corrida vai mantê-la em forma. Não sei por que os instrutores insistem em declarar que o dia da Lua de Sangue é de descanso. Sem dúvida, hoje entre todos os dias, é necessário se preparar.

— Sim, pai. — O que mais posso dizer? — Vou encontrar Theron no campo de treinamento. Vamos treinar antes que comecem os preparativos, para o festival. — Estremeço ao ouvir a esperança em minha voz, a esperança de que ele me elogie, de que me note.

Vejo o rosto dele no tremular da lamparina. Os cinco anos desde que Estella foi tirada de nós me tornaram uma mulher e nosso pai, um velho. Sua barba cobre um queixo que gosta muito de vinho, e seu cabelo, antes castanho, está grisalho com as preocupações de um homem com o dobro de sua idade.

— Theron é um bom lutador, e os deuses brilham favoravelmente sobre o garoto; você pode aprender algumas coisas com ele, Ara — diz meu pai, e eu concordo rapidamente. Enfim, ergue o olhar e, quando o faz, tenho a sensação de que não está olhando para mim, mas através de mim. — É a última chance de Theron, não é? Será uma pena se os deuses não o escolherem; um jovem como ele traria orgulho para Oropusa. — Sinto uma ferroada com suas palavras. — Será um bom marido um dia, e, se os rumores sobre seu direito de primogenitura forem verdadeiros, então talvez haja algum valor nesta amizade de vocês dois. — Olha para mim neste momento, só por um instante, e sinto minhas bochechas esquentarem. Tento não pensar em Theron dessa forma e sei muito bem que meu pai só vê um elemento de valor em mim.

Ele volta a olhar para seus papéis, e eu fico parada no silêncio da sala, esperando. O nada me envolve enquanto estou no centro dele. Lembro-me de relaxar, de me render. Vivo nas sombras desde o dia em que Estella morreu. Eu devia estar acostumada a elas a essa altura e, na maior parte do tempo estou, mas hoje... hoje pensei que seria diferente, e aquela pequena centelha de esperança me queima quando a sinto esmorecer e morrer.

Meu pai não fala nada, então eu também não. Afasto-me dele, do pequeno feixe de luz no cômodo e volto para o corredor. Fecho a porta da casa atrás de mim, sem fazer barulho, e paro no ar da manhã inspirando fundo. Encho meus pulmões com a manhã e seguro até que arda e pequenas estrelas apareçam no amanhecer. Então solto o ar e respiro normalmente enquanto calço as sandálias e começo a correr.

Começo a correr; nos primeiros momentos meu corpo se sente bem porque ainda não percebeu o que está acontecendo. Mas logo percebe. Eu persisto, instando meus membros a continuar, a manter o ritmo intenso. Sinto energia fluindo pelo meu corpo e me sinto viva enquanto os campos passam velozes ao meu lado; o solo e as colheitas — um cinza opaco no alvorecer do dia. Mas o verde surge aos poucos à medida que corro em direção à linha de árvores que margeia o campo e cria uma barreira natural ao redor dos campos cultivados e do riacho que torna as terras de meu pai tão ricas e férteis.

Os dedos de Apolo se estendem pelo firmamento, gavinhas rosadas buscando o azul crescente dos céus, e observo uma grande águia planando lentamente lá no alto, um dos sinais de Zeus. Eu me pergunto se ele está me observando. Espero que sim.

Diminuo a velocidade naturalmente conforme me aproximo do riacho e corro ao longo da margem ondulante, meus passos irregulares enquanto ando entre as rochas e a vegetação. As árvores altas bloqueiam o nascer do sol, e a frescura dos seus galhos é bem-vinda enquanto o suor escorre pelo meu corpo, deixando a minha túnica úmida.

O riacho deságua em uma piscina onde paro, ajoelhando-me para colocar as mãos em concha na água gelada e fresca, criando ondulações na superfície enquanto lavo o rosto. Gotas caem do meu queixo na piscina. Fico aqui e a encaro igual a Narciso. Vejo-me refletida, mas ao contrário dele, não fico encantada pelo que vejo. Refletidas estão todas as partes de mim que eu compartilhava com Estella e todas as partes que não compartilhava. Nossas bochechas e queixo eram iguais, mas meu nariz é só meu, mais largo e redondo na ponta. O dela era perfeitamente reto e pequeno, e seus olhos eram delicados e bem desenhados, do marrom suave de um velho carvalho. Meus olhos sempre foram grandes demais para o meu rosto, mas sempre gostei da cor, um rico castanho que me lembra o outono.

Estella também nunca teve uma cicatriz na bochecha como eu. Passo os dedos pela fina linha branca prateada que nunca é tocada pelo sol. Parece nítida e brilhante contra a minha pele no reflexo e é um pouco elevada sob a ponta dos meus dedos. Eu a ganhei na minha primeira semana de treinamento, poucos dias depois de Estella ter sido assassinada pelos deuses.

Meu pai é um homem estoico; ele sabe que o treinamento não me manterá a salvo, mas talvez me dê uma chance, algo que ele não tinha pensado em dar a Estella. Minha mãe já estava derrotada e fora do alcance das minhas lágrimas de protesto naquela época.

Não houve período de adaptação. Os instrutores não eram pagos para serem gentis. Eram duros conosco para que nos tornássemos duros. Nos últimos cinco anos, tornei-me tão inflexível quanto o mármore do templo que abriga o corpo de minha falecida irmã.

Lembro-me daquele primeiro dia. Estávamos atravessando um campo cheio de obstáculos, eu e as outras crianças cujos pais levavam a Lua de Sangue e suas ameaças a sério. Naquela época eu não conseguia correr sem ficar sem fôlego ou tropeçar. Tropecei e caí atravessando o campo de treinamento e, quando cheguei nos obstáculos, mal consegui erguer meu corpo para passar por eles. Caí no primeiro, uma simples trave de equilíbrio feita de um tronco derrubado. Posso dar uma cambalhota por cima daquele tronco agora e sobre todos os outros. Mas naquele tempo meu equilíbrio e minha força abdominal eram inexistentes. Sangue escorria pela minha bochecha, pingando do meu queixo, misturando-se às lágrimas, mas não parei. Eu era teimosa mesmo naquela época. Meus músculos ardiam e meu corpo doía, chorei durante todo o percurso, mas ainda assim não parei. Eu pensava em Estella. Pensei em como ela não estava pronta quando os deuses a escolheram para participar de seu Jogo. Sabia que eu estaria: eu estaria preparada, e seria forte, e estaria pronta para eles, pronta para Zeus.

O impensável tinha acontecido comigo e com minha família. Estella tinha sido escolhida para participar dos Jogos Imortais e nunca mais voltou para nós, nem inteira, nem viva. E, tal como meu pai, eu não estava disposta a deixar as Tecelãs do Destino tomarem suas decisões sem que eu tivesse tomado a minha também.

Sempre especulam por que os jogos acontecem. Alguns dizem que é para homenagear os mais fortes entre nós, e o fato de os vencedores e sobreviventes depois serem tratados como semideuses sugere que isso possa ser verdade. Contudo, outros dizem que é a maneira de os deuses nos controlarem, de deixarem claro para nós que podem levar qualquer pessoa que escolherem a qualquer momento.

Antes de Estella ser escolhida na noite da Lua de Sangue, havia apenas algumas poucas crianças em nossa aldeia que eram enviadas pelas famílias para treinar. Já fazia tanto tempo desde que os deuses tinham escolhido um Token de Oropusa que tínhamos nos esquecido de temer o eclipse lunar e a possibilidade de que os deuses estivessem não apenas nos observando, mas também andando em nosso meio, prontos para levar um de nós quando a lua ficasse vermelha. Este foi um erro corrigido logo, porém, também esquecido logo.

Conforme os anos passaram e as Luas de Sangue iam e vinham sem que nenhuma das outras crianças fosse escolhida pelos deuses, a ansiedade diminuía, não para todos — não para mim ou para a minha família —, mas o bastante para que cada vez menos crianças fossem enviadas para treinar agora.

Em geral, os instrutores nos treinam desde o início da manhã até o pôr do sol, às vezes, até mais tarde. Alguns dos treinandos têm tarefas, compromissos a cumprir e treinam entre eles. Sou considerada uma das sortudas — toda a minha vida é dedicada ao treino. Todos os dias eu levanto, treino, como, durmo, repito, e tudo para que eu tenha maiores chances de sobreviver, para que, caso seja escolhida, tenha chance de me defender.

Levanto da margem do riacho, espanando a terra seca das mãos enquanto começo a caminhar pela manhã em direção aos campos de treinamento. Duvido que algum dos outros esteja lá, exceto Theron. Theron sempre esteve lá; estivera lá antes de Estella ser escolhida pelos deuses, treinando todos os dias, na esperança de se destacar e ser selecionado.

A mãe de Theron é uma mulher linda, a mais bela de Oropusa. Dizem que a própria Afrodite a abençoou no nascimento, e que ela tinha sido cortejada e seduzida por um rei. O rei então se recusou a se casar com ela e a expulsou de seu reino com Theron no ventre. Theron definitivamente tinha herdado a bênção da mãe, e a maneira como ele é sempre tão seguro de si faz com que eu acredite nos rumores sobre seu direito de primogenitura real. Ele e eu somos parecidos em um aspecto — ambos queremos chamar a atenção dos deuses. Para ele, ser selecionado para os jogos é uma forma de provar seu valor ao pai ausente, enquanto para mim, ser selecionada é uma oportunidade de vingar minha irmã.

No entanto, diferente de Theron, esta noite não é minha última Lua de Sangue. Ainda tenho mais duas chances de ser honrada pelos deuses.

Solto um bufo quando o pensamento passa pela minha cabeça e sinto o cheiro de algo doce e leve. Seguindo o odor, logo encontro um emaranhado de peônias selvagens fazendo assomar seus caules através da vegetação maciça dos arbustos que margeiam o rio.

Paro e inspiro seu aroma, depois, fecho os dedos ao redor do caule de uma das flores lindas, arrancando-a.

Coloco-a delicadamente nas dobras da minha túnica, no lado oposto à oferenda a Zeus no meu corpo.

AS OFERENDAS AOS DEUSES

Consigo ver Theron nos campos de treinamento. De costas para mim e com uma espada cega na mão, ele está enfrentando inimigos de madeira, o metal ressoando contra os postes, seus grunhidos de esforço flutuando até mim na brisa suave. Esgueirando-me para as sombras do templo antes que ele note minha presença, observo perto de uma coluna enquanto ele move o corpo sem esforço, os ombros retos e os pés firmes, os braços se flexionando a cada golpe. Ele é forte, mais forte que eu, mas sou veloz e ágil.

Sorrio ao pensar nas poucas ocasiões em que consegui derrotá-lo no treinamento. Sempre me pega de surpresa, mas tento não deixar transparecer. Ele sempre me diz que me deixou ganhar daquela vez, mas as vezes que ele me deixa ganhar têm ficado cada vez mais frequentes ultimamente. Ele faz uma pausa e passa a mão pelo cabelo castanho claro e, como se pudesse sentir que estou observando, vira-se em direção ao templo. Rapidamente pressiono minhas costas contra a coluna e o imagino semicerrando os olhos na minha direção, erguendo a mão para protegê-los enquanto o olhar interrogativo que conheço tão bem cruza seu rosto.

O Templo do Zodíaco tem doze lados, seguindo a tradição, cada um representando uma das casas do zodíaco. Dou a volta no templo, afastando-me de Theron, e paro quando chego ao pilar retorcido decorado com escorpiões correndo. Dois pilares sustentam esta parte do telhado em leque. No vértice triangular do telhado está inscrita a palavra Escorpião e acima dela a constelação do meu signo esculpida na pedra. Subindo os degraus, entro na câmara triangular. Meus olhos são atraídos, como sempre, pelo piso de mosaico. Um escorpião, salpicado com azulejos brancos para marcar as estrelas da constelação, repousa sobre um fundo azul profundo. Pequenos nichos estão esculpidos nas paredes curvas, a maioria já ocupada por oferendas aos deuses. Quando a noite chegar, as oferendas sairão da câmara e descerão pelos degraus.

Minhas sandálias escorregam nas pedras lisas conforme me aproximo do arco que leva ao centro do templo. Faço uma pausa no caminho e coloco a mão no meu bolso direito. A garrafa de oferenda feita de argila, selada com cera vermelha, está quente em minha mão. Rabisquei meu nome na garrafa e ao lado o nome do deus pelo qual espero ser escolhida. Eu a seguro apertada, meus dedos agarrando com força a argila queimada.

Ao colocar a oferenda em um dos nichos da parede, declaro em voz alta.

— Ouça-me, Zeus, deus de todos os deuses. Coloco-me em sua presença, uma serva humilde, e um Token digno, pronta para ser escolhida, pronta para jogar e vencer.

Há muito tempo acredito que os deuses não são capazes de saber os pensamentos íntimos dos mortais — se fossem, eu teria sido morta na noite em que a minha irmã foi devolvida —, e, enquanto estou no templo e invoco o mais poderoso de todos os deuses, fico contente por essa pequena proteção. Feliz por minhas intenções permanecerem escondidas de todos, exceto de mim.

Pergunto-me se minha oferenda é suficiente para chamar a atenção dele, pergunto-me se *eu sou* suficiente, e um arrepio percorre meu corpo: *e se eu for?*

Sigo adiante passando sob o arco e entro no salão circular interno. Ao meio-dia a luz brilhará diretamente atravessando o óculo no telhado, espalhando-se pelo espaço até a cripta abaixo. Mas o sol ainda não está alto o bastante, sendo assim, pego uma vela na lateral da câmara e acendo-a em uma das oferendas já acesas, depois desço os degraus curvos de pedra no centro do espaço.

A cripta é fria. Estremeço quando minhas sandálias esmagam a areia e a terra sob meus pés. Há cinco sarcófagos aqui embaixo, o local de descanso dos habitantes de Oropusa que haviam sido selecionados pelos deuses, ao longo dos anos, para serem seus Tokens nos Jogos Imortais. Cinco adolescentes, quatro não foram vencedores, mas uma foi: ela conseguiu viver até uma idade avançada, morrendo quando eu tinha seis anos. Lembro-me das celebrações que foram realizadas quando o corpo dela foi enterrado no templo com os outros Tokens.

Não houve nada parecido quando Estella foi depositada aqui, seu enterro foi um evento lúgubre, realizado na escuridão com as estrelas do zodíaco zelando por ela. Minha mãe desabou nos degraus que levavam à entrada de Gêmeos no templo, e Ida ficou com ela, encorajando-me a acompanhar meu pai até a cripta. Lembro-me de caminhar pelo chão de mosaico, com os gêmeos me encarando. Eu conhecia a história da perda de Castor e por que seu irmão sacrificou sua divindade por ele. Eu não sabia então, mas agora, diante do sarcófago de Estella, entendo que fiz com alegria o mesmo sacrifício; minha vida daquele momento até agora foi dedicada a buscar a chance de honrar minha irmã.

O sarcófago dela é esculpido em pedra e no topo está a imagem fria e dura de minha irmã em mármore, que dizem ter sido fornecida pelos deuses e produzida pelo próprio Hefesto. A imagem sempre me surpreende. Tem exatamente a mesma aparência que Estella tinha na manhã em que foi selecionada, uma cópia perfeita preservada em pedra para a eternidade. Ela era tão linda, a menina mais bela de toda Oropusa, era o que todos falavam. Os deuses obviamente pensaram o mesmo; quando ela foi levada, alguns disseram que foi em homenagem à sua beleza, e não posso deixar de pensar o mesmo enquanto observo seu lindo rosto. Passo um dedo por um cacho de cabelo rígido e branco de mármore, antes tão macio e escuro, com aroma de rosas. Lembro-me do pequeno e caloroso sorriso que dançava em seus lábios, um sorriso que tinha desaparecido quando ela voltou para nós.

Do bolso esquerdo da túnica tiro a flor macia da trilha no rio. Colocando-a aos pés de Estella, leio mais uma vez a inscrição abaixo: "Estella, Token de Zeus".

Vou fazê-lo pagar pelo que fez a você, digo a ela em meu coração, mas não em voz alta. Se os deuses estiverem observando e escutando, meus planos permanecerão fora do alcance deles, mesmo que eu não esteja.

O DEUS DO DESCONHECIDO

Hades está parado na escadaria que leva do submundo até o Monte Olimpo.

— Você não pode vir comigo — diz a Cérbero, acariciando uma das cabeças do cão. Cérbero olha para ele, um rosto esperançoso, um tristonho, e o outro desviando o olhar, fingindo desinteresse na partida de seu jovem mestre.

— É bem melhor que você fique aqui — afirma Hades, e está falando sério. Cérbero começa a lambê-lo, enquanto outro rosto empurra a outra mão em busca de carinho.

Hades se agacha, as dobras de suas longas vestes escuras amontoando-se ao redor de seus pés, e acaricia Cérbero, beijando cada uma de suas três cabeças.

— Eu volto logo. — Hades sorri. — Vamos, volte para casa. — Ele se levanta, mas o cão fica ao pé da escadaria, apoiando uma cabeça no degrau mais baixo com um suspiro, enquanto outra encara Hades com grandes olhos cheios de chamas.

Hades começa a andar. A subida é longa, e ele já está atrasado.

Cérbero abana o rabo, batendo-o no chão, o som tomando todo o submundo. O deus dos mortos olha brevemente por cima do ombro, depois se vira e continua a subir.

O Olimpo, a morada de seu irmão Zeus, está muito acima dele. Ele tem a longa subida a fim de se preparar para a pompa, para a política, para os caprichos patéticos de sua família divina. Ele fará como sempre faz durante os jogos: escolherá seu Token, o ajudará da forma que sua consciência permitir e então cuidará de todos os Tokens que falharem na missão e acabarem em seu reino. É o que acontece toda vez que os deuses realizam os Jogos Imortais. Até mesmo para Hades, a convocação irregular da Lua de Sangue parece um capricho dos deuses, embora ele saiba que há um ritmo cósmico por trás dela, um padrão no firmamento forjado por deuses mais velhos que ele, deuses há muito esquecidos.

Hades passa a mão pelo cabelo preto como a noite e, à medida que sobe mais alto, começa a estreitar os olhos sob a luz radiante do Olimpo. O próprio edifício parece emitir um brilho tão diferente do existente na terra mortal. Diferente, também, do fulgor dourado dos céus nos Campos Elísios — a ilha abençoada nas profundezas do submundo, para onde todos os espíritos considerados dignos são enviados para passar suas vidas após a morte, esquecendo pouco a pouco que algum dia estiveram de fato vivos.

A luz do Olimpo é brilhante demais, branca e artificial demais para que Hades se sinta confortável. Não possui um único ponto de fulgor radiante; em vez disso, sai de todos os lugares, irradiando tudo o que toca, até mesmo ele.

Sua pele pálida parece quase translúcida sob esta luz, e seu cabelo preto é quase tão escuro quanto algumas das motivações dos deuses. Ele se prepara enquanto continua a subir, a segurança e a calma que a escuridão do submundo lhe proporcionam sendo pouco a pouco substituídas por apreensão e preocupação. Isso acontece toda vez que ele é convocado para participar dos jogos.

Eles são minha família. Tenta lembrar a si mesmo, mas agora tem muito pouco em comum com eles e, ao longo das eras, cada vez menos respeita ou gosta deles. Ele se repreende — está sendo cruel —, alguns deles não são de todo ruim.

Hades entra despercebido na grande morada dos deuses. Ele tem um dom para ser discreto e gosta disso. Mantém distância do grupo de deuses reunidos no meio do vasto salão, o salão de onde vão jogar. Além dos pilares que sustentam o telhado, não há nada senão o céu aberto e, muito abaixo, o reino dos mortais. Ao redor do salão, há doze lajes de mármore repousando em pedestais, circundando uma grande mesa central na qual está representado o mundo dos mortais. O mármore derretido da mesa muda ao comando dos

Deuses; montanhas e cidades surgem em um instante, refletindo as terras que lhes interessam, apenas para serem substituídas com um aceno de mão. É aqui que os deuses vão jogar — movendo as peças, lançando os dados. Todas as ações tomadas na mesa influenciarão o mundo dos mortais abaixo.

Hades fica tão imóvel e silencioso quanto o pilar no qual se apoia indiferentemente e observa enquanto a linda Hera se aproxima do tabuleiro de jogo. Ela sorri para Poseidon, que move a mão acima do tabuleiro. Ele ondula com as ondas do oceano, uma cadeia de ilhas erguendo-se a partir do pico. Poseidon se inclina perto de uma das ilhas menores, e ela aumenta e se expande para cobrir o tampo, a linha da costa é ampliada e nela um grupo de homens e mulheres pescam no mar, seus barcos balançando no mármore em movimento exatamente como fazem nas ondas azul safira na Terra.

Hera se aproxima de Poseidon, ela fala, e ele aponta para a mesa, então ela toca levemente seu braço enquanto ri de algum comentário dele. Ela olha ao redor, sem dúvida verificando onde está o marido, mas Zeus ainda não chegou. Ela abaixa a mão, mas continua a conversa particular.

Hades suspira, sua respiração carregando o peso de um último desejo antes da sepultura. A tensão entre seus irmãos, Poseidon e Zeus, sempre foi óbvia para Hades e, sem dúvida, para Hera também. Ela a utiliza a seu favor quando pode; o poder de um deus não é ilimitado e, às vezes, é necessário um pouco de criatividade.

Faz tempo que Hades deixou de se alinhar às ambições dos irmãos. Muitas vezes parece que apenas ele se recorda da última guerra travada contra os Titãs, contra o pai deles. E, mesmo agora, Hades ainda está lidando com as repercussões de suas ações.

Aproxima-se do grupo, erguendo uma taça de ambrosia e bebendo seu doce néctar, embora não ajude em nada a afastar o gosto amargo de sua boca.

Prontamente se juntou a Zeus quando o irmão convocou todos à batalha; com prazer, colocou sua armadura, pegou seu elmo de escuridão e preparou seu bidente[1] flamejante. Hades era tão culpado pelo rumo das coisas quanto qualquer outro deus, talvez até mais.

---

[1] Artefato de dois dentes. Na mitologia grega, o bidente é uma arma associada a Hades. (N. E.)

Suspira mais uma vez ao pensar na destruição, no padrão contínuo de destruição que parece tão familiar e fácil para sua família.

Esta noite, a lua vai sangrar... e então, pouco depois, os Tokens também.

OS CAMPOS DE TREINAMENTO

Estreito os olhos quando saio do templo, levantando a mão para protegê-los enquanto se ajustam à luz; Apolo tinha avançado um pouco mais em seu trajeto. Theron não está mais nos postes de madeira. Está sentado nos degraus, dois pilares abaixo, fazendo sua própria oferenda às estrelas de Capricórnio.

Desço as escadas e vou em direção ao campo de treinamento. Theron não fala nada quando se junta a mim, seguindo o ritmo dos meus passos conforme nos aproximamos do ringue de treino.

— Espadas ou bastões? — pergunta, conforme nos aproximamos do círculo de areia fina.

— Espadas — respondo. — Afinal, é uma ocasião especial.

Ele ri e me dá um grande sorriso, mas sua risada é vazia, e seu sorriso fica em desacordo com seus olhos. Eu o conheço bem o bastante para enxergar por trás de sua bravata; sei o que está em jogo para ele esta noite.

Pego uma espada, sinto seu peso e então pego um escudo.

— Ah, hoje não é um jogo! — comenta, pegando um escudo também.

— Só os deuses jogam hoje — respondo.

Assumimos nossas posições no círculo de treinamento. Eu planto meus pés do jeito que os instrutores me ensinaram e relaxo meus músculos, deixando meus membros se estenderem e se alongarem sob o peso da espada e do escudo antes de erguê-los.

Espero que Theron me ataque. Ele sempre faz o primeiro movimento, incapaz de ficar parado por muito tempo, não querendo existir naquele espaço de antecipação concentrada. Sei pela queda de seu ombro direito de que lado ele vai golpear com a espada e movo a minha para bloqueá-lo enquanto ele se afasta e move o pé. Sei seu próximo movimento antes que ele o faça e o bloqueio mais uma vez, agora com meu escudo, enquanto viro minha espada e o golpeio no antebraço.

As espadas são cegas, mas ele ficará com um hematoma.

— Calma, Ara, não quero estar com uma contusão esta noite — comenta, dando um passo para trás e balançando o braço.

— Você sabe que não há como se conter com espadas — respondo com um olhar astuto, enquanto repito as palavras dos instrutores: "Libere o poder da lâmina".

— Eu deveria ter insistido para usarmos bastões! — diz Theron, com o bom humor de volta em seu rosto enquanto dá uma última sacudida no braço.

Espero pacientemente que ele se mova de novo, golpeando à direita. Desenvolvemos um ritmo agora — espadas, escudos, inclina, golpeia, vira. Chego perto o bastante para enganchar minha perna na dele e puxo-a para que ele se desequilibre. Ao cair, usa o próprio escudo para prender o meu e me faz cair em cima dele. O ar sai dele em um grande bufar enquanto ele fica imprensado entre a terra e nossos escudos, que estão firmemente pressionados abaixo de mim. Eu rolo me afastando dele e levanto, enquanto ele fica parado por um momento. Ofereço minha mão e ele a agarra, mas apenas para me puxar para baixo novamente.

— Não vale. — Dou um soco no ombro dele, não com força, mas ele finge estar machucado.

Ele olha para mim, da mesma forma que fez alguns dias atrás, quando estava chovendo, e os instrutores nos mandaram correr. Nós acabamos sozinhos. Da mesma forma que naquele momento, eu me sinto me inclinando em direção a ele. Mas então paro; tal como com a luta com espadas, posso esperar. Espero que ele atravesse a distância entre nós, que ataque primeiro, porém, em vez disso, ele morde o lábio e sacode a cabeça antes de repousá-la de novo no chão.

Eu o empurro e me sento, nossos escudos e espadas largados ao nosso redor.

— O que acha que será a missão? — pergunta de repente.

É uma pergunta que ele faz a cada Lua de Sangue e geralmente leva a uma longa discussão enquanto especulamos sobre qual Deus pode estar encarregado de definir a missão desses Jogos Imortais específicos e quais provações os doze Tokens escolhidos enfrentarão ao longo do caminho. Mas este ano eu apenas dou de ombros.

— Importa? São todos iguais, na verdade, todos projetados para entreter os deuses e nos testar até a destruição. Acho que é melhor se preparar para o pior, e o que é o pior? — Dou de ombros de novo. — Para nós, provavelmente, é que não seremos escolhidos.

Theron balança a cabeça de um lado para o outro e tem um sorriso largo e presunçoso nos lábios.

—Talvez você não seja, mas é agora; posso sentir. Esta noite, serei escolhido como Token. — Sua voz está inexpressiva e séria.

Levanto, apoiando as mãos nos quadris e o encaro.

— É mesmo? Como você sabe?

Ele abaixa a mão conforme minha sombra se projeta sobre ele, bloqueando o brilho do sol e o céu radiante e sem nuvens. Ele dá de ombros.

— Eu só sei. Tenho sentido há alguns dias e esta manhã acordei sabendo.

— Sabendo ou esperando? — pergunto, enquanto tento avaliar como me sinto. Nervosa, é óbvio, determinada e ansiosa, mas aquele olhar de segurança no rosto de Theron... eu definitivamente não sinto o mesmo.

— Eu sei — declara, apoiando-se nos cotovelos e olhando direto para mim com aquela intensidade mais uma vez. — Esta noite é a última Lua de Sangue antes de eu completar dezenove anos. Eles demoraram, mas vou ter a chance de provar meu valor para todos, para meu pai. — Desvia o olhar. Sento-me de novo, perto dele, seu longo corpo ainda esticado na terra, enquanto ele olha para mim.

Em todas as outras Luas de Sangue que enfrentamos juntos, ele nunca falou desse jeito — com esperança, sim, mas não com certeza. Tento me lembrar da manhã em que Estella foi escolhida e me pergunto se ela se sentiu diferente, se sabia que seria escolhida. Caso sim, ela não falou nada.

— Mas *como* você sabe? — questiono, minha voz alta. Preciso saber como é; preciso entender por que não sinto o mesmo que ele.

Ele sorri para mim.

— Eu apenas sei, Ara. Sinto-me calmo e preparado e... não consigo explicar, apenas sei do fundo do meu ser, do fundo do meu espírito. Como se eu tivesse sido convocado.

— Tem certeza de que isso não tem nada a ver com você ter batido a cabeça agora há pouco, quando eu te derrubei sobre seu traseiro? — Pergunto.

Ele sorri e se senta, entrelaçando os dedos nos meus, e sinto um arrepio de excitação percorrer as pontas dos meus dedos e subir pelo braço.

— Tudo ficará bem. Eu ficarei bem — murmura ele como um mantra.

— Bem, sim, eu sei disso. — Parece decepcionado, e percebo que achou que minhas perguntas eram causadas pela preocupação em vez de curiosidade. —Você tem treinado com os melhores — acrescento, levantando um pouco as sobrancelhas, e ele volta a sorrir do seu jeito descontraído.

Em seguida, ele está me observando, e isso me deixa nervosa e animada ao mesmo tempo. Como se eu estivesse presa naquele longo momento de expectativa — e pela primeira vez entendo o que Theron deve sentir quando estamos treinando, quando é tão dominado pela tensão que precisa se mover.

Eu me levanto.

— Vejo você hoje à noite — digo por cima do ombro enquanto saio correndo do campo de treinamento. Não preciso olhar para trás para saber que ele está correndo atrás de mim, mas sou mais rápida que ele.

Eu o ouço parar e olho para trás para vê-lo sacudir a cabeça com um sorriso e gritar:

— Hoje à noite!

Continuo correndo e não paro até chegar ao riacho.

— Era para ser eu! Você deveria me escolher! — grito para o céu.

Começo a chorar nesse momento, com grandes soluços, ao perceber que minhas chances estão diminuindo. Se Theron estiver certo, provavelmente o perderei da mesma forma que perdi Estella. Então, talvez em breve eu tenha duas vidas para vingar e outro deus para matar.

A PREPARAÇÃO

A água está fria quando finalmente entro nela. Estremeço antes de me recompor, dobrando os joelhos e deixando as costas deslizarem pelo metal frio da pequena banheira enquanto mergulho a cabeça.

Abrindo os olhos, olho através da superfície distorcida; o óleo de lavanda permanece acima dela numa película de cores. Conto enquanto prendo a respiração. Embora eu possa sentir as pequenas protuberâncias na minha pele, permaneço debaixo d'água. Quando minha visão começa a ficar turva e pequenas estrelas correm em minha direção, quando tenho dificuldade de lembrar qual número vem em seguida e meus pulmões começam a arder, resisto à vontade de me sentar.

Mais dois, digo a mim mesma e conto um devagar, dois e depois subo pela água, respirando desesperadamente enquanto minha cabeça rompe a superfície. O óleo cobriu minha pele e pequenas gotas de água escorrem de mim como se eu fosse impermeável.

São necessárias três inspirações profundas antes que minha respiração volte ao normal; aprendi da maneira mais difícil que a recuperação é quase tão importante quanto ser capaz de se esforçar. Ter certeza de que é capaz de levantar e correr, se necessário, pode ser a diferença entre a vitória e o fracasso, ou a vida e a morte nos Jogos Imortais.

Penso em mergulhar mais uma vez na água gelada, mas percebo que já deveria estar vestida e a caminho do templo.

Pego o pano e o sabonete com aroma de rosas e começo a esfregar a sujeira da pele que o óleo cobriu. Depois esfrego o sabonete entre as mãos e espalho a espuma no cabelo.

Lembro-me de como Estella massageava meu cabelo enquanto o lavava, depois escovava e enrolava para mim — trançando e prendendo-o no lugar. Ela era um ano mais nova do que eu sou agora quando disputou os jogos. Eu a admirava tanto e ela me guiava tão bem. Quando ela se foi, deixei de seguir o caminho que ela me mostrara, não porque quisesse, mas porque não o conhecia. A Lua de Sangue é o único momento em que me orgulho de minha aparência, o único momento em que sinto Estella me dizendo para me sentar direito, para sorrir com doçura ou para escovar o cabelo.

Estou sempre focada demais em quão forte ou fraca estou, quantas lesões recebi nos treinos, o quanto melhorei minhas habilidades físicas; raramente paro para pensar em minha aparência e, cada vez que o faço, é apenas para notar as partes de mim que se parecem com Estella.

Saio da banheira e pego o estrígil[2], fazendo movimentos rápidos e certeiros para raspar as gotas de água do meu corpo; depois espero de pé no aposento enquanto minha pele úmida seca o bastante para que eu passe o óleo de lavanda e rosa. Aplico um pouco no meu cabelo e espalho com os dedos antes de escová-lo. Meu cabelo tem uma ondulação natural, e eu torço os fios como Estella teria feito para realçar os cachos ao redor do meu rosto; em seguida, começo a trançar e prender o cabelo no topo da minha cabeça no que espero que seja um delicado penteado em cascata. Observo meu reflexo no espelho — acho que pode passar por algo bonito se a iluminação for fraca.

Olho para o quíton[3] verde macio pendurado nas costas da cadeira e suspiro. Enfrento competidores nos campos de treinamento o tempo todo: meninos com o dobro do meu tamanho, meninas que arrancariam minhas orelhas se eu lhes desse a oportunidade, mas nenhum deles me enche tanto de medo quanto esse pedaço de tecido esvoaçante.

Reúno minha coragem e me visto. Ao puxar o tecido sobre mim, não posso deixar de ficar encantada com a forma como ele desliza por meu corpo

---

[2] Pequeno instrumento originário da Antiguidade, usado para raspar a sujeira e o suor do corpo, principalmente das costas. (N. E.)
[3] Túnica usada por homens ou mulheres na Grécia Antiga. (N. E.)

bronzeado pelo sol, os óleos intensificando a cor da minha pele com um brilho que a deixa radiante junto ao verde pálido do vestido.

Vou até a cômoda e observo o colar e os braceletes que foram deixados para mim. Pergunto-me se minha mãe ajudou a escolhê-los, mas sei que provavelmente foi Ida. Não pego nenhum deles; em vez disso, abro a caixa que guardo na cômoda e retiro de dentro a corrente dourada com o pequeno disco. Ao torcê-lo em meus dedos, o signo de Gêmeos capta a luz, assim como a inscrição "Estella, Token de Zeus". Coloco-o no pescoço e sinto o metal frio se assentar sobre meu peito. Usei-o em todas as Luas de Sangue desde que Estella foi devolvida a nós com ele pendurado frouxamente ao redor de seu pescoço. Sou surpreendida por uma batida na porta.

Ida não espera pela minha resposta e entra apressada.

— O festival vai começar logo. Sua mãe está falando que não vai, e seu pai está argumentando que ela não pode ficar. — O movimento e barulho repentinos me deixam tonta. Ela olha para mim e sua voz desaparece. Algo passa por seu rosto e me pergunto se ela está pensando em Estella.

Ida sorri com gentileza para mim e depois me leva até a cadeira. Encaro-a sem expressão, enquanto ela me incentiva a sentar com um sorriso delicado, embora com um pouco de pena. Ela puxa os grampos dourados do meu cabelo e desfaz minhas tranças bagunçadas. Seus dedos trabalham rapidamente enquanto ela escolhe entre as armas disponíveis para ela com destreza, armas sobre as quais percebo ter pouco domínio.

Ida penteia meus cabelos e passa mais óleo nas partes que ficaram frisadas enquanto secavam. Ela começa a cantarolar uma canção de ninar, que cantava para minha mãe quando ela era bebê, depois para Estella e para mim quando se tornou nossa babá. Agora, às vezes, a ouço cantar para minha mãe nas noites em que a lembrança de Estella a faz se perder de nós.

Acompanho o tom dela e, antes que eu perceba, estamos cantando juntas, com lágrimas escorrendo suavemente pelo meu rosto. Enquanto ela arruma meu cabelo e começa a mexer nas joias sobre a cômoda, tenho certeza de que foi ela quem escolheu minhas roupas, os colares e os braceletes. Minha voz falha quando ela segura meu rosto entre as mãos e enxuga minhas lágrimas; depois, ela beija minha bochecha e pega um pote de pó.

— Feche os olhos — orienta ela, e obedeço. Seus dedos dançam sobre minhas pálpebras e é tão bom me render a ela, saber que está ali por mim; já faz muito tempo que não me sinto cuidada apropriadamente.

Minha mãe foi consumida pela dor, e meu pai se afastou por causa da dele.

Neste breve momento, percebo que fiquei cega por minha própria dor, motivada apenas por vingar Estella. Ninguém me indicou a direção na qual me encontro perdida agora; ninguém me disse para tentar matar Zeus. Mas, no momento em que acordei e encontrei Estella ao meu lado — com a placa que agora está pendurada em meu pescoço ao redor do dela —, tudo em que consegui pensar foi em como Zeus a tomou de mim. E, à medida que mais coisas eram tiradas de mim — minha mãe, o carinho de meu pai, a vida que eu tinha com minha irmã —, eu sabia que precisava fazê-lo pagar.

Sinto-me ficando mal de novo e tento não chorar, por não querer estragar tudo o que Ida está fazendo para preparar meu rosto.

— Pode abrir os olhos agora — diz Ida, enquanto se vira e pega um pote cheio do vermelho mais brilhante que eu já vi, passando-o nas minhas bochechas e depois nos lábios.

Ela dá um passo para trás e inclina a cabeça para o lado antes de sorrir.

— Pronto — afirma com um aceno para o espelho.

Eu me levanto, hesitando um pouco para olhar, mas ela gesticula com a cabeça encorajadoramente.

Não tenho certeza de quem é a jovem diante de mim, embora saiba que ela sou eu. Talvez ela seja alguma outra versão de mim. A Ara que esqueci ser.

Viro-me de um lado para o outro e percebo que gosto da versão de mim que está no espelho. Ela sorri com facilidade, seus olhos são brilhantes e ousados, e parece feliz; parece ter uma vida cheia de alegria e, por um momento, permito-me fingir que sou ela e quase começo a chorar de novo.

—Você está tão linda, Ara. — Ida está chorando.

Eu me viro e passo meus braços em volta dela.

— Obrigada. — Minha voz está pesada. — Não só por isso, mas por tudo. Por todo o cuidado que você demonstra com a mãe e comigo. — Sei que, se for selecionada esta noite, esta poderá ser a minha única oportunidade de agradecer a ela.

De repente penso em meus pais e pergunto onde eles estão.

— Seu pai já foi para o templo e sua mãe está nos aposentos dela.

Coloco a mão no braço de Ida.

—Vou falar com ela, mas não vamos obrigá-la a ir se ela não quiser. Eu explico ao meu pai.

Sei como a Lua de Sangue faz com que eu me sinta; não consigo nem imaginar o quão imensamente difícil é para minha mãe ou meu pai.

Ida balança a cabeça e sai do quarto enquanto pego minhas sandálias velhas, deixando de lado as que ela separou para mim.

Quando chego à porta da minha mãe, encosto o ouvido nela e escuto. Tudo está silencioso lá dentro. Algumas vezes sinto mais medo do silêncio do que das vezes em que ela berra e se enfurece, quando ela grita loucamente para os deuses e os amaldiçoa, quando ela quebra tudo em que consegue pôr as mãos, atirando as coisas no chão e pisoteando os pedaços, cobrindo os estilhaços com seu sangue. Ela nunca mais ficará inteira, sei disso; todos sabemos, ela principalmente, e acho que isso faz com que seja ainda mais difícil para ela suportar.

Abro uma fresta da porta e deslizo para o abismo fresco do quarto da minha mãe. Todas as persianas estão fechadas contra a noite que se aproxima.

O quarto está quieto e arrumado, as roupas que Ida preparou para ela permanecem intocadas, o banho frio e limpo. Vejo sua forma sombria na cama, os cobertores por cima dela como uma mortalha, e me aproximo. Seus olhos estão fechados e seu cabelo está espalhado ao seu redor. Afasto-o do rosto dela e ela suspira profundamente. Espero que seus sonhos sejam repletos de dias mais felizes do que hoje e beijo seu rosto, sentindo as lágrimas salgadas que ela derramou antes de adormecer. Pergunto-me por um segundo se elas são por mim, se são pelo que pode acontecer comigo esta noite. Mas sei por quem elas são.

Fecho a porta e saio rumo à noite.

O sol acabou de se pôr e o ar ainda está quente. Ártemis, no entanto, foi veloz esta noite. A lua já está acima do horizonte, cheia e preparada, seu rosto pálido parado em um grito pelo horror do que está prestes a se desenrolar nos Jogos Imortais.

Ando depressa, minhas sandálias velhas agarrando o chão sob meus pés.

Ouço um movimento às minhas costas quando Ida corre para me alcançar.

— Erga as saias ou elas ficarão empoeiradas — orienta ela. Por um segundo hesito. Não quero que ela veja minhas sandálias velhas, mas sei que ela mesma vai agarrar minhas saias e segurá-las se eu não o fizer. Ela dá um pequeno sorriso e balança a cabeça ao notar minha escolha de calçado.

— Eu não queria usar as sandálias novas, caso fosse escolhida — explico, e a ouço inspirar fundo. — Sei que consigo correr com essas; consigo andar com elas por dias se for preciso, e elas não vão machucar ou causar bolhas. — Minha voz está calma, mas por dentro estou tremendo enquanto mantenho meus olhos na lua.

Começo a andar e Ida caminha ao meu lado, trazendo em cada uma das mãos uma cesta. Pegando uma delas, sinto o cheiro de bolinhos de mel e minha barriga ronca.

— Muito sensato — comenta Ida, com a voz um pouco grossa e distante, enquanto enfia a mão na cesta e me entrega um bolinho. Ela não me fala que estou sendo boba, que os deuses não vão me escolher. Nós duas já sabemos que tudo é possível, caso contrário Estella estaria conosco agora, e minha mãe também.

Seguimos em frente pelas ruas tranquilas de Oropusa. Posso ver as fogueiras acesas, iluminando os doze lados do templo, cada um cheio de oferendas. Poucas dessas oferendas são como a minha; quase todas dizem: "Por favor, não olhe para mim; por favor, não me escolha como seu Token".

A APOSTA

Não é que Hades não goste da glória fulgurante do Monte Olimpo; ele apenas prefere a escuridão. Tem sido sua companheira há mais tempo do que ele consegue se lembrar. Mesmo antes de se tornar mestre do submundo, ainda na época dos Titãs, ele caminhava sem ser visto pelo mundo dos mortais, dos monstros e dos deuses, usando seu elmo de noite e escuridão enquanto visitava os lugares que outros evitavam, mas onde ele encontrava tranquilidade acolhedora.

A escuridão é o único lugar onde a luz pode ser vista como ela é, pois sem a escuridão, a luz não teria significado, e das sombras em que Hades se encontra neste momento, vê que a luz contém muitas coisas que ele teme.

— Como vai, irmão? — ele cumprimenta Zeus quando dá um passo à frente, semicerrando os olhos apenas um pouco, esforçando-se para não recuar diante da luz.

— Ah, finalmente você chegou. Sempre atrasado — estrondeia Zeus, a voz tão ampla quanto seu sorriso, que é tão vazio quanto suas palavras.

— Atrasado não, irmão, na hora exata. A lua acabou de nascer, e o sangramento do eclipse está prestes a começar.

Hera traz outra taça de ambrosia para Hades e sorri suavemente.

— Sim, você pode ter chegado bem a tempo para o início dos jogos, mas perdeu grande parte dos festejos.

Hades acena com a cabeça para ela e pega o copo.

— Lamento ter perdido sua companhia. — Está sendo sincero. — Perdoe-me, irmã, estive muito ocupado com os mortos. — Abaixa os olhos e os lábios até a taça, notando, porém, sem dar sinal de fazê-lo, como Hera se arrepia à menção dos habitantes do submundo.

— É mesmo, imagino que tomem muito do seu tempo e energia, irmão. — Ela passa o braço pelo dele e o conduz até a grande mesa onde serão disputados os jogos, em torno da qual estão dispostas treze cadeiras. — Agora, você tem alguma ideia sobre estes jogos da Lua de Sangue?

— Ora, Hera, você sabe que é contra as regras obter informações sobre os jogos antes que eles ocorram.

Hera faz um gesto com a mão.

— Fofoca e especulação nunca são fatos. Se você tivesse chegado na hora adequada, teria ouvido Hefesto contar como, há algum tempo, Hermes o contratou para fabricar doze chaves iguais, mas cada uma única. O que acha disso, irmão?

— Acho que sendo o deus dos viajantes e das portas, Hermes não precisa de chave para entrar em lugar nenhum. Mas também sei que é um sujeito esperto e astuto, muito mais inteligente do que eu, e que, se fez questão de pedir doze, foi para que Hefesto relatasse isso aqui, afastando-nos de qualquer elemento verdadeiro que Hermes estivesse planejando para a missão.

— Está vendo! — exclama Atena. — Hades e eu pensamos da mesma forma; as chaves nada mais são do que um estratagema. — A deusa da sabedoria ergue uma taça para Hades e depois dá um tapinha na cadeira ao lado dela, pedindo-lhe que sente.

Ele dá um pequeno sorriso, mal contraindo os lábios, mas ela não percebe e, quando ele se senta ao seu lado, ela se inclina para ele.

— Ele também visitou Deméter e pediu-lhe que lhe cultivasse doze mudas dos maiores e mais fortes carvalhos que o mundo já viu.

Deméter grita do outro lado do salão:

— Sim, e quando as mudas estavam tão altas quanto você, Hades, ele veio e as coletou, levando-as embora com seus sapatos alados. — Ela ergue as sobrancelhas para ele. — E eu o observei: ele foi para o oeste.

Hades deixa seu sorriso escapar novamente.

— Oeste, você disse? — Ele bebe a ambrosia de sua taça.

— Oeste! — confirma Deméter com um aceno vigoroso. — O que ele poderia querer com elas? Hades, conhece alguma terra fértil a oeste onde essas árvores possam crescer?

Hades assente.

— Muitas terras férteis, mas não acho que a localização delas vai ajudá-la a descobrir algo sobre a missão.

— Estão vendo, Hades e eu também concordamos nesse ponto — acrescenta Atena. — Não faz sentido especular. — Ela aponta para o outro lado do salão e para além dos pilares e dos degraus que descem a montanha até o reino dos mortais. — O florescimento se aproxima e, graças a Zeus, Hermes também. Ele pode acabar com nosso sofrimento por não saber.

Os outros deuses começam a comemorar e dar as boas-vindas a Hermes enquanto ele voa até o Olimpo. Hades permanece sentado, observando-os a distância, como sempre faz. Suspira ao sentir outro mortal passar para o submundo; a lembrança dos doze jovens competidores que estão prestes a ser arrancados de suas vidas para enfrentar os Jogos Imortais pesa sobre ele. Logo receberá a maioria deles em seu reino. Esvazia sua taça enquanto Poseidon toma o assento que Atena acabou de desocupar.

Poseidon é alto e gracioso, seus músculos longos e firmes sob as dobras do tecido azul, seus olhos do profundo azul esverdeado do oceano. Sua longa barba faz Hades pensar em campos de algas marrons e macias, e sua cabeça careca lembra o interior liso de uma concha.

Por um momento, Hades se lembra de como ele, Poseidon e Zeus esmagaram o crânio de seu pai, Cronos, reivindicando seu mundo e dividindo-o entre os três.

— Irmão, como tem passado? — pergunta Hades.

— Bem, estou animado com esses jogos — responde Poseidon, observando Zeus, que está no centro do grupo de deuses aguardando ansiosamente a chegada de Hermes.

Hades sente algo se agitando nas profundezas daqueles insondáveis olhos verde-mar e se aproxima mais.

— De quais jogos exatamente você está falando, Poseidon?

— Esses Jogos Imortais com certeza, mas também o grande jogo; você sabe, a rivalidade que nós três estamos sempre disputando, essa constante luta entre irmãos em que nós três nos encontramos presos.

Hades suspira e se recosta na cadeira. Era o que ele temia.

— Dois de vocês estão envolvidos em tal conflito, irmão. Eu me afastei da luta pelo Olimpo há muitas eras. Estou contente em meu reino sombrio e não desejo o trono de nosso pai.

Poseidon vira a cabeça na direção de Hades, seu olhar cheio da força de uma maré impulsionada por uma tempestade.

— O trono que nosso irmão Zeus desonrou. Ele não governa, ele brinca; essa rivalidade conosco, esse jogo com os mortais, qualquer forma de diversão que lhe agrade, e todos nós somos jogadores sob seu controle.

— E o que você faria com o trono, irmão?

— Eu faria os mortais lembrarem da grandeza dos deuses. Você deve ter sentido a diminuição nos tributos, a falta de respeito e de orações que nos são oferecidos. Eles têm se tornado ousados demais. E Zeus não percebe, pensando apenas em sua diversão com os humanos; são seus brinquedos, quando deveriam ser tratados...

— Como seus filhos.

— Gado... eu ia dizer gado.

— Claro, irmão! — responde Hades, com um tom sombrio em sua voz.

Poseidon se levanta de súbito e depois se vira, abaixando o rosto até ficar na altura do de Hades, o cheiro de areia quente e ondas salgadas tomando as narinas de Hades.

—Você fará sua parte? Quando chegar a hora? Quando nossa rivalidade fraterna começar? — A voz de Poseidon está tensa. — É um jogo para três e não deve ser jogado nem com mais nem com menos, um jogo que jogamos desde o berço e jogaremos até a última estrela arder nos céus.

Os olhos de Hades escurecem.

— É um jogo que devo jogar, embora não me traga nenhuma satisfação.

Poseidon coloca a mão no ombro de Hades e sorri, dentes brancos como pérolas.

— A hora chegará em breve. Venha, irmão, vamos escolher nossos Tokens.

Poseidon lidera o caminho até o tropel de deuses reunidos em volta de Hermes, que entra voando no salão com suas sandálias aladas, seu caduceu erguido — as duas serpentes entrelaçadas contorcendo-se na base do bastão alado.

— Já selecionou seus favoritos? — questiona Poseidon por cima do ombro.

—Você sabe muito bem que não tenho favoritos — responde Hades ao parar perto de Zeus. — Deixo que as Tecelãs do Destino escolham meus Tokens.

Zeus dá uma risada que ecoa pelos corredores do Olimpo.

— Hades, talvez você precise falar com as Tecelãs, pois temo que elas não o tenham em alta conta. Você nunca venceu um jogo.

— De fato, irmão, enquanto você venceu...

— Ah, demais para contar, embora muito mais do que todos os outros deuses juntos. Mas quem está anotando a pontuação?

Hera resmunga.

— Quem de fato, marido?

Uma risada percorre o salão e faz os olhos de Zeus faiscarem.

— Ouso dizer que teria vencido ainda mais se não tivesse deixado meu coração escolher meu Token em vez de minha cabeça algumas vezes.

Outra onda de risadas ecoa, mas Hera lança um olhar perigoso para o marido.

— Aposto que não acrescentará este à sua contagem. — A voz de Poseidon é indiferente, mas Hades nota que o queixo de seu irmão se projeta apenas o suficiente para trair seus verdadeiros sentimentos.

— Ah, então está planejando acabar com sua sequência de derrotas, irmão? — Zeus lança um sorriso para Poseidon. — Já se passaram quantos, sete, não, oito Luas de Sangue desde que um Token que você escolheu ganhou? Acredita nas suas chances nestes jogos? Acha que pode vencer contra mim!

— Eu não sabia que a competição se resumia apenas a vocês, irmãos — acrescenta Hades ao lado de Poseidon.

— Muito bem. Todos temos as mesmas chances de vencer — declara Atena.

Hades tem pena dela por sua honestidade e boas intenções, mas parece que a deusa da sabedoria nem sempre está ciente das motivações que a cercam.

— O que gostaria de apostar? — pergunta Zeus enquanto se vira para Poseidon, com um brilho nos olhos.

— Sobre o que estamos apostando? Você perder ou um de nós ganhar? — Poseidon gesticula em direção a Hades, inserindo-o firmemente na rivalidade.

Hades sente seus ombros se curvarem ao pensar nisso, a tensão constante entre eles, sem que ninguém realmente vença e todos, em todos os lugares, sofram por isso.

Zeus fica pensativo por um momento.

— Muito bem, se um de nós três ganhar, ganhamos esta aposta; se nenhum de nós ganhar, a aposta está cancelada.

— Isso não parece justo com o pobre Hades. — O comentário de Hera inicia mais risadinhas entre os deuses reunidos.

— Ah, Hera, querida esposa, Hades sabe como *este* jogo funciona; ele conhece seu papel. — Zeus pisca um olho na direção de Hades.

Hades ergue uma sobrancelha, uma pequena mudança em seu rosto impassível.

— Quem sabe, irmão, estes podem ser mesmo meus jogos?

A risada de Zeus é grande, os outros se juntam à piada.

— Ora, vamos, irmãos, o que vamos apostar sobre o resultado desses Jogos Imortais?

— Meu trono.

Com a declaração de Poseidon, os deuses se calam.

Hades sente a mudança nos salões do Olimpo atravessando-o.

— Seu trono, irmão — diz em voz baixa. — De fato um prêmio grandioso.

— Sim, sim, é — concorda Zeus com um sorriso e se vira para Poseidon. — E que você o cederia a mim de boa vontade.

— Eu dificilmente vou ceder para você. Você pode ser o vencedor de maior sucesso, mas não é o único ganhador dos Jogos Imortais.

Zeus levanta uma sobrancelha.

— Ainda assim, prefiro minhas chances às suas e definitivamente às de Hades.

— Minhas chances seguramente não são da sua conta. — Hades lança um olhar sombrio para seus dois irmãos, a gravidade das apostas já se abatendo sobre ele.

—Vamos, uma aposta entre irmãos — argumenta Zeus dramaticamente. — O vencedor destes jogos receberá os tronos dos outros dois. E quem sabe, você terá outra chance de recuperar tudo na próxima Lua de Sangue, quando eu estiver cansado da escuridão e dos mortos.

— E se alguém além de vocês três vencer? — questiona Hefesto.

— Não, isso é apenas entre nós três. Se vocês vencerem, a vitória será sua, mas nossos tronos permanecerão nossos — determina Zeus.

— Isso definitivamente parece um plano criado por você, marido — observa Hera.

— Querida esposa, você sabe muito bem que quem possuir meu trono usará minha coroa como líder entre nós e eu não permitiria que você governasse sobre mim, nem qualquer outro de vocês além de meus irmãos, se eles provarem que são dignos e capazes.

Zeus dá um passo à frente e agarra o antebraço de Poseidon.

—Temos um pacto! — Ele estende outro braço para Hades. — Mas apenas se nós três estivermos juntos nisto.

Hades olha para seus irmãos, hesitando. Zeus, tão seguro de si, e Poseidon... há algum plano à espreita nas profundezas de suas ações; um plano que Hades não consegue atinar.

— Eu posso obrigar você — diz Zeus.

Hades, sabendo que jamais poderia deixar isso acontecer, estende o braço e se une a Zeus e Poseidon na aposta.

Um grande trovão ressoa pelo Olimpo.

Pela primeira vez, Hades percebe que terá que jogar os Jogos Imortais para valer, mesmo que ainda em seus próprios termos.

— Agora, isso vai ser mesmo um entretenimento digno dos deuses. Hermes, o que planejou para nós? — pergunta Zeus.

Hermes encara os três deuses, balançando a cabeça em descrença, depois sorri maliciosamente.

— Estes são os meus melhores jogos até agora. Eu não teria tanta certeza de sua vitória, meus senhores Zeus e Poseidon. — Depois, ele acrescenta em um sussurro teatral: — Não vou gastar meu fôlego com as chances do outro irmão.

O panteão de deuses gargalha. Hades estreita os olhos e o céu do Olimpo instantaneamente cai na escuridão.

— Vamos prosseguir com a seleção dos Tokens? — diz Hermes. — A lua vai mudar em breve!

— Sim, vamos! — assente Zeus, dando tapinhas nas costas de seus dois irmãos.

— Todos vocês conhecem as regras desta parte dos jogos — declara Hermes. — Vocês escolherão entre as doze fichas, cada uma mostrando um símbolo representando um signo do zodíaco. Seis são de ferro, seis são de cobre. Vocês então cumprirão os requisitos do seu Token. Só podem escolher um mortal que tenha entre treze e dezenove anos. Nada de semideuses, apenas mortais. — Ele balança um dedo brincalhão na direção de Zeus. — Vocês só podem escolher um mortal nascido sob o signo do zodíaco que selecionaram. Caso sua ficha seja de cobre, devem escolher uma menina; caso seja de ferro, um menino. Escolham bem, suas chances nos jogos dependem disso. E para alguns, seus tronos também!

Hermes solta seu caduceu e as asas do topo começam a bater, mantendo-o no ar; em seguida, ele tira um saco de pano dourado do nada e o mantém aberto.

Como é costume no início dos jogos, o vencedor dos anteriores escolhe primeiro.

Zeus coloca a mão no saco e tira um disco de ferro. Segurando-o nas duas mãos, ele espia o símbolo em sua face. Seus olhos se iluminam.

— Ah, tenho o mortal perfeito em mente!

Hades sabe que Zeus não é o único deus que tem uma lista de mortais favoritos, observando-os com atenção e avaliando suas chances como Tokens.

Os outros deuses se revezam para selecionar uma ficha para que o saco se esvazie, até que seja a vez de Hades. Hermes vira o saco e o disco de cobre restante cai em suas mãos estendidas.

A LUA DE SANGUE

— Está pronta, Ara? — pergunta Theron, seu sorriso animado cobrindo metade do rosto.

Estou mais preparada do que ele jamais imaginará. Enquanto estamos sentados na grama seca nos limites do campo de treinamento, longe das festividades e do templo, o povo de Oropusa observa o céu e espera. Eu olho para a lua, o fino crescente vermelho no orbe prateado me lembra uma unha mergulhada em sangue. Balanço o cabelo para trás, sorrio e depois me viro para Theron.

— Se estou pronta para participar dos Jogos Imortais? Para ser o peão de um deus? Enfrentar provações impossíveis e perigos desconhecidos pela chance de conquistar um lugar entre as estrelas e a vida de um herói? Pela chance de ganhar um favor dos deuses, de pedir qualquer coisa que eu queira, qualquer coisa mesmo? Ah, sim, estou pronta. — Eu o olho de cima a baixo. — Você está?

Ele ri.

— Eu nasci pronto, mas sinceramente, Ara, você não tem chance contra mim. Quero dizer, eles nunca escolhem Tokens do mesmo lugar, as chances de nós dois sermos selecionados são…

— Que cruel — repreendo. Ele entrelaça seus dedos com os meus e sinto uma pequena onda de excitação subindo pelo meu braço. Olho de volta para a lua, a faixa vermelha um pouco mais espessa agora. — Então é definitivamente possível. — Se há uma coisa de que tenho certeza quando se trata dos deuses é que eles amam a miséria dos mortais: é como o canto de uma sereia para eles.

Sinto uma onda de terror percorrer meu corpo e solto a mão de Theron, levantando-me depressa.

— É melhor voltarmos.

Sem olhar para ele enquanto começo a andar de volta até o templo, minhas sandálias se movem depressa sobre a terra, a poeira subindo e grudando na barra do meu vestido.

Suas passadas são mais longas que as minhas, e ele não precisa andar rápido para me alcançar. Quando ele o faz, agarra meu pulso, seus dedos circulando-o. Paro no meio do caminho, e ele me puxa para si. Ergo o olhar; o sorriso dele desapareceu e seus olhos estão sérios. Penso em como esta é sua última Lua de Sangue; depois disso ele não terá mais chances.

O que estará à espera dele amanhã? O que fará se não for escolhido?

Não creio que essa possibilidade tenha passado por sua cabeça, mas sei que ele não ficará aqui; irá em busca de uma maneira de provar seu valor. Deixará Oropusa de um jeito ou de outro e me deixará aqui esperando não apenas pela próxima Lua de Sangue, mas também por seu retorno.

Num piscar de olhos vislumbro como a vida poderia ser, tão fácil, tão cheia de todas as coisas que estão ao meu redor, mas das quais sei que não faço parte. Vejo a Theron e a mim, a vida que poderíamos ter juntos. E, enquanto olho em seus olhos, acho que ele também vê a mesma coisa. Minha cabeça está se movendo enquanto Theron arqueia o pescoço em minha direção, com a mão na minha bochecha, os lábios perigosamente perto dos meus, e inspiro com a antecipação percorrendo meu corpo, e a distância entre nós diminuindo até acabar.

Os lábios são macios e imóveis, pressionando os meus com uma leveza que parece quase não existir. Abro os olhos e a primeira coisa que vejo é a lua se eclipsando, e percebo que, caso ele esteja certo, caso tenha sido escolhido, talvez não esteja aqui por muito mais tempo.

Aperto meus lábios contra os dele, feroz e desesperada, como se meus beijos pudessem mantê-lo aqui, pudessem mantê-lo comigo.

Enquanto ele passa os braços ao meu redor, prendendo-me mais próxima a ele, ouço gritos.

Nós dois olhamos para o outro lado do campo de treinamento além do festival, para o pequeno templo em chamas, e começamos a correr em direção a ele.

Há um fervilhar de atividade ao redor do templo enquanto as pessoas tentam desesperadamente encontrar todo mundo e apagar as chamas. Vejo Ida perto dos degraus de Touro, andando ao redor da parte em chamas do templo e gritando. À medida que me aproximo, percebo que ela está chamando o nome do meu pai.

— Pai! — eu grito quando me junto a Ida.

— Ara, Ara! — Ida se agarra a mim quando chego perto o bastante.

— Ele entrou para prestar homenagens à sua irmã...

Não paro para pensar, corro para o lado oposto do templo, onde há fumaça, mas não há chamas.

À medida que o ar fica mais denso, ergo a mão diante do rosto. Torço uma das dobras do tecido do meu vestido por cima da boca e seguro-a ali enquanto estendo a outra mão para tatear o caminho na escuridão cheia de fumaça.

— Pai! — grito enquanto subo os degraus do meu signo do zodíaco, passo pelo nicho com a oferenda de vinho que fiz naquela manhã e saio na câmara interna circular. A fumaça está mais espessa aqui e posso ver chamas saltando das seções do templo à frente.

Olhando para cima, vejo a fumaça saindo do buraco circular no telhado e, além da Lua de Sangue, a sombra vermelha eclipsante cobrindo quase três quartos do orbe. Encontro a escada e grito para baixo enquanto tateio a borda dos degraus através das solas das minhas sandálias.

O tempo se alonga; demoro uma eternidade para descer as escadas, mas a cada passo que dou, a fumaça se dissipa um pouco, embora eu puxe um pouco dela atrás de mim enquanto avanço em direção ao sarcófago de Estella.

Papai está caído sobre o mármore, a cabeça apoiada no peito de pedra de minha irmã. Ao alcançá-lo, eu o viro.

— Pai! — Eu o sacudo e ele acorda, com os olhos desfocados, e começa a tossir. Eu o seguro enquanto seu corpo treme.

— Sua mãe, onde ela está?

Por um segundo, apenas olho para ele.

— Ela está em casa. Vamos, temos que sair daqui.

— Não, sua mãe, ela está aqui, eu a vi, foi ela que fez isso, ela começou o fogo. — Ele começa a tossir de novo e eu o solto, chamando minha mãe.

Procuro no santuário dos Tokens mortos, olhando atrás de cada um dos outros sarcófagos, mas não há sinal dela. Quando volto para junto de meu pai, a fumaça começa a encher a cripta subterrânea.

— Vamos, ela não está aqui — digo a ele e me questiono se em algum momento ela esteve, ou se são apenas o choque e a fumaça falando. Agarro seu braço e ajudo a levantá-lo.

— Precisamos sair daqui — digo, e ele entende, permitindo que eu o guie até as escadas e subimos. Ao chegarmos ao topo, vejo uma figura sombria na fumaça e, por um momento, penso que meu pai poderia estar certo sobre minha mãe; então, entendo quem é.

— Theron! — grito enquanto puxo meu pai pelos últimos degraus e para dentro do templo em chamas. Chamas intensas estão saltando sobre a maior parte do edifício agora; até a seção pela qual entrei está ardendo.

Theron passa um braço pelo outro lado do meu pai e começa a puxá-lo até o arco do signo de Sagitário, onde há menos fumaça e não há chamas.

Nós avançamos juntos, tossindo ao entrar na câmara. Posso ver os degraus e, além deles, os habitantes da cidade se movendo enquanto tentam apaziguar as chamas.

Não sei por que me viro, ou o que me faz olhar para trás e para o outro lado do templo, através da fumaça, em direção à câmara de Gêmeos, mas lá está ela, recortada contra a fumaça, com as chamas se elevando atrás dela.

Não sei se ela consegue me ver, se ela sabe que a estou observando enquanto ela caminha em direção às chamas.

— Mãe! — berro soltando meu pai, confiando-o a Theron.

A fumaça se move e eu a perco de vista. Foco onde ela estava um segundo antes e sigo naquela direção, chamando e tossindo conforme avanço.

O calor do fogo é sufocante e posso sentir o cheiro das flores e das oferendas espalhadas pelo templo queimando. Levanto os braços para me proteger quando a vejo, parada perto do topo das escadas que levam para fora do templo e até os campos de treinamento, as chamas cercando-a. Além do rugido do fogo, consigo ouvir seus berros, selvagens e desesperados.

— Mãe! — Protejo meu rosto do calor intenso e me vou em direção a ela, contornando as oferendas em chamas em meu caminho.

Ela se vira para olhar para mim, com os olhos arregalados de espanto.

— Estella!

— Não, é Ara! — respondo quando me aproximo dela e vejo a decepção em seu rosto.

Ao soar de um estalo ensurdecedor, eu grito. A coluna coberta de caranguejos caiu e agora está apoiada na coluna de Gêmeos. O telhado e as colunas estão se partindo e se movendo, e consigo antever o que está prestes a acontecer, como vai cair e esmagar minha mãe que ainda está no topo da escadaria.

Corro para frente quando um som de rasgo enche o ar, como se o mundo tivesse sido partido ao meio. Com as mãos estendidas, empurro-a o mais forte que sou capaz para que ela desça as escadas em chamas e até o chão lá fora, observando-a rolar e as pessoas correrem em sua direção. Assim que me viro para encarar a coluna desabando sobre mim, meu último pensamento é sobre minha irmã e como, pela graça de Hades, poderei revê-la.

O DESTINO DE HADES

Hades observa enquanto cada um dos deuses corre para garantir seus Tokens, mas, ao contrário deles, não interrompe sua jornada quando chega ao reino dos mortais; em vez disso, continua descendo até o submundo, entrando em seu próprio reino.

— Cérbero, calma, garoto — murmura quando seu cachorro pula em sua direção.

Ele acaricia cada cabeça, passando os dedos atrás das orelhas e coçando profundamente o pelo grosso.

— Estive fora por pouco tempo; realmente sentiu tanto a minha falta? Venha, quer dar um passeio? — Cérbero solta um grande latido que sacode os poderosos portões enquanto se abrem para o senhor do submundo e seu cão.

Há muitos portões que dão passagem para o submundo e dentro dele, todos grandes e imponentes, todos forjados do tempo, da luz das estrelas e do sangue de seres extintos.

Hades comanda cada um desses portões; abrem e fecham ao seu toque. Outros têm acesso a alguns portões, mas Hades é o senhor de todos eles. Caminha pelo submundo, a escuridão confortando-o. Contudo, a escuridão profunda não está em toda parte; algumas regiões de sua terra são mais radiantes que o sol e iluminam o submundo com um brilho que é mais acolhedor e carinhoso do que o abraço de um amante. Nem tudo é escuro na escuridão.

Hades coloca o elmo na cabeça e põe a mão sobre Cérbero enquanto caminham pelos Campos Elísios, a terra de verão dourado onde o mundo vive em estado perpétuo de calor e colheita abundante, e os espíritos dos mortais passam suas vidas após a morte sem preocupações e abençoados.

Hades sorri enquanto ele e Cérbero passam despercebidos, escondidos das almas de seu reino. Muitas vezes ele caminha entre elas, invisível, com o auxílio de seu elmo. E enquanto viaja, ele observa, vigia e cuida de seus deveres divinos.

Ele passa por um velho e uma mulher, o casal sentado sob o abrigo de um pequeno bosque de oliveiras, preguiçosamente debruçados na companhia um do outro. A mulher está lendo em voz alta um livro de poesia enquanto o homem esboça amorosamente a imagem dela em seu caderno. O céu está claro e quente, os pássaros voam e cantam uns para os outros, e Hades tira um momento para olhar ao redor, sem ser visto por ninguém.

Ele não consegue deixar de sentir uma onda de orgulho por este canto de seu território e fica preocupado com as sombras que poderão passar sobre ele caso algum de seus irmãos vença a aposta com a qual acabou de concordar. Ele prossegue, com Cérbero em seu encalço, e se sente um tolo por ter sido arrastado para a loucura deles.

Não demora muito até que ele chegue a um grande lago isolado alimentado por uma cascata. Cérbero pula e nada alegremente nas águas, enquanto Hades segue em direção à cachoeira e à caverna atrás dela.

A morada das Tecelãs do Destino é tomada por arco-íris dançantes conforme a luz dos Elísios atravessa a cachoeira e penetra profundamente em sua caverna. Hades se move com ela para dentro da caverna com suas rochas lisas e quentes que cintilam e reluzem no espectro de luz.

Diante dele está o tear da vida, grande e vibrante, estendendo-se ao longo da parede curva nos fundos da caverna. De um lado está Cloto, em sua roca de fiar, passando a linha pela agulha e dando cor diferente, que ela tira dos arco-íris, a cada uma, conforme eles dançam pelo ar. Seus dedos ágeis se movem sem parar para extrair inúmeras cores, entrelaçando-as para formar um tom único de fio que ela passa para sua irmã, Láquesis.

Láquesis então se move ao longo do tear, tecendo e soltando os fios de Cloto, entrelaçando-os, separando-os, puxando-os e costurando-os ao longo da tapeçaria dos vivos. A irmã delas, Átropo, caminha ao lado dela segurando uma pequena tesoura dourada e cortando os fios, antes de retirá-los da tapeçaria, pronta para entregá-los a Tânatos para que ele possa recolher suas almas mortais.

— Ah, jovem Hades, é hora de outra pobre alma, não é? — A voz é suave como uma brisa de verão ondulando sobre um tecido diáfano.

— Receio que sim, Átropo. Os deuses do Olimpo querem seus jogos e todos nós temos que participar.

— Então, o que quer desta vez, Senhor Hades? — pergunta Cloto, deixando seus fios e se aproximando.

Hades estende sua ficha de cobre.

— Uma escorpiana. Já faz muito tempo desde que você selecionou um desses; a última vez que fez isso, você quase venceu. — Láquesis tece alguns fios soltos na tapeçaria, puxando para a frente um fio azul-acinzentado da cor da luz da madrugada.

— Nem sempre o que importa é vencer — declara Hades. — Embora desta vez...

— Talvez a vitória nunca importe para você, mas aposto que seus Tokens mortais teriam algo diferente a dizer quanto a isso — comenta Cloto, com uma risada que soa como o barulho do tear.

— Ficamos sabendo da sua aposta! — comenta Átropo, enquanto corta outro fio. — Os parâmetros de sua escolha ainda são os mesmos?

— Sim, não vejo necessidade de mudar minha moral agora. Preciso de uma mortal que se enquadre nas condições de Token: uma garota com idade entre treze e dezenove anos nascida sob o signo de escorpião; e, conforme as minhas condições, ela deve estar à beira da morte, vocês têm que estar prestes a cortar o fio dela. A vida é preciosa. Para participar dos jogos, eu não gostaria de tirar uma vida que já não estivesse em risco.

— Nem mesmo quando há tanto risco para você, para o seu reino? — questionou Cloto.

— Sobretudo neste momento. Se mudarmos quem somos, nossa moral, nossos valores, a essência de nossa natureza para vencer, então já teremos perdido — responde Hades.

— Você é um deus estranho, Hades, nem um pouco parecido com seus parentes, nem como nós, os velhos, nem como os Titãs — comenta Láquesis.

— Às vezes temo ter passado tempo demais na companhia de mortais. Todos eles vêm para mim e para o meu reino em algum momento e, quando o fazem, tornam-se meus protegidos por toda a eternidade ou até que escolham caminhar pelos Campos de Asfódelos e esquecer suas vidas, preparados para uma nova. Eles vivem uma vida de inseto acima, mas aqui comigo, no submundo, vivem uma vida marcada pela lenta rotação do cosmos. Há almas em meu reino que conheço há mais tempo do que algumas estrelas brilharam. E, mesmo que eles renasçam, os seus fios reatados ao tear da vida, retornam até mim em um instante. Novos fios estão sempre sendo tecidos e meu reino se expande. Apenas entristeço porque, quando eles chegam até mim, a riqueza de seus fios na maioria das vezes empalideceu.

— Sim, ele definitivamente é esquisito — declara Láquesis, e suas irmãs riem como o tilintar de alfinetes caindo no chão de pedra. — Venha. — ela chama Hades para perto da tecelagem e aponta para um nó no tecido no tear, passando o dedo sobre três fios grossos que reluzem com um fulgor que faz todos os outros fios parecerem débeis. Ela gesticula para cada um dos fios, seus dedos traçando as linhas, um fio de ouro, um de prata, um de bronze.

— Esses fios pertencem a você e a seus irmãos, e esse nó é a aposta que vocês três fizeram. Consegue ver como ele se destaca da tecelagem do mundo, como repuxa todos os outros fios, como franze o tecido que antes era liso e fluido? — Há um toque de aborrecimento em sua voz.

— Há algo nessa aposta entre vocês três que é perturbador para nós — explica Cloto, enquanto passa um novo fio em direção ao tear para Láquesis tecer.

— Nós, as Tecelãs do Destino, podemos ver tudo, conhecemos o passado, o presente, o futuro de todas as coisas; porém, este nó na tecelagem do mundo não foi criado por nós e os fios são puxados com força demais para que possamos desfazê-lo.

— Não conseguem cortar os fios e tirar o nó? — questiona.

Átropo sorri para ele e Hades se sente como uma criancinha diante dela.

— Não consigo cortar o nó, fazer isso mataria um deus, ou três, e minha tesoura não é afiada o bastante para tal tarefa.

— Este jogo que vocês estão jogando, essa tola rivalidade fraternal de deuses, é mais importante do que qualquer uma das pequenas rivalidades e apostas que você e seus irmãos já tiveram, Hades. Não conseguimos ver o resultado, mas sabemos que, se o nó permanecer, todos os outros fios serão puxados para dentro dele e muitos, talvez todos, se romperão.

— Todos os fios, Hades, o seu, os nossos, os de todos — acrescenta Láquesis. Ela passa o dedo sobre o nó e Hades o observa crescer, os fios se retorcendo com mais força, se apertando.

—Você precisa encontrar uma maneira de desatar o nó que você e seus irmãos fizeram.

— Por que eu?

— Porque, Hades, você é a estrela da manhã e a luz da tarde, você é móvel e transitório. Você tem um pé na vida e outro na morte; você conhece coisas que nenhum de seus irmãos conhece, porque eles não valorizam a morte e eles não valorizam a vida.

—Vim buscar uma Token e vocês me dão isso.

—Você deu isso a si mesmo, Hades. O nó é feito de três fios divinos; sem você, não teria acontecido. O que você costuma dizer aos mortos quando eles se rebelam contra suas punições no submundo?

Hades solta um grunhido, detestando ter as próprias palavras usadas contra ele.

— Eu digo a eles para assumirem a responsabilidade por seus atos e enfrentarem suas escolhas, para fazerem as pazes caso possam e para se perdoarem se não conseguirem.

— Nós lhe oferecemos o mesmo conselho — diz Átropo.

— E agora sua Token. — Láquesis puxa o fio da cor do amanhecer em direção ao nó.

Cloto deixa sua roca de fiar e se aproxima do tear.

— Ah, lembro-me de fiar a linha dela — declara. — É forte e flexível e sua cor é profunda e variada, mas as pontas do fio estão espalhadas. Cuidado, Hades, para que ela não fique presa e desfie!

Átropo coloca a tesoura no bolso e tira um desmanchador de pontos. Ela puxa o fio cinza da manhã e o move pela superfície da tecelagem, depois puxa o fio de Hades. Ele solta um suspiro curto e agudo enquanto a Senhora do Destino torce os dois fios juntos.

— Pronto, não cortei o fio dela como deveria, mas liguei-o ao seu por algum tempo. Ela tem uma segunda chance de viver agora e, caso sobreviva aos jogos, seu fio permanecerá no tear e ela será abençoada com uma tecelagem longa e lisa.

— Obrigado — responde Hades, enquanto esfrega o peito onde sentiu o puxão. —Vocês me deram minha Token e muito em que pensar.

— Lembre-se, Hades, os nós podem ser complicados, e este exigirá que você realmente enfrente seus irmãos no jogo deles desta vez.

Hades olha pensativamente para as três irmãs do Destino; ele compreende a seriedade de suas palavras. Ao se virar para partir, ele ouve o cortar da tesoura, o girar da roda, o bater do tear. Se o nó rompesse todos os fios, não haveria mais tecelagem.

Hades atravessa cachoeira e, uma vez do outro lado, olha para a placa em sua mão, passando o polegar sobre o nome que apareceu ali — Ara.

A TOKEN DE HADES

O rugido do fogo é substituído por um silêncio tão profundo e absoluto que chega a ser ensurdecedor. Abro os olhos e descubro que a luz do incêndio foi extinta, completamente apagada. Tremo com a falta de seu calor.

É neste momento que sinto uma dor lancinante percorrer meus braços, meu rosto, minhas pernas. Grito e tropeço conforme a adrenalina que estava me sustentando abandona meu corpo. Desabando no chão, descubro que estou em um pequeno lance de escadarias amplas, com degraus largos e baixos. Pergunto-me se estes são os degraus para o submundo e tento controlar a dor e o pânico enquanto meu peito sobe e desce abruptamente. Parte de mim está surpresa que a morte seja tão dolorosa; a outra parte de mim não está nem um pouco surpresa. Passei a maior parte da minha vida amaldiçoando os deuses em segredo; esta dor ardente pode ser apenas meu castigo.

Ainda assim, é insuportável. Eu grito de novo, sacudindo a cabeça, incapaz de imaginar sentir tanta dor pelo resto da eternidade. Deito-me nos degraus sólidos e começo a balançar para frente e para trás, choramingando descontroladamente.

Há um ruído na escuridão adiante. Alguém está caminhando em minha direção, e eu sei que deveria ficar de pé e em guarda, mas à medida que a forma da pessoa se solidifica saindo das sombras, tudo o que consigo fazer é não desmaiar devido à dor que escalda minha carne.

É um homem, não, um rapaz mais ou menos da mesma idade de Theron. Ele está usando um manto longo, seu cabelo é preto e sua pele é muito pálida. Meu estômago se revira enquanto observo seu rosto. Ele é bonito, com queixo e maçãs do rosto esculpidos, e sou atraída por seus olhos, que são os olhos mais azuis que já vi; eles reluzem como o oceano em um dia claro, como o céu no meio do verão.

Começo a abrir a boca quando ele dá mais um passo à frente e a luz incandescente das tochas próximas fulgura de repente. Estremeço ao pensar no fogo, e quando olho de novo para ele e para a luz reluzente no cajado de duas pontas em sua mão, seu bidente, meu estômago se embrulha. Eu compreendo quem ele é.

Quando ele fala, sua voz é baixa como seu olhar, e suas palavras são suaves e lentas, como se ele tivesse todo o tempo do mundo, o que acho que ele tem.

— Eu sou Hades — diz ele.

Engulo em seco e respondo:

— E eu estou morta.

Ele sorri. É um pequeno movimento no canto dos lábios, brincalhão e tímido.

— Não exatamente. — Seus olhos azuis dançam por um momento e depois olham para cima.

Seguindo seu olhar para a escuridão, percebo que algo enorme está pairando acima de mim. Minha mente preenche a forma com a de um enorme cão de três cabeças, com olhos vermelhos flamejantes e dentes grandes e assustadores. Mas, à medida que continuo olhando e meus olhos se ajustam, percebo que não se trata de um cão, mas de algo infinitamente mais aterrorizante.

Volto a olhar para Hades e ele ergue a mão, a luz das tochas aumentando, enchendo a câmara, e quando olho de novo consigo ver com clareza. Um escorpião enorme, com a cauda levantada em um arco, o ferrão parecendo mortal à luz bruxuleante das tochas. E além da enorme estátua do meu signo, vejo o céu escuro e as estrelas de Escorpião cintilando sobre mim.

— É muito pior que a morte, Ara; você é minha Token para os Jogos Imortais — declara ele.

Se o latejar incessante em minha pele queimada parasse, tenho certeza de que minhas lágrimas seriam de alegria. Estou nos jogos; tenho a chance de vingar minha irmã, de matar Zeus.

No entanto, a dor das queimaduras é insuportável. Mordo o lábio para não gritar enquanto me deito nos degraus de pedra fria e olho para a estátua e a constelação de estrelas além dela, choramingando a cada batida do meu coração.

Hades se ajoelha ao meu lado, seus olhos intensos me examinando, seu rosto sério, enquanto ele estende a mão em direção à minha carne queimada.

Eu recuo e grito, dor irrompendo da minha pele quando minha carne vermelha e cheia de bolhas se tensiona conforme eu me movo.

Ele abre as mãos espalmadas.

— Não vou machucar você — diz. E penso em discordar dele, mas sua voz ainda é baixa, suave e estranhamente reconfortante.

Fico perfeitamente imóvel enquanto ele volta a estender a mão. Quando ele toca meu braço e alisa pela pele queimada, sinto uma onda de serenidade passar por mim, a dor deixando meu corpo, quando olho para baixo e vejo minha carne restaurada. Apoiando-me nos cotovelos, observo Hades passar suavemente a mão do meu tornozelo até o topo da minha perna, e suspiro de alívio. Onde quer que suas mãos toquem, meu corpo responde, curando-se instantaneamente.

Em seguida, ele segura meu rosto e acaricia minhas bochechas com os dedos, seus olhos acompanhando seu progresso. Só depois de ele passar a mão pelo meu pescoço, passar pela clavícula e repousá-la no meu ombro, é que ele me olha nos olhos. Aquele sorriso pequeno e tímido está de volta, repuxando o canto esquerdo da boca dele. De repente, me sinto tonta.

Nunca fui o alvo de um olhar tão intenso antes, ou a sensação de calma suave enquanto ele cura minhas feridas. Devagar, com delicadeza, ele me puxa para que eu fique sentada. Depois, ele passa as mãos pelas minhas costas, curando as queimaduras ali. Minha cabeça cai contra seu peito. Quando os últimos vestígios de dor deixam meu corpo, respiro profundamente; ele cheira como o solo fértil e profundo aquecido em um dia quente de verão.

Hades se move, afastando-se de mim, ainda me apoiando, mas à distância de um braço.

— Como se sente, Ara? — pergunta ele. Fico surpresa que saiba meu nome e que saia tão naturalmente de seus lábios, sua voz baixa fazendo-o soar como um suspiro profundo.

— Melhor. — Lembro-me de que estou falando com um deus e me pergunto se deveria acrescentar algo devoto e agradável, mas não sei o que dizer, por isso não digo nada.

Ele inclina a cabeça ligeiramente para o lado, seus olhos percorrendo cada centímetro meu de uma forma que suas mãos não fizeram.

— Não posso curar você depois que os jogos começarem, mas posso garantir que você comece sem lesões. Há algum lugar que eu deixei passar? — pergunta ele.

Balanço a cabeça e sinto o calor em minhas bochechas.

— Não, não, estou bem, obrigada. — É verdade. Felizmente não sinto mais dor no corpo, mas então um choque repentino percorre meu coração.

— Minha mãe, ela está bem, meu pai e Theron também? — deixo escapar enquanto me levanto. Algo em mim precisa estar de pé quando eu ouvir o que ele tem a dizer.

Hades ainda está agachado e olha para mim, então seus olhos ficam distantes, como se ele estivesse se concentrando em algo além de mim.

— Nenhum deles está em meu reino — responde.

Deixo meus ombros relaxarem, enquanto um suspiro que eu não sabia que estava segurando escapa de meus lábios com um:

— Graças aos deuses! — Então eu rio enquanto olho para ele. — Graças a *você*, eu acho.

Ele se levanta e apesar de eu estar um degrau acima dele, ele ainda fica mais alto do que eu. Inclino o pescoço para olhar para ele e acho que ele deve ser pelo menos uma cabeça mais alto que Theron, embora seu corpo não seja tão musculoso, então me controlo e desvio o olhar.

— Ara. — Ele suspira meu nome e eu ergo o olhar para seus olhos azuis demais. — Eles não estão no meu reino, mas você deveria estar. — Ele diz isso com gentileza, com tanta gentileza que quase não entendo a gravidade de suas palavras.

— Eu, eu... então estou morta?

Ele balança a cabeça, aquele sorriso secreto desaparecendo.

— Não, você está muito viva. Por enquanto. — O sorriso desaparece e sinto uma pontada no peito.

— Por enquanto? — repito, e então lembro que Hades nunca venceu os Jogos Imortais.

—Você deveria ter morrido naquele incêndio quando salvou sua mãe — explica ele, e eu sei que é verdade. — Mas as Tecelãs do Destino escolheram você, assim como fazem com todas os meus Tokens para os jogos.

Ele estende a mão e na palma dele vejo uma plaquinha semelhante à que está em meu pescoço. Um escorpião está gravado no metal circular de cobre e ao redor da borda está escrito ARA TOKEN DE HADES.

— Meu reino tem muitas almas; não gosto de aumentar este número se puder evitar, e se ao participar dos jogos uma alma puder viver por mais tempo na Terra, então, acho que é algo bom.

Eu escuto e não digo a ele que a prorrogação provavelmente será repleta de horrores inimagináveis.

— Sempre escolho um Token entre aqueles que estão prestes a se juntar a mim no submundo, na esperança de que possam vencer os jogos e viver mais tempo sob a luz do sol. — Tem uma expressão melancólica no rosto e, por um breve segundo, fecha os olhos como se estivesse se recordando de como era sentir os raios do sol em sua pele pálida.

Não quero interromper aquele olhar de felicidade recordando que até agora nenhum de seus Tokens jamais venceu e que muito poucos sobreviveram aos jogos, mas quem sou eu para decepcionar um deus?

— Aqui. — Ele estende a mão para me passar a placa e eu estendo meus dedos, roçando sua palma quando a pego.

Segurando a ficha com força na mão, sinto um calor passar por mim. Olho para baixo e vejo que meu vestido chamuscado foi substituído por uma túnica preta, coberta de estrelas douradas que formam a constelação de Escorpião. Um cinto largo com um escorpião na fivela circunda a túnica e nos pés estão sandálias novas. Flexiono os dedos dos pés e suspiro quando os calçados beliscam minha pele.

Hades me lança um olhar interrogativo.

— Algum problema?

— Bem... é só que prefiro minhas sandálias velhas; eu as amaciei e elas são confortáveis. — Dou de ombros, me sentindo uma tola.

— Entendo — diz ele. O repuxar em seus lábios voltou e sinto minhas bochechas corarem enquanto esse deus ri de mim.

Sinto uma agitação no ar ao redor dos meus pés e olho para baixo para ver minhas sandálias antigas de volta. Sorrio para ele e, quando encontro seu olhar, vejo uma faísca nele, como uma estrela cadente iluminando a noite.

Ele sustenta meu olhar e sinto um calor estranho passando por mim, que permanece mesmo quando ele o desvia de repente, como se sua atenção tivesse sido desviada.

— Não temos muito tempo para os jogos começarem e a missão ser anunciada — diz Hades, olhando para mim. — Hermes é o mestre de missão desses jogos; ele vai declarar as regras após o teste inicial.

— O que é o teste inicial? — pergunto.

Hades balança a cabeça, colocando o cabelo preto de volta no lugar quando cai para frente.

— Nós, deuses, não sabemos de tudo — responde ele com um erguer de sobrancelhas tão pequeno que não tenho certeza se estava lá de fato. — É contra as regras que qualquer um, exceto o mestre de missão, saiba dela ou de seus testes antes de serem divulgados nos jogos. Sempre há um teste inicial antes de a missão ser anunciada — continua ele. — Ao longo da missão, você enfrentará muitos testes; antes de cada um terei a oportunidade de lançar um dado, que decidirá qual ação posso realizar para ajudá-lo ou não!

— Ou não? — repito.

Hades estende a mão para me mostrar um dado de doze faces, cada lado gravado com um símbolo do zodíaco.

— Se eu tirar um signo de terra, você terá uma vantagem, um signo de fogo, então, você estará em uma posição de ataque, um de ar é defesa, e se eu rolar um signo de água, você estará em desvantagem de alguma forma.

Aceno com a cabeça enquanto absorvo essa informação. Na verdade, sou apenas um pão de carne e osso.

Ele guarda o dado nas dobras de suas vestes e me encara com um olhar sério.

— Eu prometo que farei tudo que puder para ajudá-la, mas assim como você tem seu livre arbítrio e pode usá-lo como quiser, eu tenho o meu e não vou usá-lo para ir contra nenhuma das coisas em que acredito, como a preservação e a santidade da vida e dos viventes. Não lhe darei nenhum presente que sirva para ferir ou matar outro ser vivo.

Demoro muito mais de um minuto para compreender o que Hades, Deus do submundo, aquele que recebe os mortos, acabou de dizer.

— Mas e quanto à preservação e santidade da minha vida? — digo, ouvindo a incredulidade em minha voz.

— É por isso que eu escolho apenas Tokens que iam morrer de qualquer maneira. Não acredito em violência, não mais, e não posso ser responsável por aumentar os salões de meu território. Testemunhei a lamentação pela qual os espíritos dos mortos passam, a perda e a tristeza, o arrependimento por não terem vivido mais e por não terem vivido bem. Não posso ser responsável por isso.

Eu o encaro e posso sentir que estou boquiaberta pelo choque, surpresa e repúdio.

— Mas você é o deus dos mortos! — Eu levanto as mãos, exasperada.

Aquele sorriso triste está repuxando seu lábio mais uma vez, enquanto ele balança a cabeça devagar e depois me encara com aqueles grandes olhos seriamente azuis.

— Eu sou o deus dos mortos, mas não sou o deus da morte; essa honra e fardo recaem sobre outro. Nem sou meu sobrinho Ares, deus da guerra, que se deleita com a morte daqueles que ele aniquila. Convivo com os espíritos dos mortos, cuido deles e os castigo como os juízes dos mortos, Radamanto, Minos e Éaco, consideram apropriado, e durante minhas funções eu os escuto. Sei o quanto esta vida mortal lhes é preciosa, e é importante para mim também.

Penso em quanto trabalhei duro para este momento, para ser escolhida como uma Token dos deuses, para ganhar e reivindicar meu prêmio, para me vingar. Mas como posso vencer tendo Hades como meu deus? Como posso vingar Estella? Tudo pelo que trabalhei, todo o treinamento, toda a dor, para isso.

Sinto um enjoo crescendo dentro de mim e acho que vou vomitar, ou chorar, ou ambos, e então me recordo do que Hades disse antes, que ele me escolheu porque eu devia ter morrido no fogo. Recordo-me das chamas e do calor, da fumaça e da coluna desabando. Olho para minha pele, que não está vermelha e com bolhas como estava, e percebo que esta é uma segunda chance. Hades é minha segunda chance.

— Que tipo de presentes vai me dar? — pergunto.

— Coisas úteis, eu garanto — responde ele. — Na verdade, posso lhe dar um presente agora, antes do teste inicial.

Levanto uma sobrancelha, sem saber o que esperar deste presente útil. Ele estende a mão e, como se tivesse sido tirado do nada, segura a alça de uma bolsa de couro. A alça é longa e vai dar a volta em meu corpo com facilidade. Ele estende a mão um pouco mais, assim como fez com a placa. Ele parece tão satisfeito consigo mesmo. Pego a bolsa e passo a alça por cima da cabeça, a bolsa repousando na altura do meu quadril. A aba protetora que cobre a abertura tem em relevo o mesmo símbolo de escorpião da minha placa.

— Obrigada — digo devagar enquanto lanço um olhar para cima e vejo que ele ainda tem a mesma expressão satisfeita. Tudo o que consigo pensar é que *estou prestes a entrar nos Jogos Imortais com um novo acessório para a túnica que estou usando.*

Talvez isso tenha ficado evidente em meu rosto porque Hades abandona o pequeno sorriso e seus olhos se arregalam, um pouco preocupados, quando ele explica:

— É uma bolsa troiana, feita da pele de um cavalo troiano.

Eu o encaro, meu rosto inexpressivo. Não faço ideia do que ele está falando.

— Você pode colocar qualquer coisa na bolsa, qualquer coisa mesmo, e vai caber. Você poderia me colocar dentro dela se quisesse e me carregar o dia todo, o ano todo até, e não sentiria nada. A bolsa não ficaria nem um pouco pesada, e então, quando você me tirasse dela, seria como se o tempo não tivesse passado para mim, eu estaria exatamente como era quando entrei. Quando você quiser retirar algo da bolsa, tudo que precisa fazer é colocar a mão dentro dela e pensar no item, e ele chegará até você.

Fico tentada a segurar a bolsa aberta e pedir uma demonstração, mas não faço isso, principalmente porque, pela expressão em seu rosto, acho que ele entraria na sacola de bom grado e eu não tenho certeza se iria trazê-lo de volta.

Em vez disso, me contento com:

— Entendo, obrigada. — Na verdade, consigo ver como a bolsa pode ser útil.

Hades olha para cima, como um cachorrinho assustado, como se houvesse algo no ar, além da minha audição, e acho que há, porque ele se vira para me encarar e diz:

— O teste inicial está prestes a começar.

Sinto um nó de medo crescer dentro de mim e expiro devagar, tentando me acalmar. Eu treinei para isso. Estou preparada. É literalmente agora ou nunca.

Hades ergue a mão e me guia escada acima, passando pela estátua do enorme escorpião e até uma grande porta no fundo da câmara.

— Assim que você passar por esta porta, o teste começará — explica Hades. — Espero que as Tecelãs do Destino estejam do seu lado e que você passe no primeiro teste, mas caso não passe, verei você em breve de qualquer maneira, neste reino ou no meu.

Estranhamente, uma parte de mim se sente segura ao saber que o verei de novo, mas uma parte maior de mim está olhando para ele com uma sobrancelha erguida. Ele acabou de me subestimar e às minhas habilidades; ele não faz ideia de quem eu sou ou do que sou capaz.

—Vejo você quando eu passar neste teste — digo a ele e sigo em frente, colocando a mão na porta e empurrando-a para a escuridão.

O TESTE INICIAL

Está sufocantemente escuro além da porta. Posso sentir o chão debaixo das minhas sandálias, firme e liso, coberto por uma fina camada de areia. Sinto os pequenos grãos estalando e quebrando enquanto investigo a escuridão. Estremeço ao pensar em todas as criaturas que poderiam estar se esgueirando nas sombras. Aposto que elas não têm posições semelhantes à de Hades com relação à violência.

Estico os braços de cada lado, mas sou saudada apenas pelo vazio. Então, pisco várias vezes para tentar ajustar a visão, mas é impenetrável.

— Ei, Hades!

Parece errado falar o nome dele em voz alta, é um tabu tão grande. Ninguém fala o nome dele em voz alta, temendo que ele ouça e volte seu olhar para você. Mas eu vi seus olhos e o seu tom de azul. Sorrio na escuridão enquanto começo a conversar com meu deus.

— Bem, lembro-me de ter ouvido uma vez que você é o senhor das trevas ou da noite ou algo assim. Vou contar noite e trevas como uma coisa só, porque são bem parecidas, está bem? — Quase posso vê-lo pronto para me corrigir. — De qualquer forma, está bem escuro aqui e vou tentar não surtar porque, bem, esse é o seu domínio, certo? E somos como uma equipe ou algo assim.

Eu me agarro a essa ideia de sermos uma equipe enquanto o imagino sorrindo para mim daquele modo sutil, sua boca repuxando timidamente para o lado, como se ele estivesse achado graça. Acho que estou sendo muito divertida agora, parada no escuro, conversando com um deus ausente, enquanto mantenho os braços bem abertos e deslizo os pés pelo chão, avançando lentamente para o lado, tentando encontrar a extremidade da sala onde me encontro. Por um momento me pergunto se não tem fim, se é apenas um nada aberto; sinto um peso no estômago.

Congelo quando uma voz preenche o vazio, não a voz que eu esperava ouvir. Essa voz tem um tom mais alto, mais cantante e alegre, lembrando-me dos andorinhões gritando uns com os outros no verão, enquanto voam pelo céu azul.

— Tokens, eu sou Hermes, mestre de missões destes jogos. Cada um de vocês foi selecionado por seu deus para que possam honrá-los com suas habilidades a participar dos Jogos Imortais. — Ele faz uma pausa para o que só posso presumir ser um efeito dramático. — Antes da missão começar, vocês devem atravessar... a manopla.

Quando Hermes diz isso, uma luz suave de repente brilha acima de mim. Olho para um céu escuro, mais escuro do que qualquer noite de inverno e mais claro também, pois está cheio de estrelas, cada ponto de luz fulgurando intensamente, do branco ao azul, do amarelo ao vermelho. Apesar do limite do universo reluzindo sobre mim, não consigo ver grande parte da manopla à frente, exceto pelas paredes que delimitam seus lados. Fico contente em ver que uma parede está perto da minha mão estendida e, subitamente consciente deles, abaixo os braços.

Sei que uma passagem longa e estreita cheia de terrores invisíveis me aguarda, e isso me enerva, o que imagino que seja o ponto. Continuo encarando as estrelas; estou maravilhada por elas, com os olhos arregalados e boquiaberta. Se esta é a última coisa que vou ver, então, é espetacular.

Afasto esse pensamento da minha mente, mas é tarde demais, as batidas do meu coração dispararam. A voz de Hermes volta a ressoar.

— A manopla está cheia de ameaças, armadilhas e truques. Todos foram preparados para pará-los, se for possível. Este é o primeiro teste dos jogos, projetado para eliminar desde o início os Tokens indignos. Se você é digno do favor de seu deus, então conseguirá atravessar. Caso contrário, suas estrelas brilharão em seu signo do zodíaco por toda a eternidade, mas não tão intensamente a ponto de você ser lembrado para sempre.

Hades se lembrará deles, penso comigo mesmo ao me lembrar da maneira como o deus do submundo falou sobre os espíritos dos mortos. Ele não era o que eu esperava; não que eu estivesse esperando algo dele. Mas eu achei que, quando fosse selecionada para ser uma Token, eu sentiria medo do deus que me escolhesse. Hades, bem, eu deveria ter mais medo dele do que de qualquer outro deus, mas há algo profundo e sério, porém divertido e sincero nele. Tenho de respeitar a sua atitude em relação à violência; se devemos acreditar nas histórias sobre os deuses, então, eles são muito rápidos em provocar horrores. Tento me lembrar das histórias de Hades, mas minha cabeça está cheia demais de ameaças invisíveis à minha frente.

— Vamos lá, Hades, é isso. O início dos jogos. Você lança seu dado, então eu me movo, e você se move comigo. É assim que acontece, certo? — sussurro para a escuridão, sentindo os batimentos do meu coração se acalmarem e minha respiração se estabilizar. Não preciso que ele me responda; estou acostumada a conversar com pessoas que não estão aqui.

A luz das estrelas acima fica um pouco mais forte, ou talvez meus olhos estejam mais acostumados à penumbra; a manopla está diante de mim como uma longa passagem, e consigo ver o primeiro obstáculo agora — uma fina trave de equilíbrio de rocha com uma queda aparentemente interminável em ambos os lados, sinalizada pelas paredes da manopla. Estreito os olhos e percebo que em seguida há uma grande extensão de nada, embora nas paredes haja uma série de buracos. Olho para esses buracos por um momento e decido que o que quer que esteja escondido neles não pode ser bom.

Estou prestes a tentar ver o obstáculo além disso quando Hermes grita:

— Que comecem os jogos!

Um som estrondoso enche o ar lá de cima e, sem parar para pensar, corro.

A trave de rocha é mais estreita que a palma da minha mão e lisa. Não há poeira para ajudar a sola das minhas sandálias a se aderirem à superfície e estou tão feliz por Hades ter me devolvido as antigas, suas solas resistentes me dando apoio enquanto corro ao longo da trave com tanta pressa quanto sinto que é seguro, meus braços estendidos para o lado para me equilibrar, a bolsa troiana presa sem peso ao lado do meu corpo. Depois de passar da trave, não hesito nem paro de correr, inclino-me para a frente e corro a toda velocidade atravessando aquela seção da manopla com buracos nas paredes. Enquanto corro, ouço movimentos rápidos atrás de mim e arrisco olhar para um dos buracos enquanto passo e vejo o brilho mortal da lâmina de uma faca faiscando para mim.

Ouço um grito próximo e sou atingida pela noção de que cada um dos outros Tokens está enfrentando sua própria manopla. Pergunto-me se todos estão enfrentando os mesmos obstáculos que eu.

Penso nas lâminas voando da parede atrás de mim e no grito que veio de algum lugar à minha esquerda. Aumento um pouco a velocidade e sinto meus músculos ardendo enquanto as lâminas das facas continuam a sair das paredes. Seu barulho sinistro acaba, porém, eu continuo correndo, procurando a próxima ameaça, mas ela não vem da minha frente. O solo de repente treme violentamente e eu tropeço, caindo de joelhos no chão da manopla. Enquanto me levanto, olho para trás e vejo uma pedra gigante rolando em minha direção. Xingo mais uma vez. Depois, começo a correr para frente, ainda olhando por cima do ombro enquanto a pedra enorme continua avançando.

Viro a cabeça bem a tempo de ver uma lâmina pendular afiada atravessando meu caminho. Dou um salto para trás e fico imóvel enquanto outra se junta a ela, depois uma terceira, quarta e quinta. Uma fileira de lâminas balançando em momentos diferentes e eu parada, perdendo um tempo valioso, enquanto a pedra se aproxima. Corro adiante quando a primeira passa e consigo atravessar direto pela segunda também, mas erro o tempo da terceira e tenho que fazer uma pausa de novo; a quarta está subindo e eu saio do caminho enquanto avanço correndo, mas não sou rápida o suficiente e ela atinge a parte de trás do meu braço esquerdo quando desce em minha direção.

Solto um arquejo de dor, mas não olho para trás. Posso sentir o sangue escorrendo até meu cotovelo e consigo ouvir a pedra logo atrás de mim colidindo com o primeiro pêndulo. À minha frente há uma corrida curta e depois um vazio enorme; só que não é um vazio, é um buraco e o fundo dele está cheio de estacas pontiagudas. A abertura tem pelo menos o dobro da minha altura de comprimento e acho que nunca pulei tão longe, mas não posso me deixar hesitar porque a pedra está quase me alcançando e, dois passos depois, fico sem chão e estou saltando no ar, desejando que meu corpo se estique e chegue ao outro lado.

Percebo que meus pés não vão conseguir e estico meu tronco para frente, meus cotovelos e antebraços atingindo a borda, enquanto meu corpo bate na lateral do buraco. Sinto-me escorregar e enterro as pontas dos dedos no chão duro, quebrando as unhas.

Viro a cabeça e vejo a rocha cair na abertura, esmagando as estacas como se fossem palitos de dente enquanto seu impulso a traz em minha direção. Eu faço força com os braços e pressiono os dedos dos pés na lateral do buraco, subindo o mais rápido que consigo, e mal me atiro no chão quando ele treme com a força da rocha atingindo a lateral do poço. Rolo de costas e me deito no chão por um momento, encarando as estrelas e contando todas as que me deram sorte. Então ouço um estalo abaixo de mim.

— Você só pode estar brincando! — resmungo enquanto me levanto e começo a correr de novo, o chão abaixo dos meus pés se partindo, cedendo e desmoronando. Logo à minha frente há uma porta aberta. Posso sentir meus pés escorregando, a queda do chão é mais rápida do que eu, então salto para a porta, mergulho através dela e caio de cara em um chão duro de mosaico.

Eu não fico no chão; levanto depressa e estou prestes a recomeçar a correr quando ergo o olhar e vejo Hades parado na minha frente.

— Conseguimos, eu consegui! É isso aí, time Hades! — exclamo em voz alta e então me sinto uma idiota.

— Sim, nós fizemos, bem, você fez a maior parte do trabalho pesado, tudo que eu fiz foi rolar um dado — responde Hades, aquele sorriso surgindo no canto de seus lábios. — As Tecelãs do Destino escolheram bem — acrescenta ele enquanto me encara com um olhar de aprovação.

— Sim, Destino! — eu digo enquanto limpo a sujeira das minhas roupas e começo a examinar meus joelhos esfolados e o corte na parte de trás do meu braço que agora está sangrando até meu pulso.

Hades pega a ponta de suas vestes e enxuga o sangue, antes de pressionar o ferimento.

— Não posso curar seus ferimentos, mas posso lhe dar um presente por passar no primeiro teste. Coloque sua mão na bolsa de troiana e chame seu presente até você. — Ele ainda está apertando suas vestes contra meu braço.

Eu olho para ele, seus olhos azuis demais fixos nos meus, e ergo uma sobrancelha.

— Está bem! — murmuro e coloco a mão direita na sacola, pensando em um presente. Sinto algo em minha mão, como se alguém o tivesse colocado ali, e imediatamente sei que não é o presente em que estava pensando.

— Corda! — Puxo o pedaço de corda enrolada da sacola. — Tem certeza de que não quer me dar uma espada, um arco, um escudo ou algo do tipo?

— Tenho certeza, Ara — confirma Hades, soltando meu braço, que parou de sangrar. Há um tom em sua voz tão afiado quanto uma lâmina, como se isso fosse definitivo, e sinto que não posso pressioná-lo, pelo menos não agora.

Hades pega a corda e a puxa para longe de mim. Ela corre suavemente pelos meus dedos e, à medida que passa, cintila, seus finos fios prateados refletindo a luz da pequena sala em que estamos.

— Esta corda é feita de sete fios de luz estelar, cada um tecido por uma das sete irmãs Plêiades. A corda é indestrutível, nunca vai se desgastar nem apodrecer e vai aumentar ou encolher ao seu comando. Ela lhe dará esperança quando você precisar, assim como o brilho das estrelas faz.

— É linda — elogio, e é verdade, estou encantada com ela. — Obrigada — falo para ele e estou sendo sincera.

O deus do submundo parece encabulado; se o alabastro fosse capaz de corar, então eu acharia que suas bochechas haviam ficado um pouco rosadas. Ele enrola a corda em um rolo e a entrega para mim. Meus dedos roçam sua mão enquanto pego a corda e ele a solta depressa, virando-se e caminhando sobre o padrão de mosaico do escorpião enquanto fala por cima do ombro.

—Venha, Hermes está prestes a anunciar a missão. Vamos ver o que temos que enfrentar.

OS TOKENS E SEUS DEUSES

Enquanto sigo Hades pela porta depois do mosaico, levanto a mão para proteger os olhos da luz solar brilhante. Ele faz o mesmo e percebo que mesmo depois que meus olhos se acostumaram à luz, ele ainda estreita bastante os olhos e ergue a mão de vez em quando.

— Um anfiteatro? — questiono, conforme olho ao redor. A porta, agora fechada atrás de nós, fica abaixo das fileiras de assentos curvos voltados ao palco à nossa frente. É lindo, com arcos altos e um grande espaço para apresentações.

Hades assente.

— Hermes gosta de falar em público! Sem dúvida ele nos brindará com um discurso em breve. — Aquele pequeno sorriso está de volta; acho-o contagiante e percebo que estou sorrindo também. Mas meu sorriso logo desaparece quando me viro para uma das outras portas. Sinto cheiro de sal na brisa fresca, e meus olhos se arregalam enquanto observo o deus diante de mim.

Olho para Poseidon e sinto a admiração e o terror que eu devia sentir, porém, não sinto quando olho para Hades. Poseidon está usando um manto curto preso na cintura, uma capa fina feita de rede em volta dos ombros e na mão ele traz seu tridente de três pontas. A pele queimada pelo sol cobre longos músculos e, embora sua cabeça seja lisa e sem pelos, ele tem uma barba longa e esvoaçante. Sinto-me tremer diante do poder deste deus. Quando olho para Hades, ele está me olhando, curioso.

— O que foi? — digo.

Ele balança a cabeça, aquele olhar divertido em seu rosto.

— Nada. — Ele mal levanta a sobrancelha, mas sei que o movimento está presente quando ele sai do meu lado e caminha até Poseidon.

Pergunto-me se me sinto diferente em relação a Hades do que me sinto sobre Poseidon porque ele é meu deus para os jogos, porque ele me escolheu e somos uma equipe. Talvez seja parte dos jogos, fazer com que os Tokens se sintam à vontade com seus deuses para que tenham um bom desempenho juntos, ou talvez seja apenas Hades?

— Irmão — brada o deus do mar, e sua voz soa como ondas quebrando na praia.

Os dois se abraçam e consigo ver a semelhança familiar: ambos são altos e fortes, e seus olhos brilham com a mesma intensidade, embora os de Poseidon sejam verde-marinho. Ele parece ser muito mais velho que Hades, quase tão velho quanto meu pai, eu diria.

É neste momento que noto a linda garota parada ao lado de Poseidon. Seu cabelo é da cor da areia dourada, longo e esvoaçante, seu rosto, delicado com lábios carnudos, como uma escultura em mármore. Ela está usando um manto curto parecido com o meu, do mesmo verde dos olhos de Poseidon, mas a maior parte dele está coberto por uma armadura prateada — o desenho de um peixe, o símbolo de Peixes, no peitoral — e na mão ela traz um tridente prateado, uma cópia do de Poseidon, só que menor, embora pareça igualmente mortal.

Os deuses conversam enquanto nós duas nos avaliamos uma à outra. Ela parece assustada e não posso culpá-la. Fomos arrancadas de nossas vidas para encontrarmos um deus e recebermos a tarefa de sermos suas Tokens. Acabamos de ter que correr para salvar nossas vidas e estamos prestes a partir em uma missão que sem dúvida vai nos matar.

A garota está olhando para Hades e percebo que a maior parte do medo que ela demonstra pertence a ele. Eu olho para o meu deus. Ele está escutando Poseidon atentamente, com o rosto cheio de atenção e concentração. Pergunto-me se ela está sentindo por Hades o mesmo que sinto por Poseidon, e simplesmente não consigo entender como essa garota consegue ver algo que possa lhe causar medo.

Como se sentisse que estou olhando, Hades se vira na minha direção e sinto um pequeno arquejo escapar de mim, como se eu tivesse sido atingida no campo de treinamento e ficado sem fôlego.

— Esta é Ara — declara Hades, apresentando-me a Poseidon.

O deus do mar olha para mim e dá uma risada suave que parece o bater da água em uma piscina rochosa.

— De que morte salvou esta? — pergunta a Hades, enquanto dá um tapinha nas costas do irmão.

Hades oferece um pequeno sorriso.

— De uma quente!

A risada de piscina de pedras soa mais alto.

— Esta é minha Token, Danae. Tenho estado de olho nela há alguns jogos; será um peão valoroso.

Eu me arrepio ao ouvir Poseidon falar de Danae como nada mais do que um objeto para ele usar e me questiono se Hades sente o mesmo por mim. Olho para a bela jovem e vejo que ela evita olhar para Poseidon. Será que ela sente por ele a mesma admiração que eu senti, uma admiração que se esvaiu desde que ele começou a falar?

— Estou feliz que as Tecelãs do Destino tenham me dado o símbolo dela desta vez; ela estaria velha demais para jogar na próxima Lua de Sangue.

Sinto uma ardência percorrendo minhas veias e decido ali mesmo que, caso eu possa ajudar Danae de alguma forma durante esses jogos, eu o farei.

— Irmão, ainda somos doze? — Poseidon pergunta a Hades.

— Não exatamente. Sinto alguém diante de meu portão. Tânatos foi rápido em recolhê-lo.

— Foi o Token de Zeus? — questiona Poseidon, com uma nota de ansiedade na voz.

— Era um menino chamado Philco; ele tinha apenas treze anos — responde Hades. — Ele gostava de tocar alaúde e era bastante habilidoso com ele, segundo todos os relatos, e ainda cantava bem; pessoas viajavam de longe para ouvir suas canções.

— Não parece um Token de Zeus. — A voz de Poseidon tem um tom de decepção.

De repente, o anfiteatro parece pequeno demais e percebo que, enquanto estava me concentrando em Poseidon, outros deuses e seus Tokens chegaram.

Meus olhos se arregalam conforme observo o panteão dos deuses. Meus batimentos cardíacos aumentam quando vejo Afrodite, que é tão linda que não tenho palavras para descrever sua aparência ou como me sinto quando olho para ela. Ao seu lado está o marido, Hefesto, com os braços cobertos por músculos ondulantes, a mão segurando um martelo tão grande que sei que nunca seria capaz de erguê-lo e muito menos forjar metal com ele.

Imagino quantos dos Tokens estarão usando armaduras feitas por ele e, olhando em volta, vejo que apenas outras duas estão sem essa proteção, uma garota com um elmo e uma lança parada perto de Ares, e o Token do próprio Hefesto, que está segurando um martelo semelhante ao de seu deus e usando um cinto do qual pende uma tocha acesa de fogo azul. As chamas quase parecem lamber a borda de sua túnica azul-escura coberta de flechas de bronze, o signo de Sagitário, mas percebo que ele não tem nenhuma queimadura; nem mesmo dá atenção à chama ao lado de seu quadril. Esfrego os braços, lembrando-me das queimaduras no templo.

Eu me viro para esquadrinhar a multidão.

— Procurando por alguém? — questiona Hades, aproximando-se de mim.

Quase falo "Zeus" para ele, mas em vez disso respondo:

— Apenas observando os competidores. — E depois não posso deixar de acrescentar: — Notei que todos eles têm armas.

— Todos têm mesmo — afirma Hades, como se fosse algo estranho para um Token ter. — Sabe, eles não precisam ser seus concorrentes, são suas ações o que os tornam isso.

Percebo que ele lança um olhar para Poseidon, que por sua vez está olhando para o outro lado do anfiteatro. Sigo o olhar de Poseidon e vejo Zeus.

Por um segundo, fico contente por Hades não ter me dado uma arma. Se ele tivesse feito isso, não tenho certeza se conseguiria ficar parada; eu teria corrido pelo chão de cascalho e enfiado qualquer metal que tivesse no deus. Imagino como seria ter um tridente como o de Danae e cravá-lo no peito de Zeus. Quão surpreso ele teria ficado quando eu o arrancasse de seu corpo e lhe dissesse "Isso é por Estella". Será que ele se lembraria de quem ela era?

Hades toca meu braço, trazendo-me de volta a mim. Com os punhos fechados e a mandíbula cerrada, percebo que estou chorando. Rapidamente enxugo as lágrimas nas costas da mão, enquanto ele abaixa a cabeça em direção ao meu ouvido e pergunta, tão baixinho que poderia ter sido dito em um último suspiro:

— Você está bem, Ara?

Fecho os olhos, não apenas porque não quero ver Zeus, mas porque Hades disse meu nome naquele suspiro suave que faz todo o meu ser formigar.

Sinto-me relaxar enquanto isso flui através de mim e abro os olhos, planejando me virar para encará-lo. Mas a primeira coisa que vejo é o Token de Zeus.

— Theron! — chamo, e ele vira a cabeça para mim. Corro em sua direção e ele faz o mesmo.

Suas vestes cinzentas estão cobertas por uma armadura dourada com seu símbolo de Capricórnio resplandecendo, uma espada pendurada em seu cinto, e, quando nos alcançamos, eu colido contra seu peitoral sólido. Nós nos abraçamos muito apertado, tão apertado. Ele é uma migalha de normalidade dentro deste teatro dos deuses e estou tão feliz em vê-lo que fico surpresa.

Quando ele se afasta de mim, move a mão para minha bochecha, e me lembro de como ele segurou meu rosto desse jeito sob a Lua de Sangue pouco antes de me beijar. E, por um momento, penso em beijá-lo de novo. Em vez disso, eu o solto e dou um passo para trás ao perceber que todos estão olhando para nós.

— Ah, o amor juvenil. — A voz de Afrodite é doce, melodiosa e se projeta. Sinto minhas bochechas corarem e olho para o chão.

Zeus para ao lado de Theron antes que eu perceba. Estando tão perto dele, sinto um tormento me percorrer. É magnético, todo o seu ser irradia poder e força, e quero agradá-lo, quero ser notada por ele e que ele conceda seu favor para mim; porém, também quero pegar a espada no cinto de Theron e atravessar Zeus.

Não digo nada quando ele cutuca Theron e se inclina em sua direção, dizendo em um sussurro alto:

— O mundo todo é um jogo, rapaz. Não faça nada que eu não faria.

Desta vez, ajo por instinto e avanço, tentando pegar a espada de Theron, mas Hades me segura pelo pulso e me puxa, fazendo com que eu perca o equilíbrio. Parece que estou desmaiando e ele me segurando.

Zeus ri.

— Ah, Hades. Só você, irmão, para escolher a delicada; ela provavelmente está emocionada pelo meu jovem campeão aqui. — Zeus levanta o braço de Theron e vejo meu amigo sorrir de júbilo.

Hades ainda está me segurando em seus braços e me levanta do chão, olhando para Theron com uma expressão tão fria e impassível que por um momento penso que o deus pálido de fato se transformou em pedra.

— Ela é delicada — afirma Hades, sua voz tão sombria quanto um túmulo e seus braços apertados em volta de mim. Duvido muito que a expressão no meu rosto pareça delicada enquanto o encaro.

—Talvez devesse colocá-la no chão, Hades, acho que você está envergonhando a mortal. — Zeus ri enquanto se vira, junto com todos os outros, para observar Hermes, o deus mensageiro, que entra voando no anfiteatro.

Hades me coloca no chão na extremidade da multidão enquanto deuses e Tokens cercam Hermes, mas ele continua segurando meu braço.

— O que foi aquilo? — diz ele em um sussurro tão mortal que meu sangue congela.

Por um segundo penso em mentir para ele, mas em vez disso apenas endireito a postura e levanto o queixo.

—Vingança — sussurro em resposta com uma voz igualmente inexpressiva.

Ele olha para mim com a expressão que tinha antes, como se estivesse procurando além, por coisas que outros não conseguem ver. Sua expressão muda, e sinto uma dor ao ver o quanto ele parece triste de repente, o quanto ele está decepcionado, desapontado comigo.

— Entendo. — Ele desvia o olhar de mim, soltando meu braço. — Sou o deus de muitas coisas, Ara. Do submundo, dos mortos e das trevas, do sonho e do desconhecido; exceto que, para mim, o desconhecido é conhecido quando o busco, e sei o que você guarda em seu coração. — Ele me encara, seus olhos me medindo e sentindo pena de mim.

Sinto um arrepio na pele quando ele se afasta de mim e se aproxima do grupo de deuses e Tokens que se reuniram em torno de Hermes.

Eu o sigo, porém, a distância. Afinal, ele ainda é um deus, a ira deles é lendária e eu acabei de tentar matar o irmão dele.

Hermes flutua acima do palco, suas sandálias aladas batendo sem parar, mantendo-o no ar. Apontando seu caduceu, o bastão de asas longas cercado por duas cobras retorcidas, para cada deus, ele começa a contá-los. — Onze, estamos todos aqui, bem, aqueles de nós que ainda estão jogando!

Alguns deuses riem, Zeus explode de divertimento, mas Hades permanece quieto.

Olho de relance para ele e vejo aquele olhar distante voltar ao seu rosto por um momento. Pergunto-me se ele está pensando no Token que morreu, o garoto, Philco, buscando-o nos portões de seu reino do jeito que fez antes, do jeito que buscou quando perguntei se meus pais e Theron estavam mortos. Ou se está pensando em mim e no que acabou de descobrir sobre minhas intenções nos jogos. Mas Hades observa Theron e eu sigo seu olhar.

Theron está parado perto de Zeus, com o peito estufado e a mão apoiada na espada; ele está lindo em sua armadura dourada e túnica cinza, e percebo que esta é sua chance de cumprir seu destino. Eu observo Zeus, seu cabelo branco-dourado encaracolado, sua barba curta e seu lindo rosto radiante, seus olhos azuis claros da cor de um céu desbotado. Ele parece mais jovem que Poseidon, porém, mais velho que Hades, e quando olho para o governante do céu, o deus de todos os deuses, percebo que, assim como Theron, esta é minha chance de cumprir meu destino também.

Desejo não ter reagido daquela maneira, não ter deixado Hades descobrir o que estava em meu coração. Mantive meus planos em segredo por tanto tempo e, com um movimento, Hades me descobriu. Se eu tivesse sido escolhida por qualquer outro deus, tenho certeza de que o conteúdo do meu coração estaria a salvo.

A MISSÃO

Hermes ainda está flutuando acima da multidão e, depois de um último giro, ele estende as mãos e fala conosco; bem, não com todos nós, eu noto, apenas com os deuses.

— Agora, espero que todos tenham concedido seus favores iniciais antes de eu anunciar a missão. — Ele faz uma pausa para criar tensão dramática; os deuses estão impacientes por seu anúncio. — Esta missão levará seus Tokens a terras pouco viajadas, através de grandes perigos e provações difíceis, mas o prêmio vale a pena... a Coroa do Norte!

Os deuses soltaram exclamações de apreciação. Olho para Hades, mas seu rosto está impassível, seus olhos, baixos e concentrados.

— A constelação que foi lançada pelo nosso próprio Dionísio como um símbolo do amor que ele tinha por Ariadne, símbolo de seu casamento, de sua união. — Hermes faz um gesto em direção ao deus, que é um belo jovem; sua pele escura reluz com um esplendor profundo e todo o seu ser irradia confiança e certeza. O garoto ao seu lado usa uma túnica tão vermelha quanto o vinho pelo qual Dionísio é famoso, e ele também parece ter um ar confiante.

Hermes continua:

— Tirei a coroa das estrelas e a escondi. Sua missão é recuperá-la. O vencedor será aquele cujo Token usar a coroa.

Há uma pausa e então começa uma leve conversa.

— Onde encontraremos esta coroa? — questiona uma garota ousada. Ela está usando as marcas de Aquário e percebo que ela é a Token de Ares, deus da guerra, que notei antes, com a lança na mão, o elmo agora debaixo do braço.

Hermes olha para ela com indignação e depois volta seu olhar para Ares.

— Sua Token fala por você? — pergunta com uma risada leve que é tudo menos isso conforme se espalha pelos outros deuses.

— Nenhum mortal fala por mim. — A voz de Ares é tão afiada quanto sua lâmina. A garota se encolhe um pouco, afastando-se um passo do deus da guerra.

— Tokens, sinto que é hora de lhes informar suas regras. — Hermes abre os braços e acena como se estivesse tentando chamar nós Tokens mortais até ele como crianças pequenas. Creio que para o deus imortal é exatamente o que parecemos ser.

Olho para Hades e ele dá um pequeno aceno de cabeça, portanto, assim como os outros Tokens, obedientemente me aproximo de Hermes. Ele pousou no palco agora, e nós estamos abaixo dele como uma plateia terrestre.

— Doze de vocês entraram no Templo do Zodíaco e apenas onze se provaram dignos da missão — declara Hermes erguendo uma única sobrancelha.

— Philco do signo de Libra, símbolo de Apolo, caiu na primeira prova. Espero que os outros deuses tenham escolhido Tokens mais dignos para estes jogos que criei; seria um dia triste no Olimpo se as festividades terminassem cedo demais.

Sinto-me um pouco enjoada ao pensar que nossas mortes são inconvenientes para o entretenimento dos deuses.

— A primeira regra que precisam seguir é: todos os presentes dos deuses pertencem ao Token a quem foram concedidos. Quando um Token morre, seus presentes divinos não podem ser apropriados por outro Token, mas, enquanto ainda estiver vivo, um Token pode compartilhar seus presentes... se assim o desejar. Adicionamos essa regra depois que um Token acumulou um grande arsenal de armas mágicas; a competição ficou muito unilateral depois disso e claramente previsível. — Hermes dá um bocejo teatral.

— A segunda regra é: um Token deve jurar lealdade completa ao deus que o escolheu; nenhuma aliança ou acordo deve ser feito entre Tokens e quaisquer outros deuses além dos seus. — Hermes olha com seriedade para os Tokens. — E embora a traição e o engano sejam divertidos, levam a mais drama do que até mesmo eu consigo lidar! Portanto, vocês têm que dizer "Juro minha lealdade a…" e em seguida nomear o seu deus! Jurem agora.

Viro minha cabeça para olhar para Hades. Ele parece tão deslocado ao lado dos outros deuses, mas não consigo entender o porquê. Tem tanta presença quanto eles, tanta dignidade e poder em sua presença, mas há algo que o diferencia.

— Juro minha lealdade a você, Hades — declaro, e enquanto os outros deuses ficam parados ouvindo a cacofonia de vozes enchendo o ar, todas fora de sintonia umas com as outras, tenho certeza de que vejo os lábios de Hades se moverem quando ele diz: *"E eu a você, Ara"*.

— E a terceira regra: nenhum Token mortal pode intencionalmente derramar o sangue de outro; desqualificação instantânea será concedida ao Token e ao seu deus, e grande punição será aplicada. Os jogos terminam cedo demais quando todos vocês começam a se matar!

Sim, é muito mais divertido quando você a prolonga e planeja a matança você mesmo, penso enquanto olho feio para Hermes e a expressão melodramática que ele está fazendo para nós.

Em um instante, ele coloca um sorriso no rosto, grande e falso, com um toque estranhamente sinistro.

— Conheçam seus colegas Tokens, eles podem ser a chave para o seu sucesso. Nós, deuses, adoramos ver a formação de alianças e a cooperação entre os Tokens enquanto enfrentam os perigos que encontram, é tão… mortal. E nos dá muito sobre o que especular quando todos vocês começam a se voltar uns contra os outros.

Ele tem uma expressão melancólica de saudade no rosto antes de se virar para um garoto parado perto da frente do palco e apontar para ele.

— Solon, signo de Áries, Token de Dionísio. — Ele então aponta para uma linda garota ao lado dele. — Kassandra, signo de Touro, Token de Afrodite. — E depois outra. — Heli, signo de Gêmeos, Token de Atena. Ajax, signo de Câncer, Token de Ártemis. Thalia, signo de Leão, Token de Hera. Acastus, signo de Virgem, Token de Deméter. — Em seguida, ele aponta para mim, sorrindo do mesmo jeito encantado com que cumprimentou todos os outros. — Ara, signo de Escorpião, Token de Hades. Nestor, signo de Sagitário, Token de Hefesto. Theron, signo de Capricórnio, Token de Zeus. Xenia, signo de Aquário, Token de Ares. E, por último, mas não menos importante, Danae, signo de Peixes, Token de Poseidon! Ufa! — Ele limpa exageradamente a testa.

— Todos vocês fazem parte dos Jogos Imortais; desde o momento em que foram levados durante a Lua de Sangue, seus destinos foram entrelaçados com os de seus deuses. Enquanto eles viverem para sempre, uma pequena lembrança sua viverá com eles; não importa se vocês ganharem ou não, serão lembrados entre as estrelas de sua constelação; o quão intensamente vão brilhar será determinado pela habilidade com que participam dos jogos. — Hermes faz uma pausa e inclina a cabeça para o lado, levantando a mão até a parte de baixo da bochecha em contemplação dramática.

— Entretanto, vocês não vão jogar sozinhos! Lembrem-se, além de lhes proporcionarem recompensas pelas provações que vocês enfrentarão, seus deuses lançarão seus dados para ajudá-los ou atrapalhá-los em seu caminho! Isso adiciona um elemento de acaso, surpresa e diversão que nos mantém alertas. — Os olhos de Hermes cintilam.

— O vencedor receberá enorme aclamação e poderá pedir um favor aos deuses! A única coisa que não pode pedir é se tornar um deus, os jogos não funcionam assim; caso funcionassem, precisaríamos construir um segundo Olimpo! — Hermes ri mais uma vez e os deuses se juntam a ele. — Mas qualquer outra coisa que seu coração desejar, riquezas, fama, um exército, um amante, será dada ao vencedor. — Ele abre os braços como se estivesse examinando os presentes oferecidos, depois bate palmas e encara os Tokens.

— Eu lhes passei todas as regras e vocês conhecem o objetivo da missão: usar a coroa; agora cabe a vocês descobrirem seu paradeiro. Como chegarão lá e enfrentarão as provações que encontrarão ao longo do caminho, e os favores concedidos a vocês para que sejam bem-sucedidos, dependem de seus deuses. Que vençam o melhor deus e seu Token.

Com isso, Hermes ergue seu caduceu e voa para o céu.

Viro-me para revirar os olhos para Hades, esperando compartilhar um pequeno sorriso diante da teatralidade de Hermes, mas ele não está ali; nenhum dos deuses está. Sinto-me um tanto abandonada.

— Todos eles se foram — observa Solon, o símbolo do carneiro em sua túnica vermelho-vinho ondula quando ele dá um grande suspiro de alívio.

Aproximo-me de Theron. O ardor das lágrimas voltou, mas estou determinada a não chorar. Ele sorri para mim e parece tão familiar em meio a todo esse estranhamento que acelero o passo no momento em que ele corre em minha direção. Eu não o abraço tão apertado quanto antes, mas com a mesma intensidade. Consigo sentir o cheiro do campo de treinamento nele e neste momento sei que ele está realmente aqui nesta estranha situação que parece um sonho.

— Eu pensei... o fogo, você...!

— Parece que a morte está do meu lado — digo, enquanto aponto para a placa de cobre que agora está pendurada por cima da minha túnica, apoiada naquela escondida sob o tecido preto. ARA TOKEN DE HADES.

Theron faz uma careta.

— Sim, eu o vi. Ele era mais jovem do que eu imaginava, e mais alto também.

Eu rio quando percebo que pensei as mesmas coisas quando o vi pela primeira vez.

— E você, Token de Zeus. Vejo que ele lhe concedeu alguns belos presentes! — Aponto para sua armadura e espada, e ele tem prazer de me mostrar ambas. Olho para o trabalho requintado e tento manter meu rosto impassível enquanto penso em Zeus; não posso permitir que ele tire Theron de mim também.

— O que Hades deu a você? — pergunta ele.

Eu levanto a bolsa.

— Acessórios! — respondo, levantando as sobrancelhas.

Theron balança a cabeça.

— Isso é... uma porcaria!

Não consigo deixar de soltar outra risada.

— Parece que o deus do submundo não gosta muito de armas ou violência.

— É mesmo? Parece-me que ele está apenas tentando matar você. Mas não se preocupe, apesar de todas as melhores intenções de Hades, não pretendo permitir que ele leve você para o reino dele. — Olha para mim do jeito que olhou nos campos de treinamento sob o luar, e sinto o arrepio quente se espalhar por mim de novo.

Estou tão feliz por estarmos aqui juntos. Estendo a mão e aperto a sua enquanto sorrio para ele. Estou prestes a dizer a Theron que consigo lidar com Hades, quando Thalia, Token de Hera, chama.

— Alguém sabe onde estamos? — Ela está no palco acima de todos nós, perto de onde Hermes estava, seu cabelo preto reluzindo em uma auréola de cachos, sua túnica dourada marcada com os leões de sua constelação.

— Acho que eu sei — declara Ajax, enquanto desce correndo dos assentos escalonados do anfiteatro, sua túnica branca fazendo sua pele bronzeada parecer ainda mais escura. — Acho que estamos no reino de Tessália; provavelmente no anfiteatro de Larissa.

— Excelente — responde Thalia. — Sabemos onde estamos e sabemos o que queremos, a Coroa do Norte, agora só falta descobrir onde está e como chegar lá.

Thalia claramente tem atitude e sei que parte dessa energia será essencial nos próximos dias.

— Não seria muito longe viajar até a capital; podemos pedir ajuda lá — sugere Theron enquanto se afasta de mim e se junta a Thalia no palco. — Fica cerca de um dia de caminhada para o norte.

— Sim, ou poderíamos viajar para o oeste, até os Pântanos de Ambrácia — acrescenta Heli. Ela parece ser a mais nova entre nós, com treze ou quatorze anos, seus grandes olhos castanhos e cabelos macios e cacheados me lembravam Estella, com quem ela também compartilha o signo. — Venho de uma pequena aldeia em Acarnânia, e na minha terra natal existiu uma vez um oráculo de grande habilidade, Melia. Muitos vinham de longe para ouvir o que ela tinha a dizer. Certa vez, Zeus a visitou porque queria saber qual seria o destino de uma de suas amantes, mas o que o oráculo disse a Zeus não foi do seu agrado, então, para puni-la, ele a baniu para os Pântanos da Tristeza, em algum lugar ao redor dos lagos da Ambrácia.

— Parece um lugar alegre, e quanto tempo exatamente levaremos para chegar lá? — questiona Theron.

Heli dá de ombros, parecendo um pouco insegura, o que pode ter algo a ver com a irritação na voz de Theron.

— Alguns dias, três talvez?

— Então, você acha que devemos ir ver esse oráculo, Melia, e perguntar a ela onde está a Coroa do Norte? — pergunta Thalia.

— Sim, eu acho — responde Heli, soando mais determinada quando volta seu pequeno rosto para olhar para Theron no palco. — É isso que vou fazer. Não precisa vir comigo; pode ir para a capital se quiser. Tenho certeza de que encontrará seu caminho; se estiver destinado à coroa, ela não vai deixar de chegar até você.

Consigo sentir a tensão saindo de Theron, sua natureza teimosa despertando.

— Heli, acho que esse seu oráculo é exatamente o que precisamos. Eu viajarei com você — afirmo, dando um passo em direção a ela.

Theron me lança um olhar que conheço tão bem; ele está me desafiando, tentando me fazer mudar de ideia.

— Tem certeza? — pergunta ele, seus olhos focados e intensos.

Sorrio com doçura para ele, sabendo que vai enfurecê-lo. Inclino ligeiramente a cabeça para o lado e digo:

— Ah, sim, tenho certeza, Theron. — Aproximo-me até ficar ao lado de Heli. — Atena, a deusa da sabedoria, escolheu Heli como sua Token, então, se ela diz que visitar um oráculo nos ajudará na missão, tenho que concordar com ela.

— Eu também gostaria de visitar este oráculo — declara Ajax, e sorrio para ele.

— Não podemos nos separar tão cedo nos jogos. Todas as pesquisas que fiz mostram que os jogos com maior número de sobreviventes foram aqueles em que todos trabalharam juntos — argumenta Thalia.

Vejo Theron refletindo sobre isso. Como eu, ele ouviu dos instrutores o relato dos Jogos Imortais anteriores, bem como as estratégias com maior probabilidade de sucesso. Ele sabe que Thalia está certa.

Theron deixa de lado seu olhar gelado e sorri, depois inclina a cabeça para o lado de um jeito tímido.

— Devemos permanecer unidos, pelo menos por um tempo — declara ele, saltando do palco e se aproximando de mim e de Heli. — Vou acompanhá-la até o seu oráculo. — Ele faz uma leve reverência para Heli e levanta as sobrancelhas para mim.

A jovem acena de volta, pega a lança que Atena lhe deu e caminha em direção à saída do anfiteatro. Sigo atrás dela, com Theron ao meu lado e os outros Tokens logo atrás de nós. Depois de um tempo, entramos em um ritmo familiar, nossos passos sincronizados perfeitamente um com o do outro.

O ROLAR DOS DADOS

Zeus está jovial ao colocar sua placa no tabuleiro.

— Ah, Hades, vejo que sua Token é outra alma salva.

— Sim, irmão, não vou mudar a forma como participo dos jogos só porque o desfecho mudou.

Zeus ri.

— Nem eu, irmão, nem eu. — Ele levanta as sobrancelhas e toma um longo gole de sua taça.

Hades tira a pequena estatueta de Ara de dentro das dobras de suas vestes escuras. Ele nota que a pequena Ara é uma representação perfeita em todos os sentidos, desde a túnica preta de seu signo até o cabelo castanho escuro preso em um rabo de cavalo trançado esvoaçante. Ele segura a imagem com delicadeza e passa o polegar pelo rosto dela, na cicatriz branca que viu em sua bochecha, logo abaixo do olho, vibrante e quente. O rosto é uma mistura de determinação e surpresa cautelosa.

Hades coloca a peça sobre a mesa com relutância e se senta ao lado de Ártemis, com Apolo sentado ao seu outro lado. Ele se arrepende imediatamente de sua posição.

Os gêmeos são tão competitivos entre si quanto ele e seus irmãos haviam sido no passado, e, quando os dois começam a discutir ao seu redor, ele fica contente por passar a maior parte do tempo no seu submundo, deixando os deuses entregues a suas próprias maquinações e zombarias.

As batalhas entre Poseidon e Zeus são sempre tempestuosas, mas ele sabe por experiência do passado que, caso ele mesmo se juntasse aos dois, a própria terra estremeceria com sua ira. Todavia, ao contrário de seus irmãos, sempre era Hades quem tinha que zelar pelas almas infelizes que passavam por seus portões após serem envolvidas nas batalhas dos irmãos.

— Gosto da aparência de seu Token — comenta Deméter a Atena, do outro lado da mesa em frente a Hades.

— Ora, obrigada — responde Atena à deusa dos grãos. — Já faz algum tempo que estou de olho nela; é bastante excepcional esta de Gêmeos. E o seu jovem está bastante... maduro para a colheita! — As duas riem, o ar se enchendo de um perfume de alegria.

Hermes chama a atenção de sua posição à frente do conselho. Como mestre de missão, tem o poder máximo sobre os jogos, e todos os deuses se referem a ele enquanto jogam. Hermes aprecia a deferência.

— Todos colocaram suas peças no tabuleiro? — pergunta ele, olhando ao redor da mesa, antes de parar em Apolo. — Todos os que ainda estão no jogo, quero dizer. — Ele aponta para um pedestal de mármore branco em uma das doze alcovas ao redor do salão, no qual está escrito: O TOKEN DE APOLO.

Ao pé do pedestal está uma armadura dourada e flutuando acima dela está um garoto de treze anos. Seus olhos estão abertos, sua boca também, em choque, uma das mãos está em sua garganta tal como uma adaga dourada. Seus cachos são escuros, mas não tão escuros quanto o sangue que cobre sua túnica verde. Suspenso no momento de sua morte, seu último suspiro ainda esperando para escapar de seu corpo, sua alma aguardando diante dos portões do submundo, Philco adorna o salão de jogo. Ele será o primeiro, mas não o último, a fazê-lo durante estes Jogos Imortais.

Hades sabe que ele permanecerá nesse estado enquanto os jogos durarem, assim como todos os Tokens que perecem no decorrer da missão, presos no instante entre a vida e a morte, até que Hermes declare os jogos encerrados. Naquele momento, eles darão seus últimos suspiros, seus corpos serão devolvidos às suas famílias e seus espíritos, livres, passarão pelos portões de Hades rumo ao submundo.

Apolo olha ferozmente para o garoto morto, com intensidade suficiente para matá-lo de novo. O deus do sol e da verdade não gosta do que vê diante de si e fica emburrado.

Hermes bate palmas e todas as peças se movem para um lugar no tabuleiro.

Hades observa enquanto a Ara em miniatura caminha pelo mapa do mundo saindo de onde ele a colocou para se juntar aos outros.

Eles estão no anfiteatro de Larissa, onde os deuses os deixaram. Hermes agita seu caduceu no ar e acima da mesa surge uma imagem dos Tokens.

Hades procura Ara.

— Ah, jovem Theron, assumindo o comando — comenta Zeus, enquanto Theron sobe no palco ao lado de Thalia.

— Acho que vai descobrir, marido, que minha Token estava no palco primeiro — observa Hera.

— Sim, minha querida, ela estava exibindo isso muito bem — diz Zeus.

Uma leve onda de risadas se eleva entre os deuses, e Hades sente uma dor de cabeça chegando.

— Ah, parece que a jovem Gêmeos de Atenas é a verdadeira líder aqui — comenta Hermes.

Todos os deuses, incluindo Hades, ouvem a Token.

— O Oráculo de Acarnânia! Eles não vão encontrar nada de valor lá — exclama Zeus. — Deviam ter escutado meu Token.

— Só porque o oráculo lhe falou a verdade e você não gostou, não significa que os Tokens não vão gostar das verdades que ouvirem — declara Poseidon ao irmão enquanto ergue uma taça.

Hades o observa e pensa no nó na tapeçaria do mundo e nas verdades que estão escondidas ao redor desta mesa enquanto os deuses participam dos jogos, e ele e seus irmãos participam de um jogo muito maior e mais perigoso.

Como foi capaz de concordar com aquela aposta? Seus irmãos o tornam tolo; o velho Hades da guerra e do conflito ergue seu elmo, quando seus irmãos colocam suas armaduras. Agora o seu reino está em perigo, bem como Ara.

Ele observa enquanto as figuras mudam e o tabuleiro se move.

— Hermes — chama Hera —, este não será um daqueles jogos longos em que os Tokens precisam viajar muito para chegar até o objeto que estão buscando, não é? — Há uma nota de advertência na voz de Hera e Hermes a ouve.

— Sim e não. Afinal, sou o deus dos viajantes. Mas não se preocupe, vou manter a viagem leve e rápida — afirma ele.

Afrodite solta uma risadinha.

— Ah, não rápido demais, Hermes. Sinto um apego crescendo entre dois de nossos Tokens, e algumas noites chatas na estrada são exatamente do que precisam para se encontrarem.

— Sem dúvida você se refere ao meu Token e àquela linda alma perdida de Hades — comenta Zeus.

Hades ergue o olhar, absorvendo a conversa fiada à qual não estava prestando atenção.

— Em que minha Ara está envolvida? — pergunta ele.

— Theron — diz Zeus com uma risada, e o resto dos deuses o acompanham.

— Errado, querido irmão. É meu Token, Acastus, e a taurina de Afrodite que estão se conhecendo melhor — afirma Deméter.

Atena se inclina para frente e sussurra alto:

— Eu falei para você, maduro! — As deusas voltam a rir, e Hades se recosta na cadeira.

— Agora, tenho um desafio reservado para vocês que testará a determinação de seus Tokens — informa Hermes com um sorriso, assumindo o comando da sala. — Os pântanos que cercam a nova casa da oráculo estão cheios de perigos que a maioria dos mortais jamais enfrentaria; seus Tokens não são como a maioria dos mortais. Escolhidos pelos deuses e armados com seus presentes, eles vão enfrentar esses perigos com suas habilidades e inteligência, mas também com um rolar de dados.

Hermes revela um dado de doze lados.

Ele o entrega a Dionísio, que o pega e o joga no tabuleiro.

— Vantagem! — declara Hermes, quando o dado pousa no signo de Touro. — Um ótimo começo!

O dado então circula pela mesa, os deuses no jogo rolando para obter vantagem, ataque, defesa ou...

— Desvantagem! — declara Hermes, quando o lançamento do dado de Hades para no signo do caranguejo.

— Não se preocupe, irmão. Vou manter o fogo do submundo aquecido — provoca Zeus.

Hades contrai o queixo quase imperceptivelmente e olha para a peça que representa Ara no tabuleiro. Ele sente uma pontada de angústia por ainda não ter feito nada melhor por ela; ela disse que eles eram um time, ele e ela participando dos jogos juntos. Mas ele sente que está perdendo, e tudo apenas começou.

OS PÂNTANOS DA TRISTEZA

Apolo cavalgou o sol com celeridade pelo céu de novo hoje e parece que o crepúsculo cairá sobre nós cedo demais conforme nos aproximamos dos Pântanos da Tristeza. Eu tinha a esperança de que chegássemos sob a segurança do sol, as horas luminosas do dia lançando sua luz, afugentando todos os espectros evocados pelo nome do lugar. Não posso deixar de pensar que a pressa da Apolo pode ter algo a ver com a morte e a saída antecipada de Philco dos jogos.

O chão sob minhas sandálias fica mais macio a cada passo. Olho para baixo e vejo que minhas pernas estão salpicadas de pequenos coágulos de lama escura e espessa. Theron está próximo; vejo-o bem à frente, enquanto ele avança com cuidado pelo pântano que se aprofunda. Sua atenção está voltada para a frente do grupo, conforme nós, os onze Tokens, avançamos rumo à escuridão e ao crepúsculo que se aproxima. Thalia está na frente, Heli ao lado dela; conheci as duas um pouco melhor em nossas viagens desde o anfiteatro. Passei a conhecer todos melhor e não posso deixar de pensar que pode não ser sensato; mesmo que estejamos unidos pelas pressões dos jogos, nem todos sobreviveremos.

As árvores estão se tornando mais retorcidas e numerosas, seus galhos nus de uma estranha cor branca como osso. Ao redor de trechos de terra firme e caminhos estreitos de terra marrom-escura, há poças pantanosas que são completamente pretas e parecem mais uma sopa espessa do que água.

O canto dos pássaros do crepúsculo está desaparecendo junto com a vegetação, e tudo está ficando envolto nas mesmas cores de ruína: marrom úmido, preto impossível, branco osso.

Enfio a mão na bolsa troiana que Hades me deu e penso na maçã que coloquei lá esta manhã, depois de passarmos por um bosque cheio de frutas maduras.

Eu já entendi como a bolsa funciona agora. No começo pareceu estranho, antinatural, o que acho que é, mas agora mal noto o que estou fazendo quando coloco a mão dentro e penso no que preciso pegar.

Dou uma grande mordida e o ruído crocante da maçã soa alto no quase silêncio dos misteriosos pântanos. O suco escorre pelo meu queixo e, enquanto eu limpo com as costas da mão, Theron olha por cima do ombro e me manda fazer silêncio.

Olho direto para ele e dou outra mordida.

— Não ligue para ele — fala Acastus ao meu lado. — Ele pensa que está no comando de todos nós só porque é o Token de Zeus!

Quase digo a ele que não importaria quem fosse o deus dele, Theron assumiria o comando do mesmo jeito.

— Liderar e estar no comando são duas coisas muito diferentes — digo a Acastus, e ele dá uma pequena risada, enquanto inclina a cabeça para o lado, seus longos cabelos balançando.

— Sim, acho que são. — Ele me dá um tapinha no ombro. Ofereço-lhe a maçã comida pela metade e ele a pega, mastigando ruidosamente.

Eu gosto de Acastus. Fora dos jogos, sinto que poderíamos ser bons amigos, e isso me preocupa, porque as chances de ambos sobrevivermos são mínimas. Sei que eu não devia me apegar a ninguém; já é ruim o bastante que eu tenha vindo para estes jogos com um apego firme, uma amizade cada vez mais profunda que, se tivéssemos sido deixados no campo de treinamento, poderia ter sido outra coisa.

Observo Theron enquanto ele caminha à frente e de repente percebo que, desde que Estella morreu, ele tem sido meu único amigo; o único que me entendia e compartilhava minha necessidade de ser escolhida. Tenho me afastado das pessoas por tanto tempo e trabalho tanto para conseguir isso, para os jogos, e agora que estou aqui, com os outros Tokens, sinto que tenho algo em comum com eles, algo que nos une e me faz querer me aproximar deles. Acho que essa é uma das razões pelas quais Theron e eu somos tão próximos: ambos temos um objetivo comum. Theron se afasta de mim pelo pântano, e não consigo deixar de lembrar do beijo dele. Somos próximos, muito próximos, próximos demais para estes jogos.

— Além disso — diz Acastus, tirando-me das minhas lembranças embaraçosas —, fico contente por Theron, ou qualquer pessoa na verdade, seguir na frente. Quem sabe o que está escondido nesses pântanos, e, se pegar um deles primeiro, significa que teremos mais tempo para fugir.

Eu concordo.

— Pensamento inteligente! — digo, enquanto começo a avaliar essa informação e me pergunto se meus sentimentos de amizade e familiaridade são fúteis e tolos.

— Onde está sua amiga Kassandra? — pergunto a Acastus, levantando as sobrancelhas. — Parece que vocês dois estão se conhecendo melhor.

Acastus cora enquanto joga o cabelo para o lado e sorri.

— Está tão óbvio?

— Bem, vocês deixaram metade do acampamento acordado ontem à noite — comenta Ajax, dando um tapinha no ombro de Acastus por trás e se juntando a nós. Sua túnica branca está coberta por uma armadura vermelha, um caranguejo preto enorme no peito e por cima do ombro há um arco e flechas. Eu não esperaria outra coisa de Ártemis, deusa da caça.

— Sabe, há muito a ser dito sobre relacionamentos iniciados nessas condições — afirma Ajax com um grande sorriso no rosto arredondado de menino. — Acho maravilhoso que vocês dois tenham criado um vínculo tão profundo e emocional em meio a toda essa incerteza.

Dou uma risada.

— Não há nada profundo ou emocional entre Acastus e Kassandra, mas eles merecem se conectar e estou feliz por eles. Contudo, eu ficaria ainda mais feliz se fossem mais silenciosos ao se conectarem — acrescento com um movimento de sobrancelhas.

— Como assim, você não acha que o jovem Acastus aqui tem intenções sérias para com a bela e feroz Kassandra? — Ajax estende a mão na direção de Kassandra, que está tirando um pouco de lama da sua túnica verde-clara com a ponta da espada. Em seguida, ela estende a mão para agarrar a de Solon, puxando-o para fora do atoleiro em que seu pé está preso. Ela levanta o olhar e sorri docemente para nós, e Acastus sorri de volta, acenando para ela.

Não sei como, mas Ajax e eu conseguimos não rir.

Acastus olha de Ajax para mim e revira os olhos.

— Nem todos podemos todos ter o romance de infância que Theron e você tiveram, Ara — declara ele.

— Não é nada disso! — Dou um soco no braço dele e olho para ver se Theron ouviu, mas ele está muito à frente agora.

— Bem, alguém deveria dizer isso a Theron — comenta Ajax. — Eu vi o jeito que ele olha para você.

— Você viu? — Parte de mim quer perguntar a ele exatamente de que jeito Theron olha para mim, mas outra parte se lembra de como Hades olha para mim e, de repente, sinto-me confusa e balanço a cabeça. — Você deve estar enganado; Theron e eu somos... amigos.

— Claro, como quiser, Ara! — responde Ajax. — E Kassandra e Acastus estão apenas passando um tempo juntos!

Olho de relance para Acastus enquanto ele olha para Kassandra e sorri.

Fica mais difícil de andar naquele solo, meus pés afundando um pouco mais e ficando presos a cada três ou quatro passos. Ajax, Acastus e eu trabalhamos juntos, ajudando um ao outro quando necessário. Olho para Theron à frente, ao lado de Thalia, Nestor e Heli. A de Gêmeos ainda está indicando o caminho, embora tenha confessado horas atrás que não sabia exatamente onde, nos pântanos alagadiços, a oráculo mora.

—Vejam, um estandarte! — Solon grita um pouco atrás e a leste de onde estou.

Ele está apontando para a nossa frente e lá, pendurado em uma árvore morta, está um estandarte desgastado e desbotado. Não consigo decidir de que cor ele foi, mas nele está o símbolo do olho que tudo vê.

— Devemos estar chegando perto! — exclama Heli, e consigo ouvir o alívio na voz da jovem. O estandarte apareceu justamente quando eu, e é provável que a própria Heli, estava começando a achar que esta tinha sido uma péssima ideia. Imagino quanto tempo teria passado antes que Theron começasse a falar *eu avisei*.

Um berro toma conta do ar. Ajax pega sua lança e Acastus, sua espada, enquanto eu agarro minha bolsa e reviro os olhos.

— Honestamente, Hades. — Mergulho a mão e puxo o pedaço de corda. Ele brilha na escuridão e sinto uma sensação calorosa de esperança se espalhando por mim enquanto a seguro. Mas um pedaço de corda e uma sensação calorosa não vão me salvar do que quer que tenha feito aquele barulho.

Olho para baixo em busca de algo para usar, qualquer coisa, e vejo uma pedra afiada e irregular, mais ou menos do tamanho do meu punho. Amarro-a na ponta da corda, dando um nó bem firme, depois deixo a corda solta na minha mão e balanço-a algumas vezes, testando o peso da pedra e a forma como ela faz a corda girar. Não é o ideal, não é exatamente uma arma, mas pode me dar uma chance, e uma chance é tudo de que preciso.

Outro berro enche o ar, mas este é diferente. E vem de novo.

— Socorro!

Está vindo de algum lugar à direita e é mais desesperado e triste do que o urgente e aterrorizante grito original. Avanço na direção do grito, Ajax e Acastus me seguindo. Depois de passarmos por um pequeno arbusto espinhoso, vemos Danae presa na lama, quase até a cintura, com lágrimas escorrendo pelo rosto enquanto ela segura o tridente acima da cabeça.

—Você está bem? — pergunto. Quando chego à margem do solo seco e seguro, posso ver a mudança na cor à medida que a lama pegajosa começa a se transformar em água de pântano.

Danae não me responde; ela ainda está chorando grandes lágrimas, e soluços silenciosos saem do fundo de seu peito. Eu sei como é chorar assim. Preparo-me para atirar minha corda para ela, mas ela estende a ponta do tridente em minha direção. Agarro o cabo liso enquanto ela segura a ponta com as estacas afiadas. Eu puxo, mas nada acontece. Puxo de novo e Danae começa a se balançar para frente, liberando um pouco da sucção que a mantém presa.

Acastus se junta a mim, suas mãos grandes envolvendo as minhas enquanto ele estende o braço por trás de mim. Ele cheira bem, um aroma profundo e terroso que me lembra de Hades. Ele me dá um sorriso charmoso e uma piscadela. Balanço a cabeça e sorrio para ele com bom humor, mas tudo em que consigo pensar é em Hades. Imagino como seria ter seus braços ao redor de mim e sinto uma emoção percorrer meu interior que abafo tão rápido quanto surge. Ele é um deus e, mesmo que não fosse, eu vou matar o irmão dele.

— Preparada, Ara? Agora! — diz Acastus, e nós puxamos. — Agora. — E puxamos mais uma vez. Danae está avançando, seu corpo faz ruídos de sucção a cada movimento, e suas lágrimas diminuem à medida que ela se acalma.

Assim que a puxamos para perto o bastante para que Ajax agarre a mão dela, ele a puxa para si. A lama está na altura de seus tornozelos agora, e, quando a última parte a liberta, ela tomba para frente, caindo em cima dele e cobrindo-o com a lama fedorenta. Os dois ficam ali por um momento ofegantes enquanto Acastus afasta os braços de mim e eu solto o tridente. Acastus olha para mim, preocupado, antes de se voltar para Danae, e eu me afasto e a ajudo a se levantar.

— Obrigada — diz ela, com a voz baixa e fraca, não confiante e direta como eu me acostumei.

Ao estender a mão para Ajax, ouço Acastus perguntar:

— O que você estava fazendo aqui sozinha?

Danae olha para a lama brilhante, com os olhos arregalados e o lábio inferior tremendo.

— Pensei ter visto alguém ali, alguém que eu conhecia.

— Quem? — pergunto automaticamente.

— Minha mãe... — Danae balança a cabeça. — Não importa, não poderia ser ela; ela se afogou quando eu era pequena. Eu estava brincando na margem do rio e caí, e ela mergulhou para me salvar. O rio era rápido, de leito pedregoso, e eu fiquei rolando na água, girando e girando. Achei que estava indo ao encontro de Hades, até que senti as mãos dela me agarrarem. Ela me tirou de lá, usou suas últimas forças para fazer isso e... — Ela vacila. — Mas eu tinha certeza de que era ela, de que a vi.

Acastus de repente deixa cair o tridente e fica em pé.

— Conseguem ouvir isso? — pergunta ele.

— Ouvir o quê? — respondo.

— Parece alguém cantando. — A cor desaparece repentinamente do belo rosto de Acastus quando ele vira a cabeça. — Elektra! — grita ele e começa a andar pelo pântano em ritmo acelerado.

Pego o tridente e o passo para Danae enquanto Ajax salta de pé e nós três saímos atrás de Acastus.

— Quem é Elektra? — grita Ajax para Acastus quando o alcançamos.

— Uma garota da minha aldeia. O pai dela é um grande guerreiro e estamos... estamos noivos.

— Ah... ah! — Fala Ajax, fazendo uma cara estranha enquanto olha para mim. — E Kassandra sabe sobre essa doce cantora Elektra? — Brinca ele. Em seguida, ele para, com um olhar distante no rosto que me lembra Hades, e começa a farejar o ar. — Conseguem sentir esse cheiro? — pergunta ele, olhando de mim para Danae.

— Que cheiro? — questiona ela.

— De pão de lavanda. Minha avó fazia quando eu era pequeno. Eu sempre roubava um pãozinho enquanto eles esfriavam, e ela sempre fingia que não via.

— Tem alguma coisa estranha acontecendo. — De repente, percebo que nós quatro estamos sozinhos. Não consigo ver Theron e os outros que estavam à nossa frente, nem Kassandra e Solon que estavam atrás. Dou uma volta, observando o pântano sombrio, a escuridão crescente fazendo tudo se fundir em uma paisagem infinita de árvores mortas e céus cinzentos, lama negra e escura e — Estella!

Meu coração se esquece de bater por um momento e toda a razão me abandona enquanto corro em direção a ela. Ela está nas profundezas do pântano e está com aparência exatamente igual à manhã da Lua de Sangue que a reivindicou.

— Estella! — grito.

Atrás de mim, ouço Danae chamar:

— Ara.

Mas preciso chegar até minha irmã; ela está se afastando de mim, pela floresta morta do pântano e, então, ela some.

Eu grito por ela enquanto giro em círculos tentando vê-la, mas ela não está mais ali. O grito estridente que ouvi antes enche o ar e eu olho para o alto. Há algo na árvore acima de mim, algo que por um segundo está usando o rosto de Estella, mas depois ele desaparece para revelar um rosto achatado cinza-escuro com olhos extraordinariamente grandes, a pupila toda preta e uma boca larga com dentes afiados como navalhas.

Solto a ponta da corda com a pedra e começo a balançá-la para frente e para trás enquanto a criatura rasteja depressa ao longo do galho. Seus longos braços e pernas têm dedos em forma de garras que se agarram aos galhos estéreis, dando apoio à criatura enquanto ela corre em minha direção.

Recuando, movo a cabeça de um lado para o outro e percebo que estou sozinha, mas não sozinha em meu tormento.

O silêncio sinistro do pântano de repente ganha vida com gritos, não os guinchos agudos dessas criaturas rastejantes, mas os berros dos meus colegas Tokens. Viro-me para onde espero que seja a direção de Ajax, Danae e Acastus. Ainda estou balançando a corda em minha mão enquanto corro, e consigo ouvir a criatura me seguindo por entre as árvores acima.

Na escuridão crescente, vejo um lampejo verde-mar e sigo em direção a ele. Acastus, em sua túnica marrom, está de costas para Danae, ambos atacando enquanto quatro das criaturas os cercam. Eu balanço minha corda e bato no crânio de uma das criaturas com a pedra irregular, o barulho que ressoa pelos pântanos faz que me sinta enjoada, e a criatura cai para o lado com uma gosma preta escorrendo de sua cabeça. Outra das criaturas corre e a agarra, puxando-a de volta para dentro do chão macio e arrastando-a para os pântanos alagados.

Acastus e Danae atacam cada uma das duas criaturas restantes. Avanço para ajudá-los e, no instante em que sinto a garra perfurar minha pele, me lembro da criatura que estava me perseguindo pelas árvores. Sua garra se crava profundamente em meu ombro esquerdo como um gancho de carne, me puxa para o chão e depois me arrasta para longe. Eu grito e esperneio, tentando impedir a criatura de me arrastar para o pântano, sua garra cortando um pouco mais fundo, um pouco mais em mim, enquanto me arrasta para longe dos outros. Posso sentir o chão ficando mais úmido ao meu redor; se a criatura me puxar para a água lamacenta, talvez eu nunca mais saia.

A corda ainda está na minha mão e, ao passarmos por uma árvore, eu a atiro com toda a força que consigo reunir. A pedra voa duas vezes ao redor do tronco e depois se prende à corda, fixando-a com firmeza. Eu seguro firme e me preparo enquanto a corda se estica e a criatura dá um solavanco para a frente, arrancando a garra de mim. Grito em agonia e não consigo deixar de reparar o quanto meus berros parecem com os dessas criaturas.

Rolo e ponho-me de quatro, forçando-me a levantar. A criatura se agacha na minha frente; seus olhos escuros refletem uma imagem sombria do meu rosto. Ela abre a boca e fileiras e mais fileiras de dentes afiados me encaram. A corda ainda está na minha mão; ataco a criatura, eu lanço a corda contra ela, atingindo-a no rosto, com força suficiente para desequilibrá-la e fazê-la cair ao pé de uma árvore. Eu avanço sobre ela, sacudindo a ponta macia da corda.

Mas ela rasteja de quatro de novo e para dentro na lama escura do pântano. E é aí que vejo Theron, ou pelo menos vejo um pouco dele, pois, embora a borda de sua túnica cinza seja quase da mesma cor das criaturas, vejo seu cabelo castanho claro e sua armadura dourada enquanto ele desliza sob as águas escuras.

— Theron! — grito e, ignorando a dor nas costas, corro até o pântano. A corda ainda está na minha mão e espero que ela se estique, mas isso não acontece e, então, lembro do que Hades explicou sobre a corda, que ela crescerá e diminuirá conforme eu precisar. Eu a enrolo em volta de mim, amarrando a corda na cintura e mergulho nas águas lamacentas. O frio sobe pelas minhas pernas e quando atinge minha cintura, respiro fundo e mergulho de cabeça.

Abro meus olhos para a escuridão apenas para fechá-los quando os sinto arder. Obrigo-me a abri-los de novo, para procurar Theron. Volto-me para onde acho que o vi da última vez e sou recompensada ao ver seu pé. Agarro-o e começo a puxar o corpo flutuante de Theron, minhas mãos subindo pelos fortes músculos de suas pernas. De repente, sinto que nós dois estamos sendo puxados para o fundo da água. Minhas mãos se agarram à coxa de Theron, enquanto longos braços cinzentos envolvem seu torso. As pernas poderosas da criatura se agitam, enquanto ela nos arrasta pelas profundezas: descendo, descendo.

Alcanço a altura do cinto de Theron e consigo ver que sua espada ainda está na bainha. Com uma das mãos segurando com firmeza o cinto, solto a espada e golpeio com ela, atingindo a criatura. Imediatamente paramos de nos mover e as águas escuras se tornam uma sombra mais profunda de meia-noite conforme o seu sangue se espalha ao nosso redor. Puxo Theron para junto de mim, mantendo a espada em punho para me proteger enquanto observo a criatura se contorcendo na escuridão; então, ela me vê, seus grandes olhos em forma de orbe fixos em mim e sua boca aberta em um grito silencioso.

Sinto meu coração disparar. Não tenho como segurar Theron, nos defender dessa criatura e nos puxar pela corda até um lugar seguro. Além disso, a ardência em meus pulmões me obrigaria a abrir a boca e respirar essa água pútrida muito antes de chegarmos à margem. Neste momento, olho para baixo e vejo a corda ainda cintilando na escuridão e me pergunto se ela funciona da mesma forma que a bolsa. Ao formar esse pensamento, sinto um puxão atrás de mim quando a corda começa a se encurtar, puxando-nos através da água em uma velocidade incrível, de modo a abandonar a criatura se contorcendo nas profundezas escuras do pântano. A água se espalha ao meu redor quando rompemos a superfície, e puxo o ar para dentro dos meus pulmões.

A corda não para de encolher até chegarmos a um terreno mais firme, perto da árvore à qual ela está amarrada. Assim que paramos, solto Theron e o viro de costas. Seu rosto está pálido, os olhos fechados, a boca aberta.

— Não, não, não, não, não — entoo, enquanto aliso seu cabelo e a sujeira de seu rosto, em seguida, coloco meu ouvido em seu peito.

Nada.

— Theron! — Eu o sacudo pelos ombros e me recordo de como meu pai uma vez me contou sobre um pescador que ele viu se afogar e reviver. Espero que não tenha sido apenas mais uma de suas histórias de guerra e conquista. Antes de Estella, ele contava muitas, e nunca tive certeza se eram todas verdadeiras. Tenho esperanças, contra todas as probabilidades, enquanto inclino a cabeça de Theron para trás e aperto seu nariz antes de respirar em sua boca, meus lábios sobre os dele em um movimento quase familiar, mas desta vez não me afasto. Depois arranco a armadura de seu torso e subo em cima dele, uma perna de cada lado de seus quadris. Eu aperto bem as minhas mãos e as faço descer com força em seu peito várias vezes.

Olho para a escuridão que se aproxima depressa, o sol já se pôs, a lua nascendo, e grito:

— Hades, se ele estiver diante de seu portão, mande-o de volta, mande-o de volta!

Em seguida, respiro em sua boca de novo e, na quarta respiração, ele cospe água em mim. Eu saio de cima dele e o viro de lado enquanto a água escura e suja sai dele para o chão. O corpo inteiro dele treme; eu esfrego suas costas e agradeço silenciosamente a Hades.

O ORÁCULO

— Ara!

— Aqui, estamos aqui, Ajax! — grito, e quando ele atravessa os arbustos pretos, espinhosos e retorcidos, segurando uma tocha no alto, a luz incidindo sobre seu rosto, acho que nunca fiquei tão feliz em ver alguém.

Ele se agacha ao meu lado e segura a chama acima de Theron, o fogo tem uma estranha cor azul esverdeada que faz a pele pálida de Theron parecer translúcida.

— Onde você conseguiu isso? — pergunto, apontando para a tocha, mas não é Ajax quem responde.

Nestor se juntou a nós, seguido por Thalia, Heli e Solon.

— É fogo prometeico. Hefesto me deu como meu primeiro presente. Achei muito sem graça na ocasião, mas as... sejam lá o que forem... têm medo disso — explica Nestor.

Ajax me ajuda a colocar Theron de pé e, enquanto ele o segura, solto a corda que ainda está ao redor da minha cintura e desamarro a outra ponta da árvore. A pedra está coberta de sangue preto e pegajoso, então eu a limpo no chão. Em seguida, enrolo a corda e coloco-a de volta na bolsa, sussurrando para Hades: — Obrigada, acho que seu presente não é totalmente inútil. — Sorrio ao imaginar o olhar que Hades me daria caso estivesse aqui, aquele leve erguer de sobrancelhas.

Volto a ajudar Theron e me viro para Ajax:

— Onde estão Danae e Acastus? — Eu olho ao redor. — Kassandra e Xenia também estão desaparecidas.

— Kassandra se foi... uma daquelas criaturas... eu não consegui impedir — conta Solon.

— Ninguém viu Xenia, mas encontrei o elmo que Ares deu para ela próximo à água. — Ajax levanta o capacete, com a voz áspera, e sinto um pequeno nó na garganta.

— Devíamos encontrar um lugar para acampar durante a noite, combinar guardas para que possamos descansar — sugere Thalia enquanto conduz todos.

— Consegue andar? — pergunto a Theron. — Provavelmente posso carregar você na minha bolsa, se não conseguir. — Eu sorrio, brincando apenas em parte; acho que provavelmente funcionaria.

— Eu me viro — diz Theron, olhando para a bolsa com desprezo e se afastando de mim. Eu o solto, mas fico ao alcance do braço. Ele dá alguns passos antes de eu voltar para o seu lado para apoiá-lo. Ele dá um grunhido, mas não discute e me deixa ajudá-lo, o que para Theron é um grande avanço. Ajax caminha atrás de nós, com o arco na mão, o fogo prometeico erguido, lançando um grande círculo de luz ao nosso redor.

— Acho que foi aqui que vi Danae e Acastus pela última vez — digo. Olho para o chão e vejo sinais da luta que travamos, o sangue escuro na margem lamacenta espalhado nas águas quando a outra criatura puxou sua companheira caída.

— Há mais rastros aqui — avisa Solon. — Três. — Ele segura sua tocha no alto.

— Talvez eles tenham encontrado Xenia? — acrescenta Thalia.

— Talvez. — Eu espero.

— Devíamos seguir a pista e ver se conseguimos encontrá-los — sugere Nestor. Ele se junta a Solon examinando as pegadas que levam para a esquerda, seu fogo prometeico tremeluzindo na ponta de uma pequena tocha que me lembro de ele carregar à cintura quando Hermes revelou a missão. É estranho ver um garoto tão grande e musculoso segurando uma coisa tão pequena. Tal como Hefesto, Nestor é forte e vigoroso, mas pergunto-me quão rápido ele é ou se o seu tamanho o atrasa.

— E se nos conduzir até uma armadilha; e se houver mais dessas criaturas? — questiona Heli. É a primeira vez que ela fala alguma coisa desde que nos reagrupamos, e sua voz está baixa e tímida. Acho que ela está se sentindo culpada por nos trazer até aqui, mas todos decidimos vir; não é culpa dela essas criaturas estarem à espreita no pântano, mas percebo que nem todos os outros veem as coisas dessa forma, especialmente Theron.

— Não se preocupe, Heli. Temos o fogo prometeico e, além disso, estamos juntos e tenho certeza de que os Tokens dos deuses são mais do que páreo para um bando de criaturas do pântano — digo.

Vejo um lampejo de sorriso passar por seu rosto.

Mas Theron está se recuperando rapidamente. Ele se afasta de mim e fala.

— Não tenho certeza se encontrar abrigo é a melhor coisa a fazer, seríamos alvos fáceis se essas criaturas nos encontrarem. Precisamos continuar, encontrar o oráculo e prosseguir com esta missão.

— Acha isso sensato, Theron? — pergunto a ele. — Você acabou de se afogar, escapou por pouco do portão de Hades, precisa descansar.

— Eu vou ficar bem — retruca para mim com rispidez, e dói como um tapa.

Já o vi assim antes, no campo de treinamento, quando seu orgulho está ferido. Resolvo manter distância até que ele se acalme. Descobri que a melhor maneira de o acalmar é ficando longe, mas parte de mim está com raiva demais dele para sequer pensar em tentar oferecer-lhe consolo. Arrisquei minha vida para salvar a dele e ele está me atacando por me preocupar com ele.

— Vejam, outro estandarte! — grita Thalia, enquanto segura sua lanterna no alto. — As pegadas também levam naquela direção.

Theron não fala nada enquanto se afasta de mim. Ele se agacha com Thalia, olhando para o chão. Posso ver o brilho de suor na testa dele, enquanto ouço os dois sussurrando antes de Thalia dar o sinal para partirmos.

Percebo que estou ao lado de Ajax no meio do grupo, com Heli à nossa frente e Nestor e Solon atrás. Todos estão com suas armas em punho, até mesmo Theron está empunhando sua espada agora, sua armadura dourada recolocada. Sinto-me uma tola, como um alvo fácil, mas não quero tirar a corda da minha bolsa, pois é patética quando todos os outros têm meios para se defenderem adequadamente.

Mas em seguida penso em como a corda salvou a mim e a Theron, e acredito que, se Hades tivesse me dado uma arma, eu apenas a teria enfiado em Zeus quando o vi no anfiteatro; e não estaria aqui agora caso isso tivesse acontecido.

Percebo minha mente divagando novamente sobre Zeus de novo, pensando em sua aparência, e me sinto um pouco nauseada com a maneira como eu queria que ele me notasse, que ele me visse. Tento imaginar como as coisas teriam acontecido se eu tivesse um arco igual ao de Ajax. Vejo-me encaixando a flecha e disparando-a em direção ao rei dos deuses, mas antes que ela atinja o alvo, vejo Hades se colocar na frente do irmão. Fico chocada com meu devaneio e olho ao meu redor no escuro. Não quero ferir Hades, mas me pergunto se o faria se essa fosse a única maneira de matar Zeus.

Logo passamos por outro estandarte e então a luz da tocha prometeica incide sobre uma pequena choupana, pouco mais que um buraco num afloramento rochoso. Mas há um clarão vindo de dentro e um filamento de fumaça se elevando acima do afloramento, vindo de algum lugar lá dentro.

— Danae, Acastus? — chama Thalia. Posso ver sua lança empunhada em expectativa.

— Estamos aqui! Xenia também!— Danae grita enquanto sai da choupana, que tem um buraco onde deveria estar a porta. — Encontramos o oráculo. Acastus está ferido e ela o está ajudando. — Danae acena para todos nós avançarmos.

— Perguntou a ela sobre a coroa? — questiona Theron, enquanto nos aproximamos.

— Não, eu tinha algumas preocupações mais urgentes — retruca Danae, e consigo ouvir a irritação em sua voz. Ela parece muito mais consigo mesma do que com a garota que resgatamos do pântano, enquanto encara Theron e agarra seu tridente.

Em seguida, ela vê Ajax e eu e avança correndo, puxando-me para um grande abraço.

—Você está bem! Achei que aquela coisa tinha matado você, com certeza. — Ela se afasta, observando-me e notando o grande corte em meu ombro.

Depois, ela puxa Ajax para si.

—Você parece completamente intocado! — diz para ele.

Ele dá de ombros e sorri.

— Tenho muita sorte. — Espero que a sorte dele dure.

A caverna é grande, quente e seca; um enorme fogo arde no centro e, à luz das tochas, parece quase tão clara quanto o dia.

— Acastus está muito mal? — pergunto a Danae, e ela se vira e me dá um sorriso peculiar.

— Ah, está bem mal — afirma ela, contendo uma risada enquanto pega minha mão e me leva mais fundo na caverna.

Há alcovas escavadas nas paredes de rocha sólida e em uma delas, em um leito baixo, encontra-se Acastus. Ele está de bruços, sem túnica, o corpo coberto de cortes e arranhões; uma mulher está cuidando dele, passando os dedos por sua pele e aplicando unguento nas feridas.

Meus olhos percorrem seu corpo nu e musculoso de uma forma que os dedos da mulher não fazem. Eu devia desviar o olhar; eu devia, mas não o faço.

Danae, ao meu lado, diz:

— Está vendo, muito, muito ruim. — Ela sorri mais uma vez e me junto a ela.

— As criaturas fizeram isso? — pergunto.

Danae balança a cabeça, um pequeno sorriso nos lábios.

— Não, ele caiu em um dos arbustos espinhosos e não conseguiu sair. Os espinhos se alojaram em sua carne e ela está os removendo; ao que tudo indica, podem ser bastante venenosos se forem deixados por qualquer período de tempo.

Acastus olha por cima do ombro.

— Aparentemente vou sobreviver — declara ele.

— Que bom, eu odiaria que esta fosse a última vez que vejo você — comenta Danae, e sinto minhas bochechas corarem.

— Ah, então encontrou seus amigos — fala a mulher por cima do ombro para Danae, sua voz brincalhona e calorosa.

— Não tenho certeza se eles se chamariam de meus amigos, bem, nem todos. — Danae olha em minha direção com um sorriso. — Mas sim, encontrei os outros Tokens… aqueles que restaram. — Ela olha ao redor tentando nos contar.

Percebo que agora somos dez e não os onze que éramos há poucas horas.

Theron nos seguiu mais fundo para dentro da caverna. Eu o ouço pigarrear e sinto-me recuar um pouco quando ele fala com formalidade rígida.

— Oráculo. Nós viemos…

— Eu sei por que vocês vieram, jovem Theron.

— Sabe?

— Eu não seria um bom oráculo se não soubesse! — Ela continua arrancando espinhos de Acastus. — Pode me chamar de Melia.

Danae se aproxima da oráculo.

— Melia, poderia dar uma olhada em Ara? Ela foi ferida por uma daquelas coisas.

— Aquelas *coisas* são os Filhos da Tristeza; são as pessoas que se perderam no pântano e sucumbiram aos sentimentos de tristeza e à lembrança da perda que os vapores das águas escuras exalam.

Lembro-me de como, pouco antes de os Filhos atacarem, antes que eu pegasse a corda da luz das estrelas, senti aquela tristeza se infiltrando em mim e tenho certeza de que os outros também sentiram.

Melia se vira para mim, a luz da tocha iluminando seu rosto. Ela é jovem, quase sem rugas na testa e seus olhos são como duas luas, orbes brancos olhando, porém, sem ver. Ela está imunda, com sujeira espalhada por seu rosto e grudada em seus longos cabelos.

— Ara, posso cuidar de você, mas infelizmente não posso olhar para você porque sou cega até o amanhecer.

— Até o amanhecer? — questiono, sem entender direito o que ela quis dizer.

— Zeus não apenas me baniu da cidade que eu tanto amava, mas também me atormenta dia após dia. Todas as manhãs, quando o sol nasce, sou saudada não apenas por seus raios, mas por um bando de aves do Estínfalo, seus bicos com pontas de bronze; elas têm apenas um propósito: me procurar e, quando me encontram, arrancam meus olhos. — Ela ergue a mão para tocar seus orbes cegos. — Durante o dia, meus olhos voltam a crescer; conforme a noite desce, começo a ver formas na escuridão, e, quando os raios do novo dia surgem, minha visão retorna. Então, os pássaros atacam e sou deixada desolada e com dor, para tropeçar por este mundo, sabendo que só vou vislumbrá-lo por um instante antes que ele seja tirado de mim mais uma vez.

— Isso é tão cruel. — Sinto minhas mãos se cerrarem diante da injustiça.

— Os deuses são cruéis, todos eles à sua maneira. Nunca se esqueça disso, Ara. Você estar aqui é uma prova do rancor e do desprezo que eles têm pelos mortais. Querem que os amemos e adoremos e, no entanto, nos tratam dessa forma. — Um trovão ressoa acima da caverna.

— Sim, pode berrar o quanto quiser, não vai me fazer mudar de ideia desse jeito, Zeus — grita Melia, e sinto meu peito se encher de admiração por sua ousadia.

— Agora, eu sei por que vocês dez estão aqui, sei o que procuram e sei onde podem encontrá-la, mas não direi onde está a Coroa do Norte, a menos que façam algo por mim primeiro. Quero que vocês destruam as feras emplumadas que causam minha ruína diária, esse é o meu preço.

O trovão ressoa mais uma vez, desta vez mais alto.

— Acho que conseguimos fazer isso — afirmo, antes que qualquer um dos outros tenha a chance de responder, e estendo a mão para Melia.

Theron segura minha mão em vez dela.

— Espere, temos que discutir isso. Zeus não é um deus que eu ou qualquer um de nós deveríamos desagradar.

Heli avança.

— Mas se não descobrirmos onde a coroa está guardada, vamos desagradá-lo de uma forma diferente, não?

Posso ver Theron considerando nisso.

— Vamos votar — sugere Thalia. — Todos aqueles a favor de atender às exigências de Melia?

Apenas Theron e Solon mantêm as mãos abaixadas.

— Bem, se vamos fazer isso, precisaremos de mais informações para que possamos elaborar um plano. Melia, conte-nos mais sobre esses pássaros — pede Thalia.

O DEUS DO SONHAR

Não estou mais na caverna. Estou em Oropusa, na floresta nos fundos de nossa casa, correndo ao longo do rio como fiz na manhã da Lua de Sangue. Sinto meu corpo forte e limpo, e quando olho para baixo vejo que estou usando o vestido verde da noite da escolha, mas ele não está queimado e carbonizado como estava quando o vi pela última vez.

Estou consciente e desperta, mas sei que isto, aqui e agora, não é real. Chego a uma curva familiar do rio e ela se abre para uma paisagem desconhecida. Tudo se transformou; há uma qualidade diferente nas árvores nesta parte do rio, a luz que brilha através das folhas reluz com uma intensidade que nunca vi antes. O rio também soa diferente, com um tom mais profundo e melodioso.

Paro de correr e olho ao redor, notando mais mudanças. Nunca tinha visto as flores amarelo-ouro que cobrem as margens, nem a campina no final da trilha. Começo a atravessá-la, contemplando o céu azul e as flores silvestres enquanto me dirijo em direção a um pequeno bosque de oliveiras.

E ali, deitado em meio às árvores, com o rosto voltado para o céu, está Hades. Ando até ele e paro acima dele, minha sombra se projetando longa e inclinada sobre seu corpo. Ele sorri para mim, com os olhos fechados.

— Ara. — Sorrio quando ele suspira meu nome na brisa leve que sopra sobre a campina, fazendo as flores inclinarem suas cabeças para o chão.

— Hades. — Sento-me ao seu lado, minha mão próxima à dele enquanto inclino a cabeça para trás e olho para o céu azul. Grandes nuvens brancas estão passando velozes, e ele ergue a mão e aponta para uma.

— Aquela parece um escorpião! — diz ele.

— Parece mesmo. — A nuvem se parece exatamente com o pequeno escorpião da minha placa. — Você fez isso?

Aquele pequeno sorriso surge no canto de sua boca e ele vira a cabeça em minha direção.

— Claro.

Sorrio ao perceber que ele não apenas fez, mas que também o fez para mim.

Ficamos sentados em silêncio enquanto o escorpião de nuvens rasteja pelo céu. O silêncio parece pleno e natural. Deito-me no chão ao lado de Hades e me junto a ele na observação do céu, aproveitando a sensação de estar perto dele. Pergunto-me mais uma vez se isso é coisa dos deuses, os sentimentos de conexão que estão correndo por mim, por nós.

— Onde estamos? — finalmente pergunto.

— Em uma parte do meu reino chamada sonhar. Assim como você pode falar comigo na escuridão e na noite, pode falar comigo no sonhar; é mais fácil para mim me comunicar com você aqui, pois faz parte do meus domínios, enquanto a escuridão e a noite caem do céu sobre a terra e o mar, e eu não sou o mestre desses territórios.

— Então isto é um sonho? — pergunto.

— É uma espécie de sonho, sim. — Ele rola para o lado e apoia a cabeça no braço. — Existem muitas variedades diferentes de sonhos; tenho certeza de que vou apresentá-la a muitos deles.

Eu o observo, seu cabelo escuro reluzindo sob a luz, sua pele de alabastro pálida, mas saudável. Concentro-me em seus lábios; não percebi antes como eles são cheios, de um rosa suave como a cor das peônias. Eles me lembram daquela que coloquei aos pés de Estella na cripta. E tomo coragem para perguntar a Hades algo em que venho pensando desde o momento em que entendi quem ele era.

— Hades, você é o senhor do submundo.

— Sim, isso não escapou à minha atenção, Ara — responde ele com aquele pequeno sorriso brincalhão, e eu mal consigo não revirar os olhos para ele.

— Como senhor do submundo, pode permitir que eu veja minha irmã? — As palavras saem de mim uma após a outra em uma corrida assustada. — Talvez como um favor, em vez de um dom? — acrescento.

Hades me encara pensativo, e vejo uma pequena sombra de tristeza passar por seu rosto.

— Não é incomum que os mortais de vez em quando vejam os espíritos daqueles que já faleceram. Estella está em meu reino há cinco anos e está diferente de como você se lembra dela; tem certeza de que gostaria de vê-la?

— Sim! — Não acredito que ele esteja perguntando isso.

— Não farei nenhuma promessa, Ara, mas vou ver o que posso fazer. Você sabe que a verá... um dia. Embora eu espere que esse dia seja daqui a muitos, muitos anos.

— Do jeito que esses jogos estão indo, eu não contaria com isso — digo, e inconscientemente toco o ferimento que recebi no pântano.

— Como está seu ombro? — pergunta ele.

— Doendo. — Lembro-me do corte em minhas costas onde a criatura me perfurou com sua garra. Melia passou seu unguento nele, mas está começando a doer; mesmo que eu saiba que isso é um sonho, é como se eu pudesse sentir a ferida, senti-la de verdade.

Sento-me e Hades faz o mesmo, aproximando-se de mim.

— Posso? — pergunta ele.

Concordo com a cabeça e fico imóvel enquanto ele afasta meu cabelo do ombro e abaixa a alça do meu vestido verde no meu braço, examinando o ferimento atentamente. Sinto seu toque em minha pele, seu hálito quente em meu pescoço e fecho os olhos quando uma atração surge em mim.

— Bem, isso não vai matar você — declara ele, e acho que sabe do que está falando. — O oráculo se saiu bem.

Ele gentilmente puxa minha alça para cima e solta meu cabelo.

— Aqui. — Ele estende a mão e me dá um odre de água.

Eu o observo desconfiada.

— É o seu prêmio — explica ele.

— Claro que é — digo com um suspiro. — Um odre de água, não uma adaga ou lança.

Ele ergue uma sobrancelha para mim.

— A água dentro dele vem do Erídano, o poderoso rio entre as estrelas; a água nunca vai acabar e é revigorante. Se estiver se sentindo esgotada, vai reanimá-la e, se estiver ferida, ajudará a confortá-la. Não vai curar você de modo algum, mas a dor diminuirá por um tempo. — Ele pega o odre e, afastando meu cabelo de novo, derrama um pouco da água nas minhas costas.

Imediatamente me sinto melhor, a dor diminui, a sensação de queimação desaparece e suspiro de alívio.

— Ah, isso é bom. — Pego o odre e tomo um grande gole refrescante.

— Pode me dizer alguma coisa sobre esses pássaros que vamos enfrentar?

— Peço-lhe. Ele suspira enquanto se deita na grama alta novamente, depois faz um gesto com a mão para o céu e uma nuvem na forma de um pássaro de aparência feroz aparece.

— As aves do Estínfalo agem em um bando e são implacáveis; se vai matá-las, então precisa matar todas. Não tenho nenhuma em meu reino, mas creio que isso vai mudar caso você tenha sucesso. Há muito tempo, elas eram apenas um simples bando de corvos, até que Zeus encarregou Hefesto de moldar-lhes bicos de metal para atormentar Melia eternamente.

— Parece algo que ele faria. — Penso em Zeus e na sua propensão para causar sofrimento.

— Meu irmão tem seus motivos para suas ações — diz Hades.

— Isso pode ser verdade, mas não as torna corretas, não é mesmo?

Ficamos calados por algum tempo. Pergunto-me se ele está pensando na maneira como investi contra Zeus, no que ele sabe que pretendo fazer caso vença os jogos. Isso é o que está passando pela minha mente neste momento. Deitada ao lado dele, uma pequena preocupação toma conta de mim, preocupação de que ele possa ficar decepcionado.

— Foi muito corajoso o que você fez lá no pântano, com Theron. — fala Hades suavemente.

Eu não esperava que ele dissesse isso. Repasso tudo o que aconteceu na minha mente, cada imagem em detalhes nítidos dentro do sonhar. Acima de mim, as nuvens estão mudando e vejo uma que se parece com Theron.

— Você me ouviu quando chamei por você na escuridão dos pântanos? — pergunto.

— Sim — responde ele.

— Você mandou Theron de volta?

— Não precisei; não que eu poderia, mesmo se quisesse. Você mesma o arrancou das garras de Tânatos, Ara. Já vi isso ser feito algumas vezes; cada vez é sempre notável. Tenho certeza de que as Tecelãs do Destino também estão envolvidas em algum ponto.

— Ele parece estar doente e é teimoso; não descansa. Ele vai sobreviver? — pergunto.

— Por enquanto, Ara. Todos os mortais podem sobreviver por enquanto. Surpreende-me que vocês não aproveitem mais. O agora passa tão depressa e depois acaba.

Deito-me na grama, desta vez mais perto dele. Consigo sentir seu ombro perto do meu, seu braço estendido ao lado do meu, nossas mãos fora de alcance, e mesmo não havendo contato, posso sentir um formigamento ao longo de todo meu braço e mão, a antecipação de sua proximidade, de seu toque.

— O agora não passa rápido para você — observo.

Ele vira a cabeça e olha para mim, seus olhos muito azuis fixos nos meus.

— No momento, está passando rápido demais para o meu gosto.

Algo no modo como ele olha para mim e na forma como fala isso faz com que eu me sinta quente por dentro. Tenho certeza de que estou corando. Desvio o olhar, olhando de volta para o céu, para as nuvens, que agora se parecem comigo. Eu rio e me viro para encará-lo. Ele ainda está me dando aquele olhar, e minha barriga parece estar cheia de borboletas quando, devagar, estendo meus dedos e toco os dele. Ele não se afasta, em vez disso, estica os próprios dedos e os entrelaça nos meus.

— Ara — diz, só que não é ele, não é sua voz suave; é brusca e dissonante e sinto meu ombro sendo sacudido.

AS AVES DO ESTÍNFALO

— Ara.

Abro os olhos e estou na caverna de Melia. Theron está de pé acima de mim, sacudindo-me para me acordar. Quero bater nele, acertá-lo com força por interromper meu sonho e ataco-o com o odre de água que estou segurando.

— Ei! Por que fez isso? — pergunta ele.

— Eu estava dormindo, você... você me assustou!

Eu não podia dizer que estava tendo um sonho lindo, um sonho que fazia meu coração cantar, um sonho em que eu estava... não sei, talvez eu estivesse sendo boba? Sinto-me uma boba agora, olhando para Theron. Sinto minhas bochechas esquentarem enquanto seguro o odre de água, a suavidade dele me fazendo lembrar da suavidade do toque de Hades. Passo o dedo pelo odre e encontro nele a marca do meu signo. Meus dedos ainda estão formigando, as borboletas ainda vibram dentro de mim, mas esta sensação desaparece pouco a pouco à medida que a realidade se impõe.

Algo na expressão de Theron me deixa na defensiva.

— Por que você me acordou? — pergunto. Ele ainda parece um pouco pálido. Eu passo o odre para ele e ele o olha antes de tomar um gole. Um pequeno gole, depois outro, seguido de um grande gole e um grande suspiro.

— Está se sentindo bem? — Posso ouvir o tom na minha voz. Não estou apenas com raiva dele por me acordar, estou com raiva de mim mesma. Hades pode não me afetar da mesma forma que os outros deuses afetaram quando os encontrei no anfiteatro, não há nada daquele temor infantil com ele, nada daquela dinâmica de poder, mas acho que o que estou começando a sentir por ele pode ser algo um pouco mais apavorante e extraordinário ao mesmo tempo.

— Claro, por que eu não estaria bem? — retruca Theron. Ele projeta a mandíbula.

— Ah, não sei, porque ontem você foi arrastado para dentro do pântano por um monstro e eu mal consegui salvá-lo de se tornar o mais recente habitante do submundo.

Ele me encara impetuosamente, mas então sua expressão se suaviza e ele se aproxima, até ficar bem ao meu lado, olhando para mim intensamente, e eu sinto uma onda de aborrecimento. Ele segura minha mão livre.

— Ara, você sabe o quanto é difícil para mim ser... vulnerável, demonstrar qualquer tipo de fraqueza. Não é da minha natureza. — Ele leva a mão até meu rosto; é caloroso e familiar e, fechando os olhos, quase consigo imaginar que estou de volta a Oropusa, em frente ao templo. — Obrigado por me salvar, por me resgatar, por não deixar que Hades me levasse. Também não vou permitir que ele leve você. — Seu olhar faz com que eu sinta calor e frio ao mesmo tempo e me sinto culpada por todos os sentimentos que percorrem meu corpo.

Ele se aproxima de mim e passa o polegar sobre meu lábio inferior.

— Lembro-me de seus lábios nos meus quando fui trazido de volta à vida. É a primeira lembrança que tenho depois da escuridão do submundo. Você, Ara, seu toque, seu beijo. — E ele se inclina para mim e eu para ele.

— Ei, dorminhoca — chama Acastus, enquanto entra no canto da caverna onde eu estava dormindo. Theron rapidamente abaixa a mão e se afasta de mim.

— Ah, desculpa, não percebi que estava... interrompendo — Acastus murmura virando-se para ir embora.

— Está tudo bem — diz Theron abruptamente. Ele olha para mim e me sinto tola e confusa de novo, duas vezes na mesma manhã. — Eu tenho que ir ver os outros de qualquer maneira, o sol já está quase nascendo. — Ele nem sequer olha para mim enquanto passa por Acastus e entra na área principal da caverna.

— Sinto muito — diz Acastus de novo, fazendo uma cara de incômodo antes de olhar por cima do ombro para Theron, e depois de volta para mim com um sorriso maroto e um erguer de sobrancelhas.

— Nem pense nisso — aviso-o.

— Não é da minha conta. — Ele dá de ombros. — Quero dizer, ele é bonito e tem todo o ar de machão taciturno; posso ver o que você acha atraente.

Não tinha a intenção de sorrir tanto quanto faço, nesse momento sinto a água no odre se agitar quando movo a mão e uma onda toma conta de mim, não de culpa, percebo, mas mais de anseio, e não consigo pensar direito por um momento. Assim, me concentro em Acastus.

— O que é isso? — Aponto para o chifre dourado que está pendurado em seu corpo por uma tira de couro.

— Deméter me visitou ontem à noite e me deu uma cornucópia. Tudo o que tenho que fazer é pedir comida e ela fornecerá. Aqui, levante as mãos, o que gostaria de tomar no desjejum?

— Hum... frutas vermelhas — respondo.

Acastus segura a cornucópia acima das minhas mãos e ordena:

— Bagas.

Morangos, framboesas e outros frutos silvestres frescos e maduros que não conheço caem em minhas mãos em concha.

— Ah! Isso é incrível. Hades me deu algo semelhante, um odre de água que nunca acaba.

— Certo, estou começando a pensar que talvez Poseidon precise me dar presentes mais práticos — comenta Danae, aproximando-se de Acastus para roubar uma das frutas, colocando-a na boca. — Ele me deu uma rede, que Theron e Thalia imediatamente confiscaram para seu plano.

Olho em volta e percebo que Theron saiu da caverna.

— Onde eles estão?

Danae dá de ombros.

— Lá fora! — responde Ajax, enquanto se aproxima e também rouba uma baga. — Os dois estão em uma estranha competição pela liderança.

— Thalia está ganhando — afirma Danae, enquanto pega outra fruta e eu tento afastá-las dela.

— Mal posso esperar para você pedir à cornucópia um porco assado com todos os acompanhamentos! — diz Ajax com um sorriso.

— O que recebeu do seu deus? — pergunta-lhe Acastus.

— Devo dizer que fiquei surpreso com o que Ártemis me deu! — Ele aponta para a faixa dourada ao redor de seu pescoço.

— Uma joia! — exclama Danae, com uma risadinha.

— Quase combina com minha bolsa — acrescento com um sorriso.

— Aparentemente, vai sempre manter minha cabeça acima da água. Acho que os pântanos talvez a tenham assustado, o que é um pouco contraproducente se me perguntam, planejar uma prevenção para algo que já aconteceu. Mas, para ser honesto, fiquei muito impressionado com ela... — ele gesticula com as mãos e faz um som estranho — ... para fazer qualquer pergunta.

— Com ela o quê? — pergunto.

Acastus assente com os olhos arregalados.

— Ah, sim, eu sei. O fator divindade! Sinto-me completamente tolo sempre que Deméter está por perto. É como se eu fosse criança de novo e minha mãe estivesse me repreendendo por não me comportar na frente das visitas, mas também está me dando doces ao mesmo tempo.

— Ah, que bom, então não sou só eu — diz Ajax. — Para ser sincero, fico apavorado toda vez que vejo Ártemis e me sinto totalmente inútil e patético.

— E desesperadamente indigna — acrescenta Danae com um aceno de cabeça.

— Mas tão grato por estar em sua presença — concorda Acastus.

— Tão grato, é como se eu quisesse impressionar Ártemis, quero que ela veja que sou genial.

— Ela já vê isso — diz Danae. — Lembre-se, ela escolheu você. É a isso que continuo me agarrando toda vez que Poseidon fala comigo. É como uma enorme onda de emoções prontas para me pegar e me carregar para longe: euforia e medo, todos misturados. Mas continuo me lembrando que devo ser digna, porque ele me escolheu. Aposto que é pior para você, Ara, a intensa divindade! Hades é apavorante de verdade? Acho que se eu fosse a Token do deus do submundo, não seria capaz nem de olhar para ele.

— Entendo o que você quer dizer. Dei uma olhada na direção dele depois da manopla e senti como se uma flecha de vazio tivesse acertado bem no centro da minha alma; os olhos dele devem ser como poços sem fundo. — Acastus estremece. — Talvez seja por isso que tantos de seus Tokens morrem — acrescenta ele. — Como ele é?

Os três me olham com expectativa. Mas estou em choque. Eu achava que todos os Tokens tinham a mesma conexão profunda que eu tinha com Hades, mas eu estava errada, muito errada.

— Ele definitivamente não é o que eu esperava — explico. — Ele é profundo, atencioso, até gentil, mas tem essa casca dura que a princípio parece quase impenetrável; porém, depois de conhecê-lo, você encontra uma maneira de entrar, e os olhos dele... bem, são mais como o imenso vazio do espaço e do tempo do que um poço sem fundo.

Os outros me encaram e depois riem.

— Gentil e atencioso, sim, certo, Ara — zomba Acastus.

— Não sei, acho que um deus bondoso do submundo seria bastante aterrorizante, na verdade — observa Theron atrás de mim, e por algum motivo fico tensa com a ideia de Theron ter ouvido o que eu falei sobre Hades.

Eu me viro e vejo que ele está me lançando um olhar duro, como eu o vi usar nos campos de treinamento antes de acabar com um oponente.

— Está quase na hora — avisa ele, e se afasta de mim sem olhar duas vezes; eu sinto o golpe.

À medida que avançamos em direção à abertura da caverna, Melia avisa:

— Posso ver todos vocês; ainda estão um pouco desfocados nas bordas, mas minha visão está quase de volta, os pássaros estarão aqui em breve.

Thalia aparece na entrada da caverna.

— Theron e Nestor, sabem o que fazer?

— Subir pelo lado de fora da caverna e esperar seu sinal, depois soltar a rede e tacar fogo nela — recita Nestor com a voz um pouco irritada; Thalia tem repassado repetidamente o plano conosco desde ontem à noite. — Solon, Acastus, Heli, Ajax e eu estaremos prontos para lutar contra as aves. Xenia e Ara, vocês devem proteger Melia e levá-la para um lugar seguro, enquanto Danae...

— Sim, sim, eu sei. — Danae levanta um dos longos mantos de Melia e o enrola ao redor do corpo, puxando o capuz sobre a cabeça, escondendo o rosto. — Eu sou a isca.

— Espere, o que devo fazer mais uma vez? — pergunta Ajax, e eu juro que vejo uma veia pulsando na testa de Thalia. Ajax sorri. — Brincadeira! Eu sei o que tenho que fazer.

Eu me inclino para ele e sussurro:

— Talvez seja melhor você ficar longe de Thalia. Acho que ela pode derrubá-lo enquanto você luta contra os pássaros.

— Para minha sorte, uma das regras é não causar danos intencionais!

Balanço minha cabeça para ele.

— Por aqui, Melia — chamo oráculo ao pegar sua mão e levo até o fundo da caverna enquanto Danae se posiciona.

Melia faz uma pausa e leva as mãos ao rosto de Danae ao passar.

—Você é muito corajosa. — Não posso deixar de concordar, pois o orgulho por minha amiga me enche. — Lembre-se, as aves são capazes de sentir onde estou — explica Melia. — Para que sempre consigam me encontrar. Se eu estiver fora da caverna, elas vão direto para cima de mim e seu plano nunca funcionaria, então você e eu precisamos estar dentro da caverna quando as aves chegarem. Mas assim que todas estiverem na caverna e a rede cair para prendê-las, deixarei você aqui como a única Melia. — A oráculo beija Danae na cabeça e depois em cada um dos olhos.

Eu levo Melia para longe de Danae. Ela estende a mão e toca minha bochecha.

— Consigo ver seu rosto; não me admira que ele esteja apaixonado por você. — Ela sorri e sinto meu coração bater mais forte.

Naquele momento, um berro preenche o ar, um grito que me rasga, como se meus ossos estivessem se esfregando uns nos outros.

Corro para o fundo da caverna, segurando a mão de Melia. Quando a primeira ave entra voando e começa a circular, puxo uma tapeçaria esfarrapada pendurada na parede da caverna. Atrás dela, uma abertura estreita leva a um poço quase vertical: a nossa saída.

Ouço Solon, Acastus, Ajax e Heli lutando contra as aves, protegendo Danae. Então uma delas voa em nossa direção. Xenia a derruba. Lembro-me do que Hades disse, que todas elas devem morrer para que Melia esteja segura, e para que isso aconteça todas têm que estar dentro da caverna antes que Theron e Nestor possam lançar a rede para prendê-las.

Mais alguns pássaros percebem que Danae é uma isca e voam em direção a Melia. Xenia nos defende enquanto puxo Melia, segurando seu rosto contra meu ombro, protegendo seus olhos. Ajax está perto de nós e pega duas flechas de sua aljava e as usa como pequenas lanças, seu arco é grande demais para ser usado no espaço pequeno no fundo da caverna. Mal consigo ver a entrada principal da caverna, muito menos Solon, Acastus e Heli, que estão parados entre ela e Danae. Há tantas aves voando ali; elas mergulham e atacam como um ciclone de bicos bronzeados e penas pretas.

— Thalia! — Ouço Acastus gritar. Ela está do lado de fora observando para garantir que todas as aves estejam á dentro; se não estiverem, bem, não tenho certeza se vamos poder esperar por muito mais tempo. As aves estão nos sobrepujando. Elas estão me atacando, enquanto eu agarro Melia, bicando minhas mãos e braços enquanto a seguro apertado, seus bicos como lâminas cortando minha pele, e não consigo imaginar a agonia que Melia deve ter vivido todas as manhãs enquanto elas bicavam seus olhos.

Finalmente, Thalia corre para dentro da caverna, com a espada erguida contra as aves.

— Depressa — grito para Xenia, que tem uma pequena ninhada de aves mortas em volta dos pés. Ela se afasta de Ajax enquanto ele continua a derrubá-las.

Xenia passa por mim e entra na passagem estreita, pegando a mão de Melia e guiando-a enquanto deixo cair a tapeçaria atrás de nós. Não creio que demore muito para que os pássaros rasguem os fios retorcidos com seus bicos afiados.

Há pequenos buracos nas laterais do poço vertical, facilitando a escalada, mas na escuridão do túnel e na penumbra da madrugada tenho que tatear para subir. Para Melia é mais fácil navegar pela passagem escura do que para Xenia e eu, ela se move com a facilidade vinda da prática. As paredes são apertadas, sinto-as roçando meus ombros enquanto me esforço para escalar; parece tão claustrofóbico e me lembra uma tumba subterrânea. Tento afastar esse pensamento enquanto sinto meu pânico aumentando e luto para me concentrar em outra coisa, algo bom e esperançoso, enquanto aos poucos nos distanciamos da batalha abaixo e do grasnar das aves.

Penso em Hades, em seus olhos azuis e naquele sorriso, e sussurro para ele no escuro, porque sei que consegue me ouvir.

— Espero que você tenha conseguido uma vantagem, porque se eu ficar presa neste pequeno túnel, não vou ficar contente.

Imagino aquele leve sorriso e ele dizendo: "Fiz o melhor que pude e agora é com você." Sorrio e subo com mais confiança em direção a uma fresta de luz que agora vejo acima de nós.

Nestor está esperando perto do buraco; ele estende a mão e ajuda a me puxar para fora. Aperto os olhos e depois os protejo, esperando que se acostumem à luz. O sol está acima do horizonte e lança um brilho dourado sobre o mundo. Olho para o afloramento rochoso onde a caverna está escavada.

— Onde está Theron? Ele deveria estar aqui. Ele está bem? — Consigo ouvir o pânico em minha voz.

— Ele está bem. Não quis deixar de provar que é um herói valoroso, então, entrou sorrateiramente na caverna depois que lançamos a rede e antes que a queimasse com fogo prometeico para impedir que os pássaros escapassem. Falando nisso, me dê uma ajuda, Ara.

Nestor e eu nos aproximamos de uma grande rocha que ele, Danae e eu encontramos na parte do afloramento que dá lugar a mais das árvores brancas retorcidas que cobrem a floresta. Nós a rolamos até o buraco na noite anterior e, agora, removemos os calços que a mantêm no lugar e a empurramos para dentro, bloqueando a rota de fuga para que nenhuma das aves consiga passar.

— Vejam só — exclama Melia, com os braços abertos, parada no topo do afloramento rochoso. — É tão bonito. — Lágrimas escorrem por seu rosto, seus profundos olhos castanhos absorvendo cada detalhe do pântano.

— Sim, é ótimo — diz Xenia, erguendo as sobrancelhas.

E entendo o que ela quer dizer, mas tento enxergar a beleza que Melia vê, vislumbrando-a nas lanças retorcidas das árvores mortas, brancas como os ossos e suaves como a seda elevando-se como dedos para o céu azul; no nascer do sol, laranja e dourado, a leste; em um bando de aves pretas a oeste, movendo-se como marionetes de sombra pelo céu em nossa direção, a luz do sol nascente refletindo em seus bicos, fazendo-os faiscar como estrelas.

Meu sorriso desaparece quando percebo o que são um segundo antes de seus grasnados estridentes tomarem o ar.

— Empurrem a pedra para trás! Levem Melia para dentro! — grita Nestor, enquanto ele e eu tentamos agarrar a pedra, que, porém, está afundada demais no buraco para alcançarmos, provavelmente presa no lugar, mesmo que conseguíssemos.

Enfio a mão na bolsa e retiro a corda; a pedra do pântano ainda está amarrada na ponta e cai no chão. Isso me dá uma ideia.

À medida que as aves se aproximam cada vez mais, corro até o oráculo.

— Melia, preciso que confie em mim — peço a ela.

Ela se vira e olha para mim com calma e balança a cabeça enquanto se inclina em minha direção e sussurra:

— Eu confio em você, Ara, você que fará um deus se ajoelhar.

Afasto-me e a encaro com olhos arregalados, e penso em Zeus de joelhos na minha frente enquanto seguro um raio acima dele, em seguida, pisco ao ver o quão perto o bando de aves está. Rapidamente mantenho a bolsa aberta e a movo no ar, puxando-a sobre a cabeça dela e descendo por seu corpo para que ela desapareça lá dentro.

— O que acabou de fazer com o oráculo? Precisamos dela — diz Xenia.

— Está tudo bem, ela está segura, eu acho. — Espero, mas não digo isso em voz alta. Nunca coloquei nada vivo na bolsa antes.

As aves circulam ao nosso redor, grasnando como se estivessem sentindo que Melia está ali, embora não consigam encontrá-la. Penso quanto tempo vai levar até que fiquem frustradas e nos ataquem.

Não muito tempo, ao que parece.

Eu giro a corda, lançando a pedra contra a ave que estiver mais próxima. Deve haver pelo menos trinta delas, muito menos do que na caverna, mas estas têm a vantagem de poderem voar para longe, e precisamos pegar cada uma para Melia estar livre de sua maldição e nos contar o que precisamos saber sobre nossa missão.

Elas nos bicam a cada oportunidade, os bicos afiados e mortais faiscando ao nascer do sol.

A armadura de Xenia a protege, assim como a de Nestor.

— Está vendo — digo a Hades, sem ter certeza se ele vai me ouvir. — Uma armadura, isso seria bom; não uma arma, uma proteção. Talvez possamos negociar isso. — Sinto cada arranhão de garras e cada bicada.

Balanço a corda em um arco amplo quando uma ave do Estínfalo muda de direção no meio do voo e a erro. A corda continua em seu arco e passa pela tocha de Prometeu de Nestor, ardendo presa à sua cintura.

No momento em que a corda toca a chama azul, incendeia-se, o fogo sobe pela corda e para antes da minha mão. Eu balanço a corda e ela cria um escudo de fogo enquanto gira; qualquer ave que se atreva a chegar perto demais é tomada pelas chamas, suas penas instantaneamente se queimando e se transformando em cinzas.

Vejo Xenia acender suas flechas com a tocha de Nestor antes de dispará-las como meteoros para o céu, matando as aves que estão nas bordas do bando.

Nestor usa a chama para atear fogo à lâmina de sua espada, que ele golpeia em um arco de fogo na direção das aves.

Mudo o giro da corda e começo a atirá-la em direção às aves restantes como um laço. Penso em como a corda cresceu e encolheu conforme eu precisava no pântano e observo como ela faz o mesmo agora, avançando e recuando para atingir seu alvo todas as vezes. Enquanto a poeira negra dos pássaros carbonizados se acumula ao meu redor, ouço Xenia gritar e Nestor a chamar.

Viro a cabeça e vejo que Xenia não está mais no topo do afloramento, e Nestor está olhando da beirada.

Os últimos pássaros estão fugindo além dele. Atiro a corda, que se estende para seguir os pássaros em retirada, atingindo o que está mais distante, depois eu movimento o pulso e a corda gira para trás para atingir outro. Em seguida, eu puxo a corda em um grande arco flamejante para atingir o último pássaro restante, quando ele solta um grito de batalha triste e patético e avança em minha direção. A corda o atinge, fazendo-o explodir em chamas e depois em cinzas.

— Xenia! — grito, enquanto a corda encolhe e corro até Nestor, que está olhando para baixo. Xenia está caída lá embaixo, com a perna torcida sob ela, o elmo quebrado e sangue escorrendo por baixo dele enquanto ela olha para o céu, seus olhos sem enxergar nada.

— Xenia — repito e sinto um nó na garganta ao me lembrar de Estella, deitada em nossa cama, parecendo igualmente quebrada. Sinto a injustiça de toda essa situação, como é errado nós, Tokens, morrermos para o prazer dos deuses, para seu entretenimento e satisfação.

— Cuide dela, Hades — sussurro. E, então, compreendo que ele também faz parte disso. Ele pode estar tentando participar dos jogos de uma forma que acalme sua consciência, mas ainda está participando, e isso me deixa confusa.

— O que está acontecendo com ela? — pergunta Nestor, enquanto o corpo de Xenia começa a brilhar e a sumir.

— Acho que ela está voltando para casa, para a família dela — respondo.

— Isso acontece?

— Sim.

Nestor respira fundo e balança a cabeça.

— Prometa-me, Ara, que, se eu morrer, você vai fechar meus olhos e me arrumar antes que eu seja mandado de volta. Não quero que meus pais me vejam desse jeito. Minhas irmãs, elas não devem me ver assim. — Ele sacode a cabeça.

Enche-me de tristeza ouvir a ternura que ele sente pela família. Eu realmente não tinha pensado naqueles que serão deixados para trás; aqueles como eu. Sinto raiva e pena pelas irmãs de Nestor caso uma delas seja a primeira a encontrá-lo. Eu não desejaria isso para ninguém. Provavelmente todos temos pessoas esperando em casa, pessoas que não queremos que tenham que suportar nossa perda.

Penso em meus pais e percebo que eles não vão conseguir suportar, não outra vez.

Estendo a mão e toco o braço de Nestor.

— Eu prometo, e sei que você fará o mesmo por mim se chegar a hora.

Nestor assente. Então ele ergue a tocha até minha corda e o fogo volta para a chama da tocha, deixando a corda sem nenhum sinal de que estava queimando.

O APERTAR DO NÓ

Ares está sentado pensativo à mesa, os olhos fixos no corpo de Xenia que flutua acima de seu pedestal, o elmo quebrado e o sangue formando uma auréola vermelha ao redor, a perna torcida atrás dela e os braços dobrados para um lado. Seus olhos olham sem ver para o deus que a escolheu.

Hades consegue senti-la diante de seu portão, seu espírito e corpo ainda conectados, enquanto ambos estão suspensos no instante da morte, seu corpo no Olimpo preso à beira da última batida de seu coração e seu espírito lançado na escuridão em frente à sua porta. Ela não está sozinha; Philco e Kassandra também estão lá, esperando o fim dos Jogos Imortais e, com ele, o de suas vidas.

Zeus se junta a Ares na mesa. Enquanto os outros deuses conversam sobre os jogos, os dois assistem ao ataque das aves de Estínfalo novamente.

— Quando os jogos terminarem, visitarei esse lugar abominável, esse Pântano da Tristeza, e ele não será mais triste — declara Deméter com um aceno de mão em direção à imagem que paira acima do tabuleiro. — Onde meus pés pisarem, terra firme e flores brotarão, e onde eu cantar, os ventos soprarão doces com sementes de flores, e onde eu dançar, os pássaros, as abelhas e as pequenas criaturas da terra virão e farão seus lares.

— Parece maravilhoso, tia — elogia Atena de seu assento ao lado de Hades. — Que gentileza de sua parte lhe conceder seu favor; tenho certeza de que será um alívio para a terra depois de todos esses anos de desolação e escuridão.

Deméter sorri e se inclina sobre a borda do tabuleiro para segurar a mão de Atena.

— Obrigada, sobrinha, tenho certeza de que meu favor será muito apreciado. Vou contar aos outros sobre meu plano.

Hades se aproxima de Atena.

— E eu pensei que você fosse a deusa da verdade e da sabedoria.

— Sim, ora, aprendi uma ou duas coisas sobre a verdade com os mortais, que estão mais conscientes de sua fluidez e da flexibilidade da sabedoria e de como o recipiente através do qual ambas são vistas é de extrema importância. Eu disse a Deméter a verdade que ela queria ouvir, e era verdade para alguns, mas não para muitos. Os Filhos da Tristeza que vivem nos pântanos, que se alimentam de sua decadência e escuridão, não lhe agradecerão por sua peregrinação, nem as plantas que ela depositar ali, pois, embora ela possa acrescentar à terra, as águas dos pântanos ainda são estagnadas e abundantes. Ficará lindo por uma estação; vou me certificar de caçar lá; no entanto, quando as chuvas retornarem, será alagado e restaurado a como está agora. — Atena olha para seu pai, Zeus, com a mandíbula cerrada e os olhos baixos enquanto observa as imagens dos Tokens se desenrolando acima do tabuleiro.

— Mudanças só podem acontecer quando são profundas, quando estiverem enredadas no tecido do tear da vida e quando forem desejadas por aqueles que devem cultivá-las e fazê-las crescer. Você entende que mudanças, tornar as coisas melhores, é uma tarefa imortal que requer tempo, força, diligência e antevisão. Deméter carece de todas essas qualidades exceto uma, e até mesmo essa ela desperdiça.

— Lembre-me de nunca pedir para que você me examine dessa maneira — declara Hades, com um pequeno sorriso e uma pitada de preocupação.

— Ah, não consigo. Eu tentei e não consigo compreendê-lo, tio. Você joga melhor que todos nós, sabe. Nunca nos mostrando suas peças.

Hades sorri, embora Atena não perceba.

— Isso é péssimo, Hermes! — brada Zeus batendo com o punho na mesa, quase derrubando todas as peças do jogo. — O castigo de Melia era meu para dar e não seu para retirar!

O salão assume um estado de cautela silenciosa, com todos os olhares concentrando-se em Zeus. Hermes levanta as mãos, as cobras douradas circulando seu caduceu cintilante.

— Não fui eu, poderoso Zeus, foram os Tokens! O livre arbítrio deles escolheu este caminho; afinal, faz parte dos jogos, o elemento surpresa que contribui para o entretenimento.

Hades suspira. Ele sabe onde isso vai dar; já viu a ira de seu irmão vezes suficientes para saber o que vai acontecer a seguir.

— Irmão — começa ele, inclinando-se para Zeus —, não podemos atribuir isso aos jogos? Sim, as aves de Estínfalo foram destruídas e agora residem em meu reino, onde estão sendo bem aproveitadas em Tártaro, garanto-lhe, e Melia está livre de seu tormento, de sua punição; mas Theron se destacou, não? — Hades levanta a mão, e as imagens acima da mesa mostram Theron lançando a rede com Nestor antes de descer o afloramento e entrar na caverna momentos antes de o fogo tomar a rede, e, em seguida, ele desembainhando sua espada para começar a abater as aves.

— Ele é um ótimo Token — comenta Hera, tocando o braço de Zeus. — Ele honra você com sua bravura e habilidade. — Hera está acostumada a acalmar o temperamento do marido.

— Ele é um ótimo Token — concorda Zeus.

— E veja como ele lida com aquelas aves — acrescenta Hermes.

Poseidon toma um grande gole de sua taça e Hades olha para ele. Ambos sabem que este não é o momento de pressionar Zeus, seu humor está no limite desde que Ara salvou Theron dos pântanos. Para Zeus não há nenhum questionamento a ser feito sobre o mérito de seu Token, para ele o próprio julgamento é sempre correto e bom e qualquer questionamento disso não é apenas inaceitável, mas errado.

Hades tenta lembrar se Zeus sempre foi assim, sem dúvidas, desde que conhecera o irmão, mas os dois tiveram uma criação muito diferente. Zeus foi criado sabendo que tudo seria seu no fim das contas; Hades, na escuridão da arrogância de seu pai. As coisas que crescem na escuridão costumam ter mais consciência das sombras internas; Zeus conheceu apenas a luz da própria importância.

— Theron é um Token notável. Foi ele quem concordou que eles deveriam viajar até o pântano e depois os conduziu valentemente através dele. Ele esteve até em seus portões por um momento, não foi, Hades? E, ainda assim, ele venceu a morte. Creio que se o jovem Theron matar alguns pássaros e libertar alguns oráculos em sua busca pela grandeza, que assim seja! — proclama Zeus.

Todos os deuses relaxam um pouco, embora Ares ainda esteja olhando feio para Xenia.

Hades lança outro olhar de relance para Poseidon. Os jogos apenas começaram e os ânimos já estão se exaltando. As Tecelãs do Destino estão certas, os riscos nunca foram tão altos e, embora Zeus e Poseidon não tenham consciência do nó que causaram no mundo, Hades consegue ver sua tensão pesando sobre eles.

Ele amaldiçoa as Tecelãs do Destino por darem a ele a responsabilidade de resolver esta situação. Mas sabe que, se dependesse dos irmãos, o nó apenas aumentaria.

Enche-o de uma tristeza profunda que dói nos ossos da terra que ele habita, pensar em como costumava ser, como os deuses do Olimpo foram outrora as estrelas guias dos mortais, como eles existiam para tornar o mundo melhor. Agora, existem apenas para encontrar prazer e autogratificação no mundo.

Hades pensa no ideal que ele e seus irmãos tinham, um ideal que ele ainda tenta preservar nas terras dos Elísios.

— Que divertimento teremos agora? — pergunta Zeus. — Que provações esperam o jovem Theron? Tenho certeza de que ele enfrentará todas que estão no tabuleiro e fora dele. — Zeus sorri na direção de Hades. — É apenas uma questão de tempo até que ele conquiste a coroa e, sem dúvida, o coração da Token de Hades junto.

Alguns dos deuses murmuram em concordância, mas Hades observa Afrodite pelo canto do olho e vê que ela inclina a cabeça para o lado e olha em sua direção; ela, ao que parece, não tem tanta certeza disso.

Hades também não tem tanta certeza. Há algo em Ara que lhe causa agitação. Ele se aproximaria dela em um instante se pensasse que era o que ela queria, mas ele viu o coração dela e sabe que ela pretende matar seu irmão, se puder.

O nó fica um pouco mais apertado. Para desatá-lo, ele e Ara precisam vencer os jogos; mas, ao vencer, ela terá a oportunidade de realizar sua vingança. Hades caminha por um fio fino, um fio que ele gostaria que nunca tivesse sido costurado para ele.

A ENGANADORA DE ASAS

Nestor e eu descemos do afloramento e seguimos até a entrada da caverna. Consigo ver os outros se movendo como sombras na caverna silenciosa além da rede flamejante. Nestor encosta a tocha nas chamas e, assim como fez com minha corda, o fogo deixa a rede e volta para a tocha.

Hesito antes de tocar na rede, esperando que ela esteja quente depois do fogo, mas está fria ao toque e totalmente sem marcas. Nestor e eu começamos a afastar a rede para podermos passar pela soleira de cinzas espessas que encontramos na entrada e finalmente ingressar na caverna.

— Está todo mundo bem? — chamo, enquanto meus olhos se ajustam rapidamente à escuridão.

Theron está ao meu lado em instantes, puxando-me para perto e me abraçando, assim como fez quando nos vimos pela primeira vez no anfiteatro. Sinto uma onda de alívio tomar conta de mim por ele estar seguro, mas em vez de abraçá-lo também, afasto-me e o examino. Seu rosto e braços estão cobertos de arranhões finos, parecidos com cortes de papel, assim como os meus. Passo a mão em seu braço, as finas linhas vermelhas de sangue manchando meus dedos.

Olho atrás dele para os outros.

— Todas morreram? As aves?

— A maioria delas tentou voar de volta depois que vocês saíram da caverna, mas voaram direto para o fogo e morreram — responde Theron, enquanto afasta a faixa de cinza preta com a sandália.

— O que aconteceu com você? — pergunta Thalia, apontando para meus cortes.

— Nem todas as aves estavam na caverna quando lançamos a rede — explica Nestor. — Um pequeno bando delas nos atacou. Mas nós pegamos todas.

— Onde está Xenia? — questiona Solon.

Olho para Nestor; não preciso ser um oráculo para saber que ele está pensando em Xenia depois da queda dela. Balanço a cabeça, e os outros ficam imóveis e calados. Olho ao redor para cada um dos Tokens, compreendendo que o mesmo destino poderia abater-se sobre qualquer um de nós em um instante, mas, ao mesmo tempo, estamos todos um teste mais próximos da coroa. Neste momento, percebo que Ajax e Danae não estão presentes e temo pelo pior; Danae tinha o papel mais perigoso a desempenhar no plano.

— Está tudo bem — assegura Theron, quando pergunto onde eles estão, minha voz esganiçada e em pânico. Coloca a mão no meu ombro. — Eles estão no fundo da caverna. Danae está ferida; os pássaros pensaram que ela era Melia e começaram a bicar seus olhos.

— O quê? — Passo por ele e avanço pela caverna para encontrar Danae deitada no chão se contorcendo em agonia, enquanto Ajax tenta aplicar nos olhos dela a mesma poção que Melia usou em Acastus.

Agacho-me atrás de Danae e estendo a mão para ela, puxando-a para mim, colocando sua cabeça em meu colo. Afago seu cabelo e sussurro em seu ouvido:

— Ah, Danae, está tudo bem. Vai ficar tudo bem. — Ela choraminga em meus braços.

Nestor me seguiu.

— Ara, o que posso fazer para ajudar?

— Luz, Nestor, precisamos de alguma luz para enxergar.

Ele usa sua chama prometeica para acender as lanternas na caverna de Melia e elas queimam intensamente, branco-azuladas, sem bruxulear.

Aliso o cabelo dourado de Danae e posso ver que ao redor de ambos os olhos, nas órbitas e nas pálpebras, há arranhões vermelhos e sangrentos. Ela abre o olho esquerdo, mas o direito permanece fechado, a pálpebra caindo para dentro da órbita onde costumava estar seu globo ocular.

Ajax está preparado com a pomada, mas enfio a mão na bolsa e retiro o odre de água.

— Precisamos lavá-lo primeiro — digo a ele. — Encontre um pano para mim.

Ele levanta depressa e começa a procurar, mas Thalia se aproxima, arrancando um pedaço de tecido da própria túnica e estendendo-o para mim. Eu molho com água, e Thalia se ajoelha diante de Danae e delicadamente lava seus olhos e limpa todas as suas feridas. Danae soluça, mas não recua.

Thalia conversa com Danae enquanto a limpa.

— Na minha cidade, quando nossos guerreiros lutam em uma batalha épica como esta, como você lutou, e se distinguem por sua coragem e honra, é costume que recebam um epíteto. Então, da mesma forma que meu pai concedeu nomes a diversos guerreiros, darei um para você, Danae, Token de Poseidon, Enganadora de Asas.

Danae para de chorar, as águas refrescantes do Erídano diminuindo a dor o suficiente para que Ajax espalhe o unguento sobre seus cortes.

— Não... não dói mais — comenta Danae, em voz baixa. Quando ela olha para mim com seu único olho, grande e cheio de lágrimas, ela parece tão jovem, muito mais jovem do que seus dezoito anos.

— Que bom — digo a ela, acariciando seus cabelos dourados. — Bom mesmo.

— Já parece melhor — reassegura Thalia para ela com um sorriso gentil.

— Vai ficar muito incrível quando sarar — comenta Ajax. — Cicatrizes dignas de um herói! Dignas de Danae, Enganadora de Asas — acrescenta com um pequeno sorriso.

Danae solta uma risadinha que rapidamente se transforma em um choro suave. Ajax a puxa para seu colo, segurando-a junto de si, e sinto como se uma pequena parte de meu coração se partiu. Philco, Kassandra e Xenia morreram, Theron quase morreu, Danae perdeu um olho — e apenas começamos a missão. Não tenho certeza se sou capaz de suportar as perdas que estão por vir.

Theron entra furioso na caverna.

— Melia sumiu, não consigo encontrá-la em lugar nenhum. Ela nos enganou.

— O quê? — pergunta Thalia bruscamente, enquanto eu me levanto e puxo minha bolsa.

— Ela não está aqui, procurei em todos os lugares. Conseguiu o que queria e foi embora antes de nos contar onde está a coroa. Ela nos enganou, ela nos usou! Viajamos até aqui e agora estamos no meio do nada e não temos ideia de onde está a coroa! — Theron encara Heli, que se encolhe um pouco.

— Acalme-se, ela está bem aqui — falo, levantando-me para encará-lo.

— Obviamente não, eu acabei de dizer que procurei em todos os lugares! — ele rosna enquanto se vira para mim, com o rosto cheio de raiva.

Estou acostumada com suas explosões passionais e me sinto ficando na defensiva; empino o queixo, afastando-me dele e colocando minha bolsa no chão. Levanto a aba e penso em Melia enquanto coloco a mão lá dentro. Sinto os dedos finos dela entrelaçarem-se nos meus e a puxo para cima; mão, braço, cabeça, corpo aparecem e então ela sai da bolsa, olhando em volta maravilhada.

— O que aconteceu? Para onde eu fui?

— Eu coloquei você na minha bolsa — explico-lhe. Percebendo o quão estranho isso soa, acrescento — Hades a deu para mim; ele a chamou de bolsa troiana. — Eu a levanto do chão. — As coisas entram e a bolsa as mantém seguras.

Melia a toma nas mãos e olha para dentro. Sei o que ela está vendo, nada!

— Estava mais escuro lá do que quando eu estava cega. Quanto tempo fiquei lá, pareceu uma fração de uma eternidade.

— Você não ficou lá por muito tempo. E estava segura — declaro, mesmo sabendo que não tinha ideia quando a coloquei lá, se ela estaria, ou se eu conseguiria encontrá-la de novo. Neste momento, um pensamento passa pela minha mente e me sinto um pouco culpada, ao perceber que, caso eu tivesse morrido como Xenia, Melia poderia ter ficado perdida na bolsa para sempre. Mas, então, penso em Hades; se Melia estivesse na escuridão, ele a encontraria e a teria devolvido à luz.

Melia olha ao redor da caverna.

— Não quero ficar aqui agora. Vamos, venham para a luz do dia comigo para que eu possa ver vocês melhor.

Nós a seguimos para fora, Ajax ainda abraçando Danae. Nós, os nove que restamos, nos reunimos ao redor de Melia, e ela olha para cada um de nós, como se estivesse vendo além de nossa carne e dentro de nossas almas. Sinto como se tivesse sido examinada sob o olhar dela, um pouco como quando eu era criança e minha mãe sabia tudo que eu tinha feito só de olhar para mim. Como da vez que peguei o favo de mel da despensa e comi tudo sem pedir.

Penso que todos sentimos algo semelhante, quando olho para os outros e observo suas expressões infantis. Olho para Theron e é como se ele tivesse dez anos de novo e estivesse atrasado para o treino.

— Vocês me prestaram um serviço enorme — diz Melia para todos nós, quebrando o feitiço. Theron voltou a ser crescido, com o rosto cheio daquela seriedade que ele tem carregado desde a noite da Lua de Sangue.
— Vocês me libertaram do meu tormento e me devolveram a visão. Agora vou recompensá-los com aquilo que procuram. Vocês são nove e logo se tornarão sete. Consigo ver sua jornada, aqueles de vocês que morreram, as amizades e traições. A coroa que procuram está nas Ilhas Esquecidas, as terras no fim do mundo, para onde muitos viajaram, mas de onde ninguém retornou. Vocês precisarão de uma embarcação poderosa que encontrarão em Giteio. Em Giteio, procurem o símbolo de Hermes, seu caduceu; abaixo deste sinal haverá uma prova a ser enfrentada e, se vocês passarem, terão acesso à poderosa embarcação.
— Giteio! — exclama Theron. — Fica a semanas de distância a cavalo e de barco, meses a pé.
Olho para ele com severidade e depois me viro para Melia.
— Obrigada por sua sabedoria.
—Você vem com a gente? — pergunta Acastus para Melia, seu rosto bonito ainda com uma expressão de criança travessa enquanto olha para o oráculo.
— Não, vou ficar aqui... por um tempo — responde Melia com um sorriso. — Tenho a sensação de que este lugar vai florescer em breve e vai ficar bastante espetacular. Eu gostaria de ver isso.
Olho ao redor para o pântano, seus galhos retorcidos e atoleiros turvos, e me pergunto quais sinais Melia pode ver de que uma alteração está a caminho. Mas então vejo seu sorriso e seus olhos reluzirem, e percebo que, assim como quando ela olha para cada um de nós e vê mais, do mesmo modo ela está olhando para o pântano e vendo mais.
— Devemos partir — afirma Thalia, pegando sua espada.
Sinto-me relutante em deixar Melia. A ameaça para ela acabou, sei que ela estará a salvo, mas creio que estou preocupada em deixá-la para trás, deixar o pântano e viajar rumo ao desconhecido trará apenas mais perigos.
Olho em volta para meus companheiros Tokens conforme rumamos para o sul, o sol se elevando em um ritmo constante acima de nós, nossas sombras diminuindo a cada momento que passa. Imagino quantos de nós conseguiremos sobreviver à missão, quantos de nós se juntarão ao Hades? Penso em Xenia e em seguida meus pensamentos se voltam para Estella. Não importa quantos de nós cheguemos à coroa, tenho que ser um deles; tenho que vencer

e vingar não só minha irmã, mas também Xenia, Kassandra, Philco e qualquer outra pessoa que perdermos no caminho.

Lanço um olhar para Theron e sinto um aperto no estômago. Acho que não suportaria perdê-lo. Depois, olho para os outros e percebo que também não quero perder nenhum deles.

O JURAMENTO

O sol está alto e quente, deixamos o chão macio do pântano bem para trás, e minhas sandálias levantam a terra seca. Saindo dos pântanos, logo encontramos uma estrada de mercadores seguindo para o sul, passando pelas montanhas baixas, mas não vimos nenhum mercador.

— Já viajei por essa estrada muitas vezes com meu tio e meus primos — contou-nos Solon quando a encontramos algumas horas depois de deixar Melia.

— Meu tio é comerciante de tecidos e duas vezes por ano viajamos para comprar sedas no porto de Cálcis. Normalmente participamos de uma caravana maior de mercadores, todos viajando na mesma direção; há muitos perigos no caminho, e nem todos são enviados pelos deuses! — explica ele levantando uma sobrancelha, antes de nos contar histórias de tempestades de areia violentas e ataques de bandidos.

Com o sol implacável ardendo acima de mim, quase considero que uma tempestade de areia poderia trazer algum alívio bem-vindo. Caso Solon esteja certo, temos semanas de viagem pela frente. Olho para minhas pernas cobertas de poeira e afasto minha túnica grudenta do corpo.

Fico tão aliviada quando os murmúrios sobre parar e descansar se tornam impossíveis de ignorar e Theron e Thalia, que se tornaram líderes do nosso pequeno bando de Tokens, sugerem que encontremos algum abrigo fora da estrada e descansemos do sol do meio-dia. A terra pode ser seca aqui, mas consigo ver os topos de florestas densas e exuberantes ao longe, e espalhadas por este terreno mais rochoso há pequenas ilhas de arbustos densos e árvores pequenas.

Seguimos em direção a um matagal, cuja sombra é um alívio bem-vindo. Thalia sugere que podemos ganhar tempo caminhando noite adentro quando não está tão quente, mas não menciono isso a Acastus, enquanto nos sentamos juntos, sua capa erguida acima de nós como se fôssemos crianças acampando.

Divido minha água com o grupo, e Acastus usa sua cornucópia para alimentar a todos. Dou-me conta de que se nós dois perecêssemos, os outros teriam que se virar sozinhos para encontrar provisões, mas eles estão bem contentes em aproveitar nossos favores e nós estamos felizes em compartilhar.

Heli se senta perto de nós; ela está segurando um pequeno berloque dourado e observando como a luz do sol o faz brilhar.

— O que é isso? — pergunto-lhe.

Ela olha para mim com os olhos arregalados.

— É a balança da verdade; Atena esteve aqui e a deu para mim. Você não a viu? — Ela segura a pequena balança dourada na luz. A balança está presa em uma corrente ao redor do seu pescoço, e vejo que uma das placas tem um coração de latão e a outra uma pena de cobre.

Acastus e eu olhamos ao redor.

— Não a vimos, mas não acredito que seja assim que funciona; não acho que possamos ver os deuses uns dos outros — comenta ele.

— Faz sentido — concorda Nestor. — E acho que o modo como eles visitam está de alguma forma ligado ao seu poder, a todas as coisas sobre as quais eles têm controle. Hefesto sempre me visita no fogo ou na luz, ele meio que me leva a isso, mas não tenho certeza se vou fisicamente a algum lugar.

Pego-me assentindo, enquanto penso no sonho que tive com Hades na noite anterior, e me lembro de seus olhos azuis e do jeito que ele olhou para mim.

— Sim, é como se nossos espíritos comungassem com eles. Não é de surpreender que Poseidon sempre me chame quando estou olhando para a água — acrescenta Danae, e está claro que ela o visitou recentemente, pois está usando um tapa-olho dourado sobre a órbita vazia. Pergunto-me por um momento se ele tem alguma propriedade especial, enquanto penso em Poseidon e seus poderes.

É neste momento que entendo que Hades consegue me ouvir no escuro, porém, quando ele me deu o odre de água, eu estava dormindo. Hades é o deus do submundo, das trevas, do invisível e dos sonhos.

O calor ainda me atinge e não consigo tirar da mente a imagem da água. Sinto uma saudade imensa do rio que corre nos fundos da minha casa, de mergulhar em suas águas profundas e geladas. Fecho os olhos e imagino o rio, como a luz se divide através da copa das árvores que se espalham de cada lado dele e depois reflete na água que flui em correntes suaves esta época do ano. Meu devaneio se aprofunda e imagino o frescor das sombras verdes, a suavidade da terra quando me sento na grama perto da margem e tiro as sandálias, mergulhando os pés na água. Quase posso sentir o frescor tranquilo correndo por meus pés quentes e empoeirados. Olho para as árvores e entre suas folhas consigo ver o azul do céu, mais profundo e suave do que aqui, e o cheiro da terra esturricada e quebrada ao meu redor é substituído pelo cheiro da água e do delicado perfume de árvores floridas.

Sei que Hades está aqui, não preciso virar a cabeça para vê-lo. Ele está sentado ao meu lado no meu devaneio; consigo sentir sua presença tomar conta de mim da mesma forma que o rio esfria e limpa meus pés. Deixo escapar um profundo suspiro de contentamento e sinto um sorriso surgir em meus lábios enquanto viro minha cabeça do céu para encará-lo.

— Outro sonho? — pergunto.

— De certa forma — responde ele, olhando direto para mim, direto para dentro de mim. — É um sonho desperto, uma espécie de devaneio, e está acontecendo no espaço entre dois batimentos cardíacos enquanto você inspira e expira; quando o sonho terminar, parecerá que nenhum tempo se passou, mas vidas inteiras podem ser vividas nesse pequeno espaço entre as batidas da vida.

Estou hipnotizada por ele. Não consigo superar a atração que sinto, seus olhos, seu sorriso, seu jeito surpreendentemente doce e gentil, a maneira quase poética como ele vê o mundo. Percebo que a desejo e sinto pena dele por ela ao mesmo tempo.

—Vim recompensá-la por ter enfrentado as aves do Estínfalo. Você pensou rápido com a bolsa. — Ele sorri, olhando para as árvores e em seguida estende a mão para tirar uma maçã vermelha fresca dos galhos.

— Eu não sabia se funcionaria, se ela estaria viva quando fosse retirada — admito para ele, me sentindo um pouco tola.

— Serei honesto com você, eu também não tinha certeza. — Seu sorriso se aprofunda e ele olha para mim com ar envergonhado. — Nunca tentei colocar nada vivo nela antes. — Ele estende a maçã para mim e hesito antes de pegá-la.

— Esta é minha dádiva? — pergunto, virando-a nas mãos.

Ele solta uma risada curta e profunda que soa como a própria terra repercutindo de alegria. Seus olhos cintilam brincalhões sob a luz salpicada da clareira e eu me sinto na defensiva, como se ele estivesse rindo de mim; inclino a cabeça para o lado, com um olhar severo, e ele levanta as mãos em sinal de rendição.

— Não, não é sua dádiva — admite Hades, balançando a cabeça. — Apenas pensei que você parecia precisar de um lanche.

Desvio o olhar para a água.

— Obrigada. — Mordo a maçã doce e limpo o queixo quando o sumo escorre dos meus lábios. Olhando para minha mão, percebo o quanto estou suja; os quilômetros de caminhada cobriram todo o meu corpo e minhas roupas com uma camada de sujeira marrom e fina.

Tiro a bolsa do ombro e coloco a maçã em cima dela antes de entrar nas águas profundas do rio, totalmente vestida. Sinto-me imediatamente revigorada quando mergulho a cabeça abaixo da superfície. Mergulho e nado um pouco contra a corrente e então vejo algo escuro brilhando logo atrás de mim. Giro na água e percebo que é minha capa girando no riacho, mas é o bastante para me fazer lembrar das criaturas do pântano e fico assustada. Quando volto para respirar, vejo que Hades está parado na margem, me observando.

Tiro a capa dos ombros, pesada de água. Jogo-a na margem, onde ela cai numa pilha retorcida e encharcada.

Hades a joga por cima de um galho de árvore, estendendo-a para que possa secar.

— Entre — chamo.

Vejo-o hesitar por um momento e então ele tira as sandálias e começa a puxar as dobras de tecido de suas vestes até ficar quase nu. Meus olhos percorrem seu corpo depressa: musculoso, tonificado, magro e quase tão branco quanto o perizoma[4] que cobre seus quadris. Ele parece encabulado por um

---

[4] Espécie de calção (tanga) utilizado na Antiguidade para tapar ou proteger partes íntimas. (N. E.)

momento e, quando ele mergulha, desvio o olhar, sentindo como se a temperatura da água tivesse subido alguns graus.

Justamente quando estou começando a me preocupar e pensando em mergulhar para procurá-lo, ele surge bem na minha frente. Inspira fundo e enxuga a água do rosto antes de empurrar o cabelo para trás, embora a água o puxe para frente de novo e eu goste do jeito que ele cai na frente de seus olhos. Aquele pequeno sorriso está de volta, e de repente sinto como se estivesse em um rio cheio de corredeiras e correntes que não consigo ver.

Eu nado furiosamente aproximando-me um pouco mais dele.

— Pensei que este lugar fosse o rio que corre nos fundos da casa da minha família, mas é profundo e largo demais para ser o mesmo, as águas se movem de forma diferente e não temos as mesmas árvores frutíferas crescendo lá. Que lugar é este? — pergunto.

— Lugar nenhum — responde ele, olhando ao redor. — Este lugar não é real; faz parte da minha imaginação e da sua. Ao leste dos Elísios, há uma clareira que se parece muito com aquela além da margem, atravessada por um riacho profundo, mas aquele riacho flui mais rápido e as águas são perigosas.

Essas também são, penso comigo mesma.

— Elísios, são tão belos quanto falam? — pergunto.

— Depende de quem diz. — Posso ouvir o sorriso na voz de Hades. É contagioso e me uno a ele, meu sorriso largo por um momento, mas depois vacila.

— Acho que verei por mim mesma algum dia, um dia em breve, sem dúvida.

Vejo um faiscar nos olhos dele.

— Ah, Ara, espero que não. A morte muda uma pessoa, tanto quando se tira uma vida quanto quando se escapa dela. — Ele tem aquela expressão distante de novo, como se estivesse vendo coisas que nunca serei capaz de compreender, que nunca saberei que existem.

— Como? — pergunto, intrigada, mas também preocupada com Estella. A morte a mudou?

— Quando se é todo espírito, o mundo é um lugar muito diferente, e nos Elísios não há nenhuma das pressões que se encontra no reino mortal. As almas se expandem; tornam-se mais leves e mais amplas. Isso muda as pessoas, Ara. Sua essência ainda é a mesma, mas elas mudam por causa de sua experiência. E em seguida há o lento desfazer que ocorre ao longo do tempo, o esquecimento de sua vida anterior até que se torne tão distante quanto a luz de uma estrela longínqua. — Nesse momento ele olha para mim com seriedade. — Tirar uma vida é marcar o seu espírito, restringir a sua alma com uma cinta de penitência quase inquebrável.

— Quase? — repito.

— Há momentos, como salvar os outros ou a si mesmo, em que a marca na alma é mais leve, a cinta mais fina, porém, o peso carregado ainda é o mesmo e pode levar eras para uma alma se recuperar.

Sei que ele está tentando me alertar à sua maneira, preparar-me para quando eu deixar a minha vida e quando eu tirar a vida de Zeus dele.

— Ara, espero que demore muito até que você veja os campos e prados, montanhas e nascentes dos Elísios, mas quando essa hora chegar, eu... eu gostaria de lhe mostrar todo o esplendor daquela terra. — Hades parece sério e esperançoso.

— Eu ia achar reconfortante — digo a ele. — Acho que morrer não seria tão ruim. Quero dizer, eu veria minha irmã de novo e se isto for apenas uma sombra dos Elísios, então serei feliz lá, e você vai estar lá também. — Estou mais perto dele agora. Consigo sentir o rio ao redor dele, movendo-se conforme ele se movimenta na água, e se eu estendesse minhas mãos um pouco mais, poderia tocá-lo. — Mas se eu fosse para os Elísios antes de cumprir a promessa que fiz à minha irmã, então você pode muito bem me trancar no Tártaro, pois seria uma agonia para mim vê-la, existir além, e saber que nunca a vinguei.

Observo quando uma compreensão de repente se instala e as sobrancelhas de Hades se unem por um momento antes de seu rosto ficar impassível e rígido como pedra.

— Então, você de fato pretende punir os deuses pelo que aconteceu a ela? Eu tinha a esperança de estar errado, de que o lampejo do que vi em você fosse apenas uma fantasia passageira. Muitos mortais desejaram punir a nós, deuses — diz ele, e a maneira como diz "nós, deuses" o posiciona decididamente ao lado de seu irmão. Sinto um medo crescendo em mim, não medo dele, mas a maneira como ele olha para mim faz com que eu sinta que o prejudiquei de alguma forma.

— Não pretendo punir todos os deuses, apenas um — respondo. Posso sentir a placa de Estella contra minha pele enquanto a minha pressiona o tecido entre elas.

— Entendo, bem, se é esse deus que você pretende punir, então saiba que estou atormentado. — Ele olha para mim e depois nada até a margem.

Quando ele sai e começa a enrolar seu manto escuro ao redor do próprio corpo, de costas para mim, eu o sigo, dizendo:

— Eu... não, não quero atormentar você de forma alguma. Não quero fazer você sofrer de jeito nenhum. — E é verdade.

— E mesmo assim, faz. — Ele se vira para mim enquanto eu saio do rio e paro diante dele, pingando na margem. Sinto um nó na garganta e um tremor no peito, quando ele levanta a mão até meu rosto e toca minha bochecha. Sinto minha respiração ficar presa com a leveza de seu toque e observo enquanto uma lágrima solitária escorre de seus olhos azuis e desce por sua face perfeita. Ele abaixa a cabeça, com o rosto tão próximo ao meu, e diz em uma voz tão quieta quanto a noite: — Você me atormenta querendo matar meu irmão; você me atormenta quando penso no destino que isso lhe traria. Até mesmo tentar matar um deus não é pouca coisa; sua punição seria longa e brutal, e seria eu quem lhe aplicaria essa punição por toda a eternidade. Eu seria encarregado de punir você, Ara, a cada instante de cada dia, e isso me atormentaria mais do que você é capaz de imaginar.

Sinto um aperto no peito quando entendo que o que ele está dizendo é verdade. Se eu matar Zeus, Hades não terá outra opção a não ser me levar para o Tártaro, me aprisionar e aplicar minha punição ele próprio. Um crime dessa magnitude exige uma punição tão grande quanto.

Eu levanto minha mão até a dele e ele abaixa sua testa até a minha. Nossos olhares se encontram e sinto como se todas as chamas do submundo estivessem acesas dentro de mim.

— Não quero magoar você, mas eu nunca ficaria com a consciência tranquila se não cumprisse meu juramento a Estella. — Minha voz é baixa, mas firme; apesar do que estou sentindo, apesar do jeito que Hades faz com que eu me sinta, devo pensar primeiro na minha irmã.

— Entendo — diz ele, soltando a mão e se afastando de mim. Imediatamente sinto frio, à sombra de seu descontentamento.

— Nosso tempo no sonhar está chegando ao fim — declara ele, sua voz contendo uma formalidade que nunca ouvi antes. — Venha, é hora de você voltar. — Ele estende a mão para mim e sinto um choque no coração quando estendo a mão e a seguro e permito que ele me guie até a margem. Ele pega minha capa, agora seca, e a coloca sobre meus ombros, prendendo-a no lugar.

— Vou cuidar de você — afirma ele, sem sorriso nos lábios, sem brilho nos olhos.

— Vai tentar me impedir, impedir minha vingança? — pergunto.

Ele balança a cabeça, pega minha mão e começa a caminhar comigo pela margem do rio.

— Sua vingança é por sua conta, Ara. Eu não poderia tomá-la de você, bem como não poderia tirar qualquer outra coisa que seja sua por direito, sua para manter e para abrir mão.

Deixo meus ombros relaxarem e desejo que a situação fosse outra. Desejo que não houvesse isso entre nós. Olho para ele e sinto a faísca que estava crescendo entre nós fraquejar e morrer. Ele coloca algo na minha mão e depois a solta, me solta.

Então ele se aproxima e sussurra em meu ouvido:

— Acorde, Ara.

Ouço o suspiro do meu nome ecoar enquanto entro em meu corpo e abro os olhos.

Nenhum tempo passou; os outros estão como os deixei há segundos e horas atrás. O sol arde implacavelmente sobre nós e o gosto de poeira está de volta na minha boca. Quase acreditaria que nada daquilo tinha acontecido, exceto por meu cabelo estar úmido e minha túnica fresca e limpa do rio. Olho para minha mão e vejo uma bússola feita de latão e prata; um disco de pérola cravejado de pequenas lascas de azeviche que marcam as estrelas da minha constelação e formam a rosa dos ventos. Ela faísca sob o sol, fazendo-me lembrar da luz entrecortada nas árvores que iluminava o rio. Da maneira como resplandecia na pele de alabastro de Hades e de como seu cabelo preto caía sobre seu rosto quando estava molhado. O sorriso dele, seus olhos, seu toque e sua decepção.

Viro as costas para os outros, segurando a bússola perto do peito e enxugando as lágrimas enquanto tento esquecer as duas maneiras como ele olhou para mim.

O TECIDO DO MUNDO

Hades sacode a água do cabelo enquanto entra na caverna cheia de arco-íris.

Ele fica surpreso ao encontrar as três Tecelãs do Destino juntas paradas diante da tapeçaria da vida, de costas para ele, suas vozes alcançando-o antes que percebessem que ele está ali.

— Ele tem uma decisão a tomar, uma decisão que vai partir o mundo ou o seu coração — afirma Átropo.

— Se fosse qualquer outro deus, eu estremeceria pelo mundo — declara Láquesis.

— Ora, irmã, não se precipite em pensar que ele não escolherá o amor — acrescenta Cloto, enquanto arranca um fio da tapeçaria e o deixa cair. — Afinal, é o que todos nós queremos e precisamos, ele mais do que a maioria. E, além disso, é o que todos nós merecemos e, de novo, ele merece mais do que muitos.

— Eu sei disso; eu vi no padrão deste fio desde que foi fiado e espero que ele possa ter o amor que merece; mas mereceremos todos o sacrifício que o acompanha? — pondera Átropo.

— Talvez ele consiga ter os dois? — sugere Láquesis.

— Quando o tecido é tão liso? — questiona Cloto.

— Talvez a escolha seja feita por outra pessoa? — propõe Láquesis.

— Eu gostaria que pudéssemos enxergar dentro do nó! — A voz de Átropo soa como um tecido sendo rasgado.

À medida que Hades se aproxima das Tecelãs do Destino, consegue observar os fios do tear e aquele pequeno nó que viu em sua última visita, que não está pequeno agora. O nó se retorceu como um redemoinho, puxando para dentro de si todos os fios coloridos do tecido, que então espiralam em direção à convergência escura de fios.

— Em todos os meus anos, acho que nunca vi vocês três ociosas.

— Ah, Hades, não estávamos esperando você, nos perdoe! — desculpa-se Láquesis.

— Agora sei que algo realmente está errado; vocês sempre sabem o que está acontecendo antes que aconteça.

— Não mais — revela Átropo, com um tremor na voz que deixa o deus preocupado. — Esse nó no tecido está ficando mais ousado, apertando mais os fios da vida e torcendo-os em seu próprio padrão. Não conseguimos seguir os fios como estamos acostumadas a fazer.

— Entendo — diz Hades. — E isso ainda tem a ver com a aposta?

— Sim, com a aposta e os jogos, não apenas aquele que está sendo jogado nesta Lua de Sangue, mas o que está sempre sendo jogado: a rivalidade de deuses tolos, sem regras escritas, sendo alguns justos, embora a maioria seja traiçoeiro e, alguns, intermináveis — afirma Cloto.

— Um desafio de existir e de todas as complexidades contidas nisso — acrescenta Láquesis.

— E se eu romper essa aposta com meus irmãos; e se eu disser a eles que retiro minha palavra? Seria penoso para mim, mas não tanto quanto ver os fios da vida rompidos.

Átropo o encara, seus olhos reluzente arregalados.

— Tememos que, caso faça isso, o nó se rompa imediatamente, fazendo arrebentar os fios e deixando um buraco no tecido do mundo. Não, o nó deve ser desembaraçado, desfeito pelas ações de todos aqueles que estão contidos nele. Você, Hades, está no centro dele junto com seus irmãos, Zeus e Poseidon, mas todos os outros deuses têm um papel a desempenhar.

— E seus Tokens também, esses mortais são muito importantes, em especial Ara — declara Cloto, olhando atentamente para Hades e fazendo-o se sentir desconfortável.

— Devo contar isso aos meus irmãos? — pergunta Hades.

— E o que acha que eles fariam se soubessem? — Os suaves olhos cinzentos de Cloto ainda estão fixos nos dele.

— Nada. Não creio que eles se importem muito com a vida dos mortais, e se eu tentasse lhes explicar que os fios de ouro dos deuses fazem parte da tecelagem, fios para serem puxados e costurados tal como os fios dos mortais, não creio que acreditariam em mim.

— Sim, uma vez tentamos mostrar a Zeus como seu fio de ouro repuxava e enrugava nas vidas dos mortais que ele amava, aqueles que ele tomava em conquistas íntimas e com quem ele… interagiu, como os padrões deles se alteravam e muitas vezes se desgastavam, suas cores desbotando conforme começavam a espiralar, desaparecendo, acabando-se. Mas ele apenas chamou a atenção para os fios dos heróis que sua presença dourada alterou, tornando seus fios mais radiantes e seus padrões mais intensos. É difícil ver os pequenos sofrimentos quando se olha apenas para tudo o que reluz.

— Zeus jamais veria a própria influência como outra coisa senão um enorme favor para um mortal — comenta Hades com um suspiro. — Então, este jogo deve prosseguir e nós estaremos no centro dele, Ara e eu. — Ele balança a cabeça. — Detesto estar no centro das coisas, o submundo está abaixo de tudo por uma razão.

— Sim, para apoiar tudo o que é construído sobre ele! — diz Átropo com um sorriso.

Hades franze o cenho.

— Não — retruca. — É para que fique afastado de tudo, para que eu não tenha que ser arrastado para participar do esporte dos outros deuses, exceto para os jogos.

Cloto solta uma risada que soa como o suave clique do tear.

—Você e seu reino são a esfera que contém tudo, toda a experiência da vida e do viver. Começa na escuridão e no mistério e retorna a eles.

Átropo coloca a mão no ombro de Hades.

—Tudo retorna para você no final.

Hades olha para o nó. Consegue senti-lo se contorcendo dentro de si, repuxando todas as cordas de seu ser, puxando-o para longe do que ele achava que sabia sobre seu lugar na ordem dourada das coisas. Percebe que não sabe nada sobre como o mundo funciona e, pela primeira vez, ele se questiona se existe algo maior do que os Deuses jogando o próprio jogo, tecendo seu próprio padrão.

— O que devo fazer? — pergunta Hades. — Que padrão minha linha deve seguir para desfazer essa bagunça?

— Mesmo que pudéssemos ver através deste emaranhado de vidas, não poderíamos lhe contar. É difícil ver o destino quando vocês, deuses, se envolvem — explica Láquesis. — Mas uma coisa sabemos: se o nó ficar grande demais, se consumir a tapeçaria da vida, não serão apenas os fios dos humanos que se romperão, mas também os fios dos deuses. Estaremos todos perdidos e o submundo ficaria cheio para sempre.

Hades sente um vazio puxando seus limites com muito mais intensidade do que qualquer outra que já experimentou. Ao se lembrar da conversa que não deveria ter ouvido, ele se pergunta se algum dia partiria o mundo por amor, por Ara. Ele teme que talvez o faça.

AS HIDRAS PSAMÓFILAS

Thalia é fiel à sua palavra. Ártemis está puxando a lua pelos céus, minguante e convexa, três quartos cheia, e, quando olho para nós, os nove, andando lado a lado no escuro, não consigo deixar de pensar que somos três quartos dos Tokens selecionados quando a lua estava cheia e vermelha.

O céu noturno está cristalino, as estrelas são pontos de luz sólidos e constantes, aparentemente imóveis em seu trajeto pelo céu, porém, sei que isso não é verdade; seu progresso lento não deve ser confundido com progresso nenhum. É assim que fazemos as coisas, de modo lento e contínuo tal qual as estrelas; definimos nosso rumo e avançamos em direção aos nossos horizontes e, embora não consideremos que avançamos muito, antes que percebamos, encontramos a aurora.

Há escuridão a leste; Apolo demorará horas para se erguer. Imagino se verei o nascer do sol e, se o fizer, conseguirei sobreviver ao dia? Eu me preparei incansavelmente para este momento, para a chance de consertar as coisas, de vingar Estella, mas em minha mente tudo que consigo ver é o rosto de Hades, sua tristeza e decepção, e isso é tudo que consigo sentir em meu coração. Não consigo deixar de me perguntar se posso estar errada; e se consertar as coisas, vingar minha irmã, for na verdade a coisa errada a fazer? Balanço a cabeça; não é errado para Estella, ela não pode fazer Zeus pagar pelo que fez com ela, mas eu posso.

Passo a mão no rosto e reprimo um bocejo. A noite está mais fresca para caminhar, mas me sinto tão cansada. Ao meu lado, Acastus tropeça e eu mal consigo segurá-lo.

— Você está bem? — pergunto.

— Sim, tudo bem, só não vi aquela pedra, só isso. — Ele abafa um bocejo.

Theron está perto da frente; não esperaria encontrá-lo em nenhum outro lugar. Ele está ao lado de Danae, cujo tapa-olho tem algumas habilidades interessantes, uma delas é permitir que veja claramente na escuridão e ela indica o caminho. Theron mal falou comigo desde a caverna, desde que tocou meu rosto e tentou me agradecer por salvá-lo nos pântanos. Sei o quanto deve ter sido difícil para ele, mas parte de mim percebe que ele não foi capaz, que o que disse não foi suficiente, e pergunto-me se Theron algum dia será suficiente para mim. Avanço pela fila de Tokens até estar ao lado dele.

— Acha que devemos acampar logo? — pergunto, embora seja mais uma sugestão.

— Em breve — diz ele. Depois acrescenta: — O que o deus de bondade, Hades, lhe deu depois da última provação?

Ignoro o tom de sua voz e pego a bússola para mostrar a ele. Ele a pega, estudando-a cuidadosamente.

— O que Zeus deu a você? — pergunto, com voz suave, como sempre faço quando digo o nome do deus que assassinou minha irmã.

Theron puxa um escudo dourado das costas, estende-o à sua frente e chama:

— Helios. — Um amplo feixe de pura luz solar sai do escudo, iluminando a noite com mais brilho do que qualquer farol de alerta.

— Impressionante — digo.

Ajax está por perto e solta um leve som de desdém, tirando um medalhão preso a uma corrente de dentro de sua túnica.

— Mais uma joia! — Sinto minhas sobrancelhas subirem.

— O que posso dizer, ela é uma deusa que ama joias! — Ajax revira os olhos, mas ao abrir o medalhão uma luz suave e prateada preenche a noite.

— Luar. — Ele dá de ombros e eu sorrio.

Faz sentido que Ártemis lhe desse isso. Ele deixa o pingente aberto por algum tempo, banhando todos nós no conforto da luz suave, e, quando o fecha, eu estremeço involuntariamente. A noite parece forte demais, opressiva demais, então, eu me lembro de que Hades está na escuridão, mas quando o busco, sou saudada por um abismo de vazio.

Theron me cutuca com a bússola na mão e um sorriso no rosto.

— Está quebrada — diz para mim, estendendo a mão para o céu e apontando para Polaris, a estrela do Norte, e depois para a bússola que está definitivamente apontando para o leste. Seu sorriso muda para um de arrogância e sinto uma pontada de aborrecimento dentro de mim. Theron nunca foi gentil, mas isso parece mais do que apenas bravata. Olho de novo para as estrelas e vejo a lua e lembro de quando ela estava cheia, começando a ficar vermelha, e de como ele me beijou, então coro de raiva por quem eu era no passado.

Suspiro, estendendo a mão e tirando a bússola dele; em seguida, quando olho para baixo, vejo que a agulha se moveu; ainda não está apontando para o norte, mas agora indica o sul.

Enquanto guardo a bússola, Thalia recua para se juntar a nós, deixando Heli e Solon na frente com Danae.

— O que foi? — pergunta Theron a ela. Percebo que os dois só se falam para tratar de questões práticas.

Thalia anda suavemente: ela é alta e tem uma postura ereta, enquanto o restante de nós quase sempre está encurvado; mesmo agora, ela parece estar prestes a ser apresentada a Zeus.

— Precisamos repensar como chegaremos ao porto de Giteio — afirma Thalia. — Vamos levar semanas para chegar lá e, a cada dia que passar, sofreremos provações e ficaremos mais fracos e haverá mais... fatalidades. — Ela olha ao redor para os Tokens.

Sigo seu olhar e entre todos eles vejo os Tokens que não estão mais entre nós: Philco, Kassandra, Xenia. Hades cuidará deles e tento me consolar ao pensar isso, mas não é tão reconfortante quanto antes.

— Acha que muitos de nós chegaremos ao fim? — pergunto.

— Espero que sim. Não acho que nenhum de nós mereça morrer — diz Thalia.

Eu nunca pensei, nem por um instante, que algum de nós merecesse, mas do jeito que ela fala parece que estamos sendo punidos por algo que não fizemos, ou talvez, no meu caso, apenas não fizemos ainda.

— As missões em que a maioria das pessoas sobrevive são geralmente aquelas em que todos trabalham juntos — acrescento.

Theron assente. Ele continua girando a lança nas mãos.

— Mas o que faremos quando chegarmos à coroa? Apenas um pode usá-la, apenas um pode vencer a missão. Mesmo se todos nós sobrevivêssemos.

Consigo ouvir mais uma vez na voz de Theron aquela ambição, e ela me dá um arrepio na espinha, porque, se for necessário, se for entre nós dois, ele não vai se conter e eu também não.

Thalia suspira e diz:

— Acho que podemos decidir isso quando chegar a hora. Ou escolhemos alguém ou todos tentamos conquistá-la e vemos quem vence. Quero dizer, podemos nem ter qualquer controle sobre isso; sabem como são os deuses, eles gostam disso, adoram nos ver sofrer e morrer. Tenho certeza de que, no fim das contas, Hermes tem uma provação guardada que vai assegurar que apenas um de nós possa vencer.

Theron assente novamente, a lança ainda girando.

— Sim, acho que você está certa.

— Sabe, há coisas piores do que não reivindicar a coroa — digo a ele, não porque acredite, para mim existe apenas a coroa, mas porque quero ver como ele reage.

Ele solta uma risada vazia.

— Honestamente, prefiro morrer a voltar para casa tendo sobrevivido, mas sem vencer. Não conseguiria suportar, não vou. — Ele atira a lança no chão arenoso e ela afunda.

— Sei que você não é capaz, Theron. Tenho certeza de que vai ficar tudo bem — afirmo, enquanto o vejo puxar a lança do chão, mas parte de mim sabe que não vai ficar bem, não ficará bem a menos que ganhe tudo.

— Ei, vocês viram aquilo? — chama Nestor em voz alta atrás de nós, e eu me viro para vê-lo apontando para a escuridão do matagal arenoso, os arbustos baixos e as árvores espalhadas pela paisagem rochosa e seca, a lua brilhando fracamente acima deles. Ajax abre seu medalhão e o mundo fica um pouco mais brilhante.

Todos paramos agora, todos atentos, seguindo a direção da mão estendida de Nestor. Minha mão já está na bolsa; largando a bússola, chamo minha corda.

— O que você viu, Nestor? — pergunta Acastus, segurando sua foice afiada de prontidão.

Não vejo nada na escuridão e depois de um longo momento começo a sentir todos relaxarem.

Então, um chiado rascante vem com o vento atrás de nós e todos nos viramos, mais uma vez em guarda.

— Definitivamente há algo lá — diz Danae, enquanto olha na direção que Nestor apontou. — Algo grande.

Ajax se move em direção a Danae, encaixando uma flecha em seu arco e mirando na noite.

— Outro teste? — pergunto a Theron. Ele está perto de mim, quase protetor com o escudo próximo e a espada pronta.

— Provavelmente — afirma ele. — Apaguem as chamas.

Nestor faz a chama de sua tocha diminuir e Ajax fecha seu medalhão. Percebo quanta luz ambos emitiam e a escuridão faz com que eu me sinta vulnerável, como se uma camada de proteção tivesse sido removida. Não ajuda o fato de que, no segundo em que o fogo se apaga, o assobio rasga o ar novamente, desta vez mais perto e em movimento.

Todos assumimos posições defensivas e sem falar formamos um círculo voltado para fora. Acastus está de um lado meu, Solon do outro. Outro silvo soa mais próximo, mais alto.

— Dois deles!— Heli diz. — Não consigo vê-los, mas parece que estão nos cercando.

—Ali — grito e aponto.— O solo arenoso está se movendo, conseguem ver?

— Sim — grita Danae, sua voz tomada pela revelação.

— Ah, não! Hidras psamófilas gigantes — exclama Acastus, enquanto segura sua foice no alto, acompanhando as areias movediças com sua ponta.— Cobras de areia de três cabeças. Suas mordidas são venenosas; podem comer uma pessoa inteira! Mas a boa notícia é que elas não gostam...

As palavras seguintes de Acastus são interrompidas em um grito quando a areia à frente dele explode, empurrando a Solon e a mim para longe. Caímos na areia enquanto a hidra psamófila se eleva no ar, suas três cabeças pairando acima de Acastus por um momento antes de descer sobre ele, cada uma das cabeças mordendo seu corpo, atravessando direto sua armadura elevantando-o do chão.

—Acastus! — berro, correndo até ele. Theron me agarra, passando o braço em volta da minha cintura, seu escudo me prendendo a ele. Thalia está ali. Ela corta com a espada uma das cabeças, que cai na areia com Acastus. As outras duas cabeças urram de dor. Do outro lado do nosso círculo fraturado, outra hidra rompe a areia, depois uma terceira.

Theron se vira para a cobra gigante mais próxima, soltando-me ao avançar sobre ela, com o escudo erguido e golpeando com a espada. Corro até Acastus; as mandíbulas da hidra ainda estão presas ao redor de seu corpo, os dentes no fundo de seu peito, o sangue escorrendo pelo canto dos lábios dele.

— Acastus — chamo mais uma vez, ajoelhando-me e abro as mandíbulas da serpente da areia. No segundo em que faço isso, o sangue jorra de Acastus, acumulando-se sob seu corpo como uma poça escura.

— Ara — gargareja ele com o próprio sangue.

Eu agarro sua mão.

— Estou aqui, Acastus, estou aqui. — Afasto o cabelo de seu rosto bonito.

— Vocês precisam do fogo, da luz, elas têm medo dele — diz ele entre respirações ásperas.

Lembro-me de como a hidra psamófila só atacou depois que Nestor apagou o fogo e Ajax, o luar de seu medalhão.

— Acastus, espere, vamos buscar ajuda, está bem — digo a ele, apertando sua mão.

— Ara, deixe-me. Vá, acenda o fogo. — Balanço a cabeça, conforme ele leva a mão ensanguentada até meu rosto. — Não quero cumprimentar Hades sabendo que não fiz tudo o que pude para salvar a Token dele. — Ele dá um enorme sorriso tingido de desespero e, enquanto seguro sua mão, vejo a luz desaparecer de seus olhos.

— Acastus! — chamo entorpecida, enquanto aperto sua mão flácida e sem vida. Eu me inclino e beijo o topo de sua cabeça, minhas lágrimas se misturando com o sangue em seu rosto.

— Por favor, cuide dele, Hades — peço para a escuridão, enquanto me levanto e procuro Nestor.

Assim que o vejo, parado perto de Heli e Danae lutando contra uma das serpentes gigantes, sinto o chão oscilar e a areia ao meu lado se desviar quando a hidra que matou Acastus empurra suas duas cabeças restantes para fora do chão me cobrindo de areia e me fazendo rolar para o lado, a corda ficando presa embaixo de mim quando paro. Sinto mãos em meus ombros me puxando para ficar de pé e Ajax está ao meu lado. Nós dois olhamos para o alto, conforme a cobra se eleva acima de nós, sibilando alto. Quando as duas cabeças se erguem, pego o medalhão de luar de Ajax e o abro. O brilho suave preenche a noite, e a hidra recua, sem querer passar das sombras para o fulgor suave do luar.

Puxo a corda e amarro-a em uma das gargantas da criatura, os fios de luz estelar reluzindo quando tocam sua pele, e o monstro solta um silvo ensurdecedor de dor quando puxo a corda e penso nela ficando mais curta; ela se aperta e corta a criatura com facilidade, arrancando a cabeça de seu corpo.

Ouço Ajax atirar com seu arco uma, duas, três vezes em rápida sucessão, cada flecha atingindo seu alvo; a hidra cai na areia, com a cabeça restante se contorcendo de dor.

Ajax olha para o pingente de luar e para a corda de luz estelar.

— O escudo de Theron — falamos ao mesmo tempo e corremos em direção a ele.

Theron, Thalia e Solon já mataram uma cabeça da hidra psamófila contra a qual estão lutando; ela ainda está presa ao corpo da serpente de areia gigante e está sendo arrastava inerte pelo chão. Uma das cabeças restantes está investindo contra Thalia e Solon, a outra contra Theron, que está agachado embaixo de seu escudo, sua espada e lança fora de vista. A cabeça da hidra se choca repetidamente contra o escudo dourado.

Ajax solta outra saraivada de flechas enquanto eu grito:

— Theron, use a luz do seu escudo!

Ele olha para mim sem expressão por um segundo, em seguida o raio de luz radiante dispara de seu escudo até o céu, atravessando direto a cabeça da hidra. Ela explode em pequenas partículas como a areia fina que nos rodeia; a cabeça restante berra e recua, enquanto Thalia salta em sua direção, mas Theron está lá, girando seu escudo e iluminando a cabeça restante da serpente de areia gigante. Thalia recua, protegendo-se do calor da luz.

Nestor, Heli e Danae estão um pouco afastados de nós e têm as três cabeças da última hidra presas na rede de Danae.

Olho para Theron e vejo a expressão de júbilo em seu rosto quando ele vira o escudo para enfrentar o monstro.

— Cuidado! — grito, quando o raio de sol atravessa a escuridão.

Danae se joga na areia, o raio intenso passando acima de sua cabeça, Heli pula para trás e rasteja na areia, mas Nestor não é veloz o bastante. Ele grita quando o raio passa por ele rapidamente antes de pousar na hidra. A criatura se contorce na rede por um momento e depois explode.

O raio de sol acaba, e Theron está observando o escudo com uma estranha expressão de poder no rosto.

Nestor grita de dor e Heli está ao lado dele, ajoelhada na areia.

— Você deveria ter sido mais cuidadoso! — repreendo Theron enquanto me aproximo de Nestor.

— Acabei de salvar todos nós! — grita Theron atrás de mim. Posso ouvir a malícia em sua voz.

Quando alcanço Nestor tento não gritar. Um lado de seu corpo está queimado do calcanhar à cabeça, as queimaduras mais profundas do que aquelas que Hades curou em meu corpo. Nestor está se contorcendo de agonia e não sei como ajudá-lo. Enfio a mão na bolsa e retiro o odre de água, depois derramo sobre o corpo dele. O vapor o cobre e, à medida que se dissipa, ele fica imóvel, completamente imóvel, com os olhos abertos e o rosto cheio de agonia.

— Nestor — chamo baixinho, mas sei que assim como Acastus — Acastus que ri, brinca e anima, Acastus com seu sorriso fácil e coração caloroso —, assim como ele, Nestor também se foi.

Sinto uma energia zumbindo através de mim como um raio e quero liberá-la toda contra os deuses desalmados. O mundo de repente parece muito maior e mais vazio sem Nestor e Acastus nele.

Enquanto me levanto, o corpo de Nestor adquire aquele brilho estranho que ambos vimos com Xenia, e rapidamente estendo a mão e fecho seus olhos. Penso em seus pais, em suas irmãs e em como o encontrarão e em como fiz a ele uma promessa que não posso cumprir.

Olho para onde Acastus caiu, mas seu corpo já desapareceu. Tudo o que resta é uma poça de sangue escurecendo a terra arenosa sob a cabeça da hidra, com os dentes à mostra como se estivesse sorrindo.

Levanto-me e enrolo a corda nas mãos enquanto ando.

— Ara. — Theron estende a mão para mim, mas eu o afasto e passo direto por ele. Sei que não é culpa dele, foi um acidente; se houvesse alguma intenção, Hermes teria desqualificado Theron por suas ações. Pergunto-me se Theron poderia fazer algo assim de propósito, e não gosto da resposta que encontro.

À medida que me afasto, os outros se movimentam atrás de mim e eu falo para mim mesma os nomes daqueles que estão faltando; Hades não será o único a se lembrar deles: Philco, Kassandra, Xenia, Acastus, Nestor.

OS PTERIPOS

Tenho um sono inquieto naquela noite. Theron está ao meu lado, mas não consigo tirar da cabeça as imagens de Nestor e Acastus morrendo. Procuro por Hades em meus sonhos. Eu o chamo enquanto caminho por uma terra que nunca vi antes, cheia de areia, sombras e templos caídos. Mas ele não responde, e quando Ajax me sacode para me acordar, sinto a profunda perda de tudo se abater sobre mim com a luz suave da madrugada.

Começo a reclamar com Ajax, mas ele leva um dedo aos lábios para que eu me calasse, depois pega minha mão e, puxando, me ajuda a ficar de pé. Quando ele faz isso, vejo minha mão e o anel que não estava nela quando adormeci: um pequeno sol dourado e uma lua prateada, cada um apoiado em uma faixa de cobre. Deve ser de Hades. Fico triste por ele ter me dado dessa maneira e temo que talvez não o veja de novo, bem, pelo menos não enquanto estiver viva.

Os outros ainda estão dormindo ao redor do acampamento improvisado na área de floresta mais densa para onde nos dirigimos após o ataque das hidras psamófilas. Enquanto Ajax me puxa através da folhagem das árvores, vejo que à esquerda há um grande lago. Um fino rio prateado flui entrando e saindo dele, com grama alta margeando o curso de água. Sinto no ar o cheiro do funcho selvagem, como o anis, misturando-se ao tomilho dos arbustos que cobrem o rio, fresco e acolhedor.

Estamos em uma margem elevada com vista para o lago e as árvores e a campina que o cercam. Lembra um pouco da campina no sonhar onde Hades e eu nos deitamos lado a lado e observamos as nuvens.

Ajax se deita de bruços e rasteja ao longo da colina até onde consegue ver a curta curva do rio. Deito-me ao lado dele, meus olhos se arregalando de surpresa.

— Cavalos voadores, pteripos? — sussurro.

— Sim, iguais a Pégaso!

Sinto o sorriso se espalhando pelo meu rosto enquanto observo o rebanho de cavalos voadores bebendo do riacho, suas crinas prateadas cintilando na madrugada apenas um tom mais escuras do que suas pelagens prateadas. Mais alguns pousam graciosamente e correm para se juntar ao rebanho e logo são dez. São todos do mesmo tamanho, tão grandes quanto o cavalo do meu pai, maiores do que qualquer coisa que já montei antes, e sua beleza é encantadora. Os recém-chegados acariciam os pteripos que estão pastando, arrancando e mastigando a vegetação que margeia a água.

Eu apenas tinha visto pinturas e mosaicos deles antes, só tinha ouvido histórias sobre os papéis que desempenharam nas missões dos heróis, e me pergunto se estão aqui para nos ajudar.

Não consigo me afastar deles enquanto tento guardar cada detalhe na memória: a forma como suas asas se estendem logo atrás das patas dianteiras, dobrando-se para trás ao longo dos flancos; o fulgor de suas pelagens; a maneira como se movem tão graciosamente.

— Eles são magníficos — sussurra Ajax.

— Olhe como eles são rápidos! — digo, apontando para o céu. Mais dois estão mergulhando, com as asas estendidas enquanto planam silenciosamente até o chão antes de seus cascos o tocarem, levantando uma pequena nuvem de poeira ao redor de suas pernas longas e elegantes. À medida que trotam em direção ao rio, diminuindo a velocidade, eles dobram as asas para trás junto aos lados do corpo.

Eu me inclino para Ajax.

— Eu tive uma ideia. — Eu o puxo de volta colina abaixo até o acampamento.

— Quer que façamos o quê? — exclama Thalia, segurando sua lança com uma das mãos e com a outra no quadril.

— Espere, espere, acho que Ara teve uma boa ideia — interveio Theron.

— Olha, vamos levar semanas para chegar a Giteio no ritmo que estamos; você estava dizendo ontem à noite que precisávamos encontrar outro modo,

Thalia. Bem, em um cavalo alado provavelmente conseguiremos chegar lá amanhã ao pôr do sol! — argumento.

— E se eles saírem em debandada? Não consigo imaginar que ficariam contentes por tentarmos montá-los, você consegue? — retruca Thalia.

Heli solta uma risada curta pequena e depois diz:

— Quantos de vocês já viram um cavalo voador? — Ninguém responde. — Exatamente, e também não conheço ninguém que já tenha visto um. O que quero dizer é que não acho que eles estejam aqui por acaso, estão aqui como parte da missão!

— Sim, claro, Hermes os instruiu a nos encontrar — acrescenta Solon.

— Certo! Quero dizer, há doze cavalos voadores e éramos doze. Isso não pode ser uma coincidência! — concorda Ajax.

Thalia tira a mão do quadril.

— OK, digamos que eles façam parte da missão, ainda precisamos capturá-los.

— Eu tenho isto — declara Danae, erguendo a rede.

— E eu tenho minha corda — acrescento.

— Uma corda para nós sete! — diz Thalia. — Acho que poderíamos amarrá-los todos e formar uma corrente de cavalos voadores!

Eu estendo a corda.

— É feita de sete fios. — Começo a soltar um dos fios dos outros. — E a corda tem uma influência calmante, eu me senti calma e esperançosa assim que toquei nela quando estava nos pântanos. Tenho certeza de que, se usarmos os fios da corda como arreio nos cavalos voadores, isso os acalmaria o bastante para cavalgarmos com eles até Giteio.

— Voar com eles, você quer dizer! — corrige Ajax, com um sorriso tão grande quanto a lua.

— Vamos dar uma olhada, ver o que estamos enfrentando — sugere Theron, e posso dizer que ele está ansioso para ver os pteripos. Thalia lança um olhar incrédulo para ele. — Ora, não vou perder a oportunidade de montar um cavalo voador!

Ajax vai à frente, seguindo o caminho colina acima, Theron logo atrás dele, Thalia bem atrás de todos nós. Ao chegarmos ao topo da colina, todos olhamos para o rio e ouço um suspiro coletivo dos outros. Os cavalos voadores se acomodaram, agrupados à sombra das árvores, no meio da grama alta. Eles são tão pacíficos; eu poderia ficar observando-os o dia inteiro.

— Certo, precisamos ser furtivos para fazer isso — diz Theron, depois que todos voltamos para o acampamento.

— Ara, você é bem sorrateira — acrescenta ele, e não posso deixar de sorrir e pensar nas muitas vezes em que o peguei, aproximando-me furtivamente dele. Ele retribui meu sorriso enquanto compartilhamos a lembrança e, por um momento, sinto muita falta das pessoas que éramos antes da Lua de Sangue. — Acha que consegue chegar perto deles, talvez passar as cordas em volta deles?

Eu balanço minha cabeça.

— Duvido, não sem alertar toda a manada.

Danae puxa a rede, que usa como uma segunda capa, dos ombros e a coloca no chão.

— Que tal usar isso? Posso torná-la grande o suficiente para cobrir a manada. — Ela coloca seu tridente na rede e depois pega um arco feito de coral e conchas, que Poseidon deve ter lhe dado recentemente, e acrescenta isso também — E se ficarmos no topo da colina, talvez possamos lançar a rede por cima deles?

— Sim! — Thalia diz, jogando sua lança na rede também. — Com minha lança e seu tridente, podemos manter os cantos no lugar. Heli, você tem um arco, não é? E Ajax?

— Sim — confirma Heli. — E posso fazer algumas estacas de madeira para segurar a rede, embora elas possam não durar muito se os pteripos se debaterem. — Ela acrescenta seu arco à coleção de armas na rede, e não consigo deixar de sentir que não tenho nada com que contribuir quando Ajax também adiciona o dele.

— Zeus me deu isso depois do último teste. — Theron puxa uma lira de perto de onde estávamos dormindo. — Ele disse que se eu tocar as cordas criam um som soporífero.

— Sopo o quê? — pergunta Ajax.

— Deixar você com sono ou calmo ou algo assim — explica Heli.

— Mas se ouvirmos, não vamos adormecer também? — questiona Thalia.

Theron balança a cabeça.

— Não, Zeus deixou bem claro que funcionaria apenas com feras.

— Que útil — comento, e algo me incomoda no fundo da minha mente, mas eu simplesmente não consigo entender.

— Você sabe tocar? — pergunta Danae.

— Não, mas é um presente mágico dos deuses, então acho que funcionará, não importa o quão ruim eu seja.

— Esperemos que sim, caso contrário você pode irritar os pteripos! — afirma Danae e eu reprimo uma risada.

— Certo, parece que vai dar certo mesmo — diz Thalia, e ela não soa de fato satisfeita por isso. — Caso não dê, podemos simplesmente seguir o plano e andar.

Percebo que ela não é contra o plano, mas sim o que vem depois de pegarmos os cavalos voadores. Enquanto os outros começam a decidir o que faremos a seguir, dou um jeito de me juntar a ela para prender flechas na rede usando alguns fios da minha corda.

— Você já andou a cavalo antes? — pergunto.

Thalia me lança um olhar fulminante.

— Sim, claro, muitas e frequentemente.

— Então por que você está...

— Altura, eu não gosto de altura. — Todo o corpo de Thalia está tenso perto de mim.

Toco a mão dela.

— Quer cavalgar comigo?

Ela sacode a cabeça com tanta força que acho que ela pode cair.

— Não, há muitas coisas na minha vida que tive que superar, e esta é apenas mais uma coisa a ser conquistada.

De repente, percebo que não conheço muito bem nenhum dos Tokens, exceto Theron. Aperto a mão de Thalia.

— Vou cavalgar perto de você — asseguro a ela. — E você pode me chamar se precisar.

Thalia se vira e olha para mim, seu rosto sério como sempre, mas noto uma suavização em seus olhos quando ela assente para mim.

— Obrigada, Ara.

Respondo-lhe com um pequeno sorriso, enquanto termino de prender a corda na última flecha.

Antes que eu perceba, é hora de colocar o plano em prática e assumo minha posição ao lado de Theron, segurando o tridente de Danae. É mais leve do que eu esperava, e as pontas triplas da arma parecem mortais, como as pontas afiadas do coral de um recife.

— Eles são lindos — sussurra Theron para mim enquanto observamos os pteripos. Ele inclina a cabeça em minha direção, sinto seu hálito quente na minha orelha, e ele envia ondas sobre mim que fazem minha pele arrepiar e meu estômago revirar como uma onda suave de verão. — Nunca pensei que veria um. — Os olhos dele estão fixos nos pteripos, assim como os meus estão fixos em seus lábios e na lembrança do beijo que compartilhamos.

Desvio o olhar e tenho certeza de que minhas bochechas estão vermelhas com recordação de como me senti. Fecho os olhos por um momento e tudo que consigo ver é Hades olhando para mim na campina com as nuvens atrás dele. Balanço a cabeça e me concentro no agora, em Theron, que está aqui, que sempre esteve aqui.

— Nem eu. Para ser sincera, não tinha certeza se os pteripos eram reais quando os vi pela primeira vez — sussurro de volta.

— Sim, eu apenas ouvi histórias sobre eles, mas também apenas ouvi histórias sobre monstros e vimos muitos deles até agora.

Eu balanço minha cabeça.

— Ah, eu sabia que monstros existiam e que alguns parecem tão belos quanto esses cavalos alados, então não se engane pensando que eles são benevolentes só porque cintilam e resplandecem.

Theron estende a mão e agarra a minha. Isso me pega de surpresa e é tão dolorosamente familiar em meio a toda essa estranheza que sinto lágrimas nos olhos.

— Tudo vai ficar bem, sabe. Você não vai acabar igual à Estella, não vou deixar isso acontecer com você.

Olha para mim e sinto aquela atração entre nós, assim como na noite da Lua de Sangue.

Ele se aproxima de mim, e, embora eu não me aproxime dele, também não me afasto. Os lábios dele roçam os meus suavemente, como se ele estivesse testando minha reação, como se eu fosse um dos pteripos e ele não quisesse me assustar. Depois que ele tem certeza de que não vou fugir, ele se inclina ainda mais e pressiona seus lábios contra os meus com força, no momento em que ouço um leve pio, o sinal de Danae de que os outros estão prontos, e outro pio soando em resposta para sinalizar que Thalia e Solon estão posicionados. Eu me afasto.

Theron mantém os olhos em mim enquanto junta as mãos e solta outro pio baixo. Esse foi o último sinal.

As flechas voam por cima dos cavalos alados, puxando a rede atrás delas.

Theron e eu estamos de pé correndo em direção aos pteripos que ainda estão deitados no chão, a rede cobrindo-os. Assim que eles começam a perceber o que está acontecendo, puxo o braço para trás e atiro o tridente de

Danae com força no ar. Corro atrás enquanto ela voa, atingindo o chão com um baque e prendendo parte da rede. Theron atira sua lança e erra o canto; nunca foi sua melhor arma. Thalia e Solon estão do outro lado prendendo a rede com suas armas.

Alcanço o lugar onde o tridente acertou e, assim como Thalia e Solon, começo a usar as estacas de madeira que Heli fez para prender as bordas da rede. Theron pega a lança para prender bem o canto, puxando-o para fora do solo arenoso onde caiu.

Percebo que um dos pteripos perto de Theron está com a asa fora da rede e, um segundo antes de ele levantá-la, mergulho por cima da rede para tentar segurá-la, quando o cavalo voador sente a chance de liberdade e empurra para cima, levantando a rede e criando uma abertura. O pteripo próximo a ele sai pela abertura enquanto o primeiro se levanta, fazendo com que eu role para fora da rede.

— Toque a lira! — grito para Theron e, como se ele tivesse acabado de se lembrar que a tem, começa a dedilhar as cordas. Thalia pega a lança dele e força a parte aberta da rede no chão no momento em que um segundo pteripo faz sua tentativa de se libertar. Solon corre para ajudar, cravando as estacas no chão enquanto a lira de Theron começa a surtir seus efeitos soporíferos.

O segundo pteripo fugitivo estende suas lindas asas, pronto para voar. À medida que ele se estica, suas penas roçam minhas pernas. Eu esperava que fossem macias como o ar, mas em vez disso são afiadas como aço. Deixo escapar um silvo de dor quando olho para baixo e vejo duas linhas vermelhas se formando em minhas canelas e o sangue escorrendo por cada uma delas, cobrindo meus tornozelos em segundos, enquanto o pteripo bate as asas uma, duas vezes, depois levanta voo, correndo no vento atrás de seu amigo.

Eu olho para ele por um longo momento e depois volto a olhar para minhas pernas.

Os outros pteripos, ainda presos sob a rede, estão calmos e tranquilos, enquanto a doce melodia da lira de Theron enche o ar, e de repente o mundo fica mais calmo, eu me sinto mais segura, e Zeus disse que só funcionava em feras!

—Você os viu voando? — chama Danae, com a voz alta e o rosto voltado para eles. Pergunto-me se seu tapa-olho dourado permite que ela os rastreie pelos céus, enquanto ela, Ajax e Heli correm em nossa direção.

— Seremos nós antes que percebamos, voando entre as nuvens — diz Ajax para ela, com um sorriso infantil no rosto.

—Você até que é bom com essa coisa — diz Heli a Theron.

— Ah, obrigado — responde ele, e quando Heli se afasta, Theron estende a lira para mim. Não está tocando as cordas, mas mesmo assim a doce melodia ainda toca. Ele acena na direção de Heli e depois leva um dedo aos lábios.

— Trapaceiro! — sussurro para ele.

— Ei, não é minha culpa que a coisa seja encantada, embora para o bem de todos os envolvidos é ótimo que seja! — responde para mim em um sussurro conspiratório, e rio, sentindo certa leveza retornar à nossa amizade.

A IRMANDADE DE DEUSES

Hades se senta à mesa e observa Ara e os outros Tokens reunirem os pteripos. A distância que ele está tentando manter entre sua Token e si mesmo é dolorosa. Observa-a sorrir com Theron e deseja que ela sorria para ele próprio em vez disso. Ele fecha os olhos e mergulha na memória do sonhar, dela perto dele na água; o sentimento de conexão que cresceu e floresceu desde o primeiro encontro não diminuiu devido à ausência dela, na verdade tornou-se maior e mais devorador.

Hades abre os olhos e, ao fazê-lo, pensa nas Tecelãs do Destino, na tapeçaria e no aumento do nó. É o seu amor por Ara que está alimentando o crescimento, ou é o ressentimento crescente entre ele e os irmãos? Talvez sejam as duas coisas, percebe, ao se lembrar de ter ouvido as Tecelãs:

Ele tem uma decisão a tomar, uma decisão que vai partir o mundo ou partir seu coração.

— Estudando o tabuleiro, não é mesmo, irmão? — comenta Poseidon, retornando do banquete servido no salão adjacente e sentando-se ao lado de Hades. — Ou apenas de olho naquela sua linda Token?

Hades sente-se ficando irritado.

— O que você quer, Poseidon?

— Sempre direto ao ponto, Hades. Acho que não adianta ficar fazendo rodeios, afinal você é o deus do desconhecido. — Poseidon dá um tapa nas costas do irmão. — Ambas as nossas Tokens estão indo bem. Serei honesto, não esperava que você durasse tanto tempo.

—Você pensou que meu reino já estaria ganho.

— Algo assim. O que quero dizer é que temos duas Tokens fortes e acho que Zeus está sentindo o perigo.

Hades olha através do arco para Zeus, que está próximo a Hermes, os dois em uma conversa intensa.

—Você realmente quer governar tudo? — pergunta Hades.

Poseidon toma um gole de néctar de sua taça.

— Não, na verdade não. Sem ofensa, Hades, mas o submundo não me interessa nem um pouco. — Ele estremece um pouco. — Gosto bastante da ideia de governar o céu; gosto ainda mais da ideia de governar Zeus. — Poseidon dá um sorriso malicioso, como uma onda assassina antes de desabar.

— Por quê? — Hades inclina a cabeça um pouco para o lado.

— Quer saber mesmo?

— De verdade.

Poseidon coloca sua taça no tabuleiro e depois se vira para o irmão, seus olhos verde-mar faiscando com a espuma de oceanos furiosos.

— Zeus está sempre presente, sempre no comando, embora nunca aja como deve. É possível estar no comando de uma coisa sem dominá-la. Mas ele está sempre dominando a mim, a nós, a todos nós. E não consigo me lembrar de quando deixei de amá-lo e comecei a me ressentir e, no final, até a odiá-lo... mas o odeio.

— Acha que, caso ganhe esta aposta, caso se torne o deus de todos nós, você voltará a amá-lo?

Poseidon ri.

— Creio que vou amar o poder que terei sobre ele, assim como ele agora tem poder sobre mim. Nós devíamos ser iguais depois de derrotarmos nosso pai e os Titãs, devíamos governar tudo juntos, mas em vez disso...

— Em vez disso, vocês dois conspiraram para me enviar para o submundo e, quando eu parti, Zeus usou sua ambição para se colocar acima de você também.

O rosto de Poseidon torna-se o de um mar plano e calmo.

— Então, você também sabe.

— Eu não estaria cumprindo meu dever como deus do desconhecido se não soubesse, estaria? — Hades mal levanta uma sobrancelha.

— Suponho que não. — Poseidon esfrega o queixo barbudo, lançando um olhar cheio de remorso para o irmão.

Zeus volta para a mesa e se senta do outro lado de Hades.

— Estão conspirando sobre qual de vocês dois assumirá meu trono? — pergunta Zeus.

Poseidon abre a boca, mas Hades estende a mão e toca seu braço.

— Estávamos colocando a conversa em dia, já faz uma era. E estávamos relembrando os velhos tempos, e nosso pai. Vocês dois deveriam ir ao Tártaro visitá-lo algum dia. As eras e sua punição não foram gentis com ele, nós não fomos gentis com ele, irmãos. E como podemos nos chamar de deuses se o fazemos apenas no ódio, na guerra e na raiva? Um deus sem dúvida se revela mais claramente em atos de bondade, receptividade e tolerância.

— Eu não sou um deus que perdoa ações feitas contra si — declara Zeus, com a voz cheia de ira e os olhos flamejando em alerta.

— E eu também não — concorda Hades, com a voz calma e calculada. — É possível demonstrar bondade e ao mesmo tempo garantir que uma dívida seja paga ou que um erro seja corrigido. Punir o crime, educar e nutrir o perpetrador.

— Você vai me educar e nutrir a seguir — diz Zeus com uma risada.

— Só se eu ganhar nossa aposta — responde Hades, e um pouco da alegria deixa Zeus.

— Será um dia triste no Olimpo se você me derrotar. Mas eu mereceria ter que abrir mão do meu trono se isso acontecesse.

— O que estão jogando? — questiona Hermes, aparecendo acima do tabuleiro. — Vocês três estão fazendo outra aposta, talvez sobre quem vai cair do pteripo e morrer primeiro? — Em seguida, acrescenta em um sussurro não tão baixo: — Eu colocaria meu dinheiro na Token de Hera.

Poseidon esvazia sua taça e depois passa por Hades em direção a Zeus.

— Devo dizer, irmão, os presentes que você tem dado ao seu Token nestes jogos têm sido bastante impressionantes. A lira foi uma escolha inspirada e se provou muito útil com os pteripos. O que o fez pensar em dá-la ao seu Token?

— Ah, não foi nada na verdade. Uma feliz coincidência. O jovem Theron e eu estávamos conversando depois das hidras psamófilas e ele mencionou que gostava de música. Eu ia dar uma adaga encantada para ele, mas em vez disso imaginei que ele ia gostar da lira.

Hades olha para Zeus e sabe que ele está mentindo.

— Ah, sim, as hidras psamófilas. Foi um bom trabalho seu Token ter o escudo de Hélio, temo pensar no que poderia ter acontecido caso não tivesse.

— Meu Token ainda estaria nos jogos — brada Hefesto atrás deles, a raiva em sua voz ecoando pelos corredores do Olimpo.

— Ora, Hefesto, já conversamos sobre isso — diz Hermes. — O Token de Zeus não agiu intencionalmente; caso tivesse, teria sido desqualificado e punido. Devemos fazer concessões aos mortais, à sua natureza imperfeita e ao seu livre arbítrio. Zeus fez tudo o que pôde, alterando as ações do escudo conforme combinado; agora, só destruirá coisas não humanas, bem como iluminará a escuridão e revelará o que está oculto.

Hades se pergunta se o livre arbítrio dos deuses é algo a que os mortais precisavam fazer concessões, ou se era algo contra o qual deveriam se revoltar.

O VOO ATÉ GITEIO

Trabalhamos juntos, enquanto a lira toca. Cada pteripo é solto da rede e amarrado com um dos fios da corda de luz estelar em um arreio improvisado. Depois Solon amarra cada um deles a uma árvore próxima e fica conversando com eles, acariciando seus pescoços e confortando-os. Depois que o segundo pteripo está preso, Thalia fica com ele, e quando o quinto está amarrado, vejo que ela está acariciando a cabeça deles e conversando com eles também, sentindo-se mais à vontade com a fera que está prestes a elevá-la aos céus.

Quando sete deles estão amarrados, levantamos a rede. Certifico-me de ficar bem afastada enquanto os três últimos pteripos se levantam e saem trotando, mas apesar de eles flexionarem suas asas, não voam para longe. Em vez disso, eles ficam perto de seus amigos amarrados e os dois que escaparam antes descem para pousar perto deles.

A maneira como eles ficam olhando para nós e para os pteripos amarrados me faz pensar que podem estar planejando alguma coisa, e fico um pouco ansiosa. Theron, Ajax e Heli voltam do acampamento e eu tento encorajar todos.

Quando pego a corda de um dos cavalos voadores, fico surpresa ao ver que Thalia é a primeira de nós a montar, mas depois entendo que, na verdade, é a cara de Thalia enfrentar seus medos e assumir o controle deles.

Levo meu pteripo para o lado e enfio a mão na bolsa, chamando uma das maçãs que guardei nela. Eu a seguro e o cavalo voador a cheira, depois bufa, antes de tirá-la da minha mão e mastigá-la ruidosamente.

—Você é magnífico! — falo para ele, enquanto acaricio sua pele prateada. —Vamos ser amigos por um tempo, você e eu. — Pesco outra maçã. — Acho que você precisa de um nome. O que acha de Timeu? — pergunto. O cavalo voador bufa e balança a crina. — Está bem, Timeu não — falo dando uma risada. — E quanto a Cletus? Meu avô se chamava Cletus e era um homem bom, sempre gentil e honrado; eu o amava muito. — Eu acaricio seu focinho. O cavalo voador se esfrega na minha mão e relincha levemente. — Será Cletus. Agora, precisamos chegar a Giteio e nós podíamos caminhar, mas levaria semanas e sei que você pode me levar até lá em uma fração do tempo. Não sei se você consegue entender o que estou dizendo, mas tenho quase certeza de que está aqui para nos ajudar, então, se estiver tudo bem para você, vou subir nas suas costas agora. — Fico nervosa ao me aproximar do cavalo alado; minhas canelas pararam de sangrar, mas a dor dos cortes me lembra o quão perigosas essas lindas criaturas são.

Cletus fica completamente imóvel enquanto eu puxo as rédeas improvisadas e subo em suas costas, em seguida, passo uma perna sobre ele.

Sorrio enquanto Cletus se move debaixo de mim, suave, firme e gracioso sem esforço. Puxo as rédeas para um lado e ele se vira na mesma direção.

— Brilhante, tão bom — digo, acariciando sua crina, antes de puxar a corda para a direita. Ele dá uma volta completa e estende as asas, pegando-me de surpresa enquanto as sacode. Ajusto minhas pernas, afastando-as das penas letais. Percebo que, ao dobrar as asas para trás, Cletus as mantém um pouco afastadas do corpo para não me tocar.

Ajax é o último a montar em seu pteripo e, quando ele se senta nas costas do cavalo voador, consigo ver o sangue escorrendo por suas pernas e braços. Os outros pteripos e seus cavaleiros estão ficando impacientes e, ao olhar para trás, para os cinco que estão livres, vejo-os se movendo lentamente em nossa direção.

Heli é a primeira a fazer seu cavalo alado avançar. Ele começa com uma corrida e, no quinto passo, estende as asas e começa a batê-las, deixando o chão em um arco suave, seus cascos correndo como se estivessem em uma terra invisível e ascendente.

Danae segue logo atrás, depois Thalia, em seguida Solon e Theron decolam.

— Está pronto, Cletus? — pergunto, inclino-me para a frente e sussurro em seu ouvido. Ele relincha e sacode a cabeça em resposta antes de avançar.

Meu estômago se revira quando Cletus bate as asas, elevando-se no ar. Agarro a corda, os nós dos meus dedos ficam brancos, enquanto aperto os joelhos nos flancos de Cletus. Eu me forço a sentar direito, resistindo à vontade de me inclinar para frente e atirar os braços em volta do pescoço do cavalo voador, enquanto ele me leva cada vez mais alto no céu. O ar passa por mim, gira ao redor do meu corpo, puxando minha túnica, a capa se esticando atrás de mim com os fios soltos do meu cabelo escuro, como um estandarte rasgado de fios.

Sorrio enquanto Cletus sobe depressa e depois se estabiliza. Ele se mantém perto o suficiente de seus companheiros para que eu possa ouvir os gritos de alegria de Danae e Solon, bem como os xingamentos de Thalia, que está agarrada ao pescoço de seu cavalo alado e parecendo um pouco pálida.

— Thalia, você está indo muito bem — grito para ela, enquanto voamos lado a lado. Ela olha para mim e por um momento penso que ela vai passar mal.

Não quero olhar para baixo, não quero saber a que distância o chão está, pelo menos ainda não, mas olho para trás e vejo os cinco pteripos livres voando atrás de nós como uma retaguarda.

Mais à frente, Ajax está se divertindo muito. Enquanto o resto de nós está voando em grupo, ele está puxando seu pteripo para o lado, fazendo-o voar alto e depois mergulhar, gritando de alegria. É incrível observar o desempenho do cavalo voador, correndo bem acima do resto do rebanho e depois fechando as asas e mantendo os cascos imóveis ao mergulhar em nossa direção. No segundo mergulho, ele não alcança Thalia por pouco e ela ameaça atirá-lo do céu com sua lança. Depois disso, Ajax restringe sua criancice a voar na frente do rebanho.

— Cuidado para não o cansar! — aconselha Theron para ele. — Precisamos chegar até Giteio.

— Por favor, Tiliad seria capaz ir e voltar voando sem parar no tempo que seu cavalo voador leva para chegar à metade do caminho.

— Isso é um desafio? — devolve Theron.

— Vamos, vocês dois, falem sério — grita Heli. — Apenas aproveitem. Quero dizer, estamos voando! — Ela ri de alegria, e começo a rir também. Sinto-me exultante, tão leve, livre e poderosa. Desafiando o solo e voando no reino dos deuses, onde apenas poucos abriram suas asas e viajaram.

Sinto as lágrimas em meu rosto sendo sopradas para longe instantaneamente. Não me recordo de ter me sentido assim antes, livre de fardos. Levo a mão até o peito e sinto o Token de Estella, e lembro a mim mesma que fui eu quem o colocou ali, fui eu quem jurei vingá-la. Escolhi tudo por minha conta, mas o que nunca parei para considerar eram todas as coisas que não estava escolhendo, todas as coisas que me impedi de ter, de vivenciar. Ao olhar para os outros Tokens, percebo que não apenas tenho passado meus dias com a ausência da minha irmã, mas também tenho vivido com a ausência das amizades que fiz nos últimos dias; ausência de mim, ausência de ser, ausência de amor.

Voamos o dia todo e, quando o sol se põe no horizonte, vejo o céu mudar de azul para vermelho e depois ficar preto como tinta.

Nem Cletus nem os outros pteripos demonstram qualquer sinal de cansaço; eles continuam a voar enquanto as estrelas brilham sobre o mundo. Eu traço as constelações, a Águia, Cassiopeia, a Ursa Maior, e penso em suas histórias.

A grande ursa Calisto colocada no céu para escapar da ira de um deus. Cassiopeia, a rainha arrogante, pendurada no céu pelos deuses como forma de punição; ela gira incessantemente ao redor da estrela fixa do norte, destinada a passar para sempre metade do ano de cabeça para baixo como forma de penitência.

Os deuses e a sua natureza rancorosa estão em exibição para todos verem e, à medida que a noite escurece, ainda mais estrelas se tornam visíveis. Não consigo deixar de pensar em como e em por que razão os deuses colocaram pessoas nas estrelas: guerreiros recompensados por sua coragem, mulheres famosas por sua beleza ou punidas por suas ações ou postas no céu como refúgio contra as ações de outros. O céu noturno, tão vasto e livre, e repleto da vontade dos deuses. Enquanto observo as estrelas, não consigo deixar de pensar no céu como uma prisão.

Vejo as estrelas de Escorpião. Diz-se que todos aqueles que participam dos Jogos Imortais se tornam parte de suas constelações quando morrem, lembrados para sempre enquanto suas estrelas brilham intensamente. Mas não tenho intenção de ser o joguete dos deuses; meu signo tem um ferrão na cauda e eu também.

O sol nasce com os tons de rosa e pêssego de uma flor desabrochando plenamente no verão, e fico surpresa ao descobrir que o movimento suave das asas de Cletus e o som suave e arrebatador que elas fazem ao cortar o ar me mantiveram dormindo profundamente a noite toda, embora meus sonhos não tivessem sido pacíficos.

Procurei por Hades em meus sonhos; caminhei quilômetros e quilômetros, por caminhos que eu conhecia e por ruas que não conhecia, enquanto o chamava. Uma ou duas vezes, pensei tê-lo ouvido dizer meu nome, mas eram apenas os ecos do suspiro que meu nome fazia quando ele o pronunciava, e senti um anseio profundo de que meu nome não fosse a única parte de mim nos lábios dele. À medida que o sol nasce, o dia parece claro demais. Bebo avidamente do odre de água e como o que resta do meu estoque de frutas na minha bolsa, agradecendo a Acastus e esperando que ele esteja nos Elísios com Xenia, Philco, Nestor e Kassandra. Sorrio ao pensar nele e em Kassandra; espero que eles tenham se reencontrado.

A manhã já está terminando quando tenho o primeiro vislumbre do mar, azul e verde e com todos os tons intermediários, com manchas prateadas de luz do sol brilhando nas ondas.

A costa dourada curva-se ao redor do mar, criando um porto natural de azul radiante que beija a terra. Está cercado por edifícios e templos que o encaram sem pudor.

Enquanto observo a vista no horizonte, Cletus inclina as asas e, como se fossem um, o rebanho de pteripos começa a fazer uma descida lenta, planando até o solo em grandes círculos descendo com suavidade. Gosto da sensação da profunda descida em arco, então, de repente, meu estômago se embrulha quando Cletus fecha as asas contra o corpo e aponta o nariz para a frente. Não sou a única a gritar, enquanto agarro Cletus com força, pressionando meu rosto contra seu pescoço e sentindo o ar passar por mim em um fluxo vertiginoso, puxando meu cabelo para trás e tirando todo o fôlego de dentro de mim. Então, tão repentinamente quanto havia descido, Cletus se nivela, batendo as asas e pousando no chão com um solavanco firme antes de correr até parar.

Assim que ele para, eu salto de cima de Cletus e fico ofegante, olhando para ele com cautela. Meu corpo parece tenso e dolorido depois de ficar parado por mais de um dia, e me espreguiço e sacudo as pernas.

Eu acaricio Cletus.

— Obrigada — digo, enquanto minha mão desliza pelo seu pelo prateado, que cintila à luz do sol. — Bem, vá em frente, você está livre agora. — Dou um passo para trás afastando-me dele. Mas Cletus não se mexe, apenas fica parado, olhando para mim.

— Talvez sejam as cordas — sugere Solon perto de mim enquanto desmonta. — Talvez eles precisem estar totalmente livres antes de partir?

— Boa ideia. — Desato rapidamente a corda de luz estelar, enquanto Solon faz o mesmo. — Além disso, a corda é a única dádiva decente que Hades me deu — digo com uma risada. — Gostaria de tê-la de volta.

No momento em que a corda se solta, o cavalo voador vira as costas para mim, erguendo as asas e elevando-se no ar. Ele não corre desta vez, mas se levanta e chuta com as patas traseiras. Eu me jogo no chão, os cascos dele voando por cima da minha cabeça.

— Caramba! — grita Ajax, enquanto desliza de seu pteripo e vem em minha direção antes de congelar.

Solon desamarrou seu cavalo voador, mas virou-se para me observar; ele não vê seu próprio pteripo empinar-se nas patas traseiras. Vejo Solon se virar tarde demais, os cascos dianteiros do pteripo descendo sobre sua cabeça com um estalo que toma o ar.

Os olhos dele se arregalam e ele desaba no chão ao meu lado, o sangue escorrendo de seu crânio para a grama seca da encosta onde pousamos.

Rastejo até ele e o viro de costas, sacudindo-o pelos ombros.

— Solon!

Theron aparece ao meu lado; ele encosta a orelha no peito de Solon, depois olha para mim e balança a cabeça.

— Ele está morto, Ara. — Passa a mão pelo rosto de Solon e fecha os olhos surpresos.

— Outro para Hades — declara Thalia atrás de Theron.

Eu solto os ombros de Solon no momento em que o mesmo resplandecer que tomou conta dos corpos dos outros Tokens o reveste. Ele desaparece tão depressa. Em um instante está aqui e no outro se foi, levando consigo seus presentes; tudo o que resta é uma mancha de sangue na terra e minha corda de luz estelar, que pego e seguro em estado de choque.

— É... acho que podemos ter um problema — diz Ajax enquanto se afasta de seu cavalo voador. Olho em volta e vejo que os cinco cavalos voadores livres se juntaram a Cletus e ao pteripo de Solon, e eles estão vindo direto para nós.

— Desamarrem os outros, rápido! — grito, correndo até o pteripo de Ajax. Ele se junta a mim enquanto desatamos os nós.

— Eu sei que você gosta da corda, mas...

— Não é isso; eles querem seus amigos, querem ser uma manada e ser livres e nos atacarão até que sejam. — Entendo exatamente como os pteripos se sentem.

— Theron, toque sua lira — grito, mas Theron está ocupado com a própria corda.

— Ajuda, me ajuda! — Thalia chama à minha esquerda e, ao puxar a corda do pteripo de Ajax, imediatamente me viro para correr e ajudar Thalia, sem pensar na maneira como o cavalo voador está prestes a reagir.

O pteripo abre suas asas afiadas e as move para cima pelo meu corpo, cortando meu torso, antes de abaixá-las para rasgar minhas costas em um arco gigante enquanto ele sobe para o céu.

Eu tropeço em direção a Thalia, agarrando a corda e me atrapalhando com os nós, sentindo minha cabeça ficar leve e minha túnica, molhada de sangue.

À medida que a corda escorrega do pteripo, sinto-me escorregar também, caindo no chão. O cavalo voador ergue-se nas patas traseiras, com as asas abertas, enquanto estou deitada no chão abaixo dele. Não consigo me mover quando seus cascos descem em minha direção, mas neste momento Theron aparece cobrindo meu corpo com o dele e segurando seu escudo bem alto. Ele me olha nos olhos enquanto os cascos se chocam com o escudo e ele o mantém no lugar, aguentando firme, protegendo-me.

O pteripo dá as costas e segue em direção à manada, e quando Theron me ergue em seus braços, ouço o bater de muitas asas. Enquanto ele me carrega pelo campo em que pousamos, vejo os cavalos voadores prateados se elevando atrás de nós.

— Você vai ficar bem, Ara, você vai ficar bem. Lembre-se, não vou deixar nada de ruim acontecer com você — fala Theron, enquanto anda mais rápido.

Não tenho energia nem condições para responder que muitas coisas ruins já aconteceram comigo.

Vejo pessoas correndo em nossa direção, vozes apressadas, mas não consigo me concentrar em nada enquanto o mundo fica um pouco mais escuro nas bordas. Tento manter os olhos abertos, mas sinto-os tão pesados e a dor que percorre meu corpo é tão profunda e absoluta que não tenho como fazer nada além de me submeter a ela. Entrego-me à escuridão, meu corpo flácido, meus braços abertos, a sensação de queda tomando minha alma.

A NATUREZA DOS DEUSES

Posso sentir os braços fortes de Theron em volta de mim, só que estão diferentes, ele parece diferente: mais quente, mais reconfortante do que qualquer pessoa que já conheci, e, mesmo antes de abrir os olhos, sei exatamente nos braços de quem estou.

— Hades. — Minha voz está rouca e baixa quando olho para ele, seu queixo contraído, um olhar sombrio e sério em seu rosto, enquanto ele me segura.

— Não fale, Ara. Poupe suas forças.

— Estou... estou morta? — pergunto-lhe pela segunda vez.

— Não. — Sua voz é como gelo, e sinto o medo tomar conta de mim.

— Vou morrer? — pergunto.

Ele olha para mim e me sinto mergulhar em seus olhos, tão profundos e azuis, repletos de luz das estrelas.

— Espero que não — responde.

Ele me coloca em uma cama tão macia que tenho certeza de que é feita de nuvens. Senta-se perto de mim, sua mão segurando a minha, meus dedos entrelaçados com os dele. E sinto uma paz suave tomar conta de mim.

Ele leva a mão até minha testa e a passa pelo meu rosto.

— Não posso restaurar sua saúde, é contra as regras. Posso lhe dar uma dádiva que pode ajudar, mas não consigo garantir que você sobreviverá; você deve fazer isso por si mesma, Ara. Você tem que querer sobreviver a isso por *você*, não por ninguém ou por qualquer outra coisa. — Ele me olha, sério, e afasta um fio de cabelo do meu rosto. — O que você quer, por você, só por você, mais do que qualquer coisa no mundo? — me pergunta.

Deveria ser uma pergunta tão simples de responder, mas é tão ligada a tudo que tenho guardado dentro de mim que mal consigo respirar. Ele enxuga minhas lágrimas, conforme elas caem e, quando minha respiração se acalma, digo-lhe o que desejo.

— Eu quero... eu quero não me sentir mais vazia. Quando Estella foi levada por Zeus, quando ela se tornou participante dos jogos, senti medo, tanto medo por ela que consumiu cada parte de mim. E quando acordei naquela manhã e a encontrei ao meu lado em nossa cama, com o corpo quebrado e cheio de hematomas, ferido e despedaçado, senti algo em mim se quebrar, algo que nunca vai sarar. Eu a amava tanto, ela era minha irmã mais velha, ela me protegia e cuidava de mim, e eu a perdi; ela foi tirada de mim e para quê? Para os jogos e o divertimento de vocês, deuses?

"E não foi só ela que perdi. Perdi minha mãe tão completamente quando ela caiu em um desalento mais profundo do que qualquer pessoa merece se afundar, tão profundo que ninguém foi capaz de trazê-la de volta. Perdi o sorriso do meu pai, o riso e o bom humor sumiram dele, roubados pelo ladrão que é o luto, e quando ele olha para mim, tudo o que vê é a memória da filha que perdeu e, de todas as formas como ele falhou em mantê-la segura, falhou em prepará-la para seus jogos.

"Sinto falta de não ter a vida que teria se Estella não tivesse sido levada, a irmã, os pais, o amor perdidos. Mas acima de tudo eu me perdi; perdi todas as partes que eram felizes e despreocupadas e não sabiam que existia tanta crueldade e maldade no mundo que, uma vez vistas, não consigo deixar de ver. Ofusca tudo. Não sei mais viver sob o sol, minha vida é um constante crepúsculo por causa da morte da Estella; ela era o sol que iluminava meus dias. Vaguei na escuridão por tanto tempo, tão sozinha, e agora..." — Estendo a mão e toco o rosto de Hades. Toco com a palma da mão aberta sua face, e ele fecha os olhos e se inclina com um suspiro.

— Ara. — Ele abre os olhos e eu os vejo brilhar com uma intensidade que percorre meu ser. Aproxima-se de mim, segurando meu rosto entre as mãos. — Você é o sol, Ara; você é uma estrela-guia; você pode iluminar sua própria escuridão e iluminou a minha.

Sinto uma emoção se irradiando através de mim, aliviando a dor de todas as minhas feridas, aquelas que consigo ver e aquelas que não consigo.

— Se você morresse, eu me sentiria como você se sentiu com o falecimento de sua irmã. Vivi na escuridão por tanto, tanto tempo, então as Tecelãs do Destino a trouxeram até mim. Agora que senti sua luz, não quero que ela se apague, nunca mais.

Afago o rosto dele e seco as lágrimas, enquanto sinto meu corpo tremer e se agitar. Forço-me a sentar, buscando-o, abraçando-o, meus lábios finalmente encontrando os dele. Eu esperava que fossem frios, mas são cheios de calor. Quando meus lábios deixam os dele, ele solta um suspiro suave que me lança em outra onda de emoção.

Os braços dele em volta de mim, seu peito pressionado contra o meu, eu poderia facilmente passar o resto da eternidade aqui, trancada em seu abraço, tomada pela felicidade deliciosa que está correndo por mim neste instante.

Ele se afasta de mim, apoiando a testa na minha. Encosto meu nariz no dele, sentindo-me zonza.

—Você tem sua próxima dádiva dada por mim, o beijo da morte, que não é a maldição que muitos pensam ser. É a escuridão que permitirá a você ver a luz. A morte a beijou e você a abraçou.

Passo os dedos pelos lábios dele, depois pelas têmporas e pelos cabelos, examinando cada detalhe de seu rosto. Ele sorri para mim com aquela pequena contração lateral que me puxa como uma corda ao redor do meu ser.

Balanço minha cabeça para ele.

—Você não é nada do que eu esperava. Está tornando tudo isso tão difícil para mim. — Minha voz soa mais brusca do que eu pretendia.

O olhar dele é intenso, mas sua voz soa derrotada quando ele diz:

— E o que você pensa que está me causando? Eu sou um deus, Ara, e estou ligado à minha família, e você... você deseja destruir a mim e aos meus.

Afasto-me um pouco dele e ele relaxa o braço para me dar espaço, mas o mantém ao meu redor, me apoiando.

— Eu não quero destruir você.

Ele passa um dedo pela lateral do meu rosto até meu queixo.

— Se você destruir um de nós, deixará o resto de nós vulneráveis. De todos os deuses, sou aquele que os mortais desejariam matar mais do que qualquer outro. Sou o deus do submundo; sou o guardião das almas. Aqueles que morrem habitam em meu reino, e eu sou seu guardião. Se eu, o guardião dos portões, morresse, então a morte também pereceria, toda a vida seria restaurada, e ninguém jamais conheceria a terrível dor da perda. Até mesmo você, sua irmã retornaria para você, a luz dela brilharia para você de novo.

— Minha irmã de volta? É mesmo possível? Ela pode retornar? — pergunto, ansiosa para ouvir sua resposta.

— Pode, mas ela pode não ser grata a você por isso.

— Por quê? — questiono e, então, lembro do que Hades disse antes, que a morte muda uma pessoa.

Ele balança a cabeça e desvia o olhar.

— Ela está morta há muito tempo. Ela habitou o submundo por tempo suficiente para cultivar uma vida lá e, além disso, seu corpo... não servirá mais para ela.

Sinto-me enjoada, afastando a imagem que preenche minha mente e fico tensa ao pensar em Estella vivendo no submundo, seguindo em frente sem mim enquanto não consegui viver sem ela. Sinto a força do que me foi tirado tomar conta de mim com fúria renovada.

Hades deixa cair a mão e se inclina afastando-se um pouco.

— Ara, farei tudo o que puder para mantê-la a salvo enquanto você fizer parte dos Jogos Imortais. Se você vencer, você escolherá qual presente receberá. Você deve decidir a melhor forma de agir. Não quero influenciá-la de forma alguma. Mas não vou ajudá-la nisso.

— Eu... eu... — Faltam-me as palavras quando percebo que estou tão cansada e confusa, tão triste e zonza, tudo ao mesmo tempo. Olho para ele e parece que estou perdida em um momento secreto que nunca vou recuperar. Acaricio seu braço e, conforme meus dedos o descobrem, sinto uma onda de desejo atemporal fluir através de mim, saindo de mim, e nunca mais quero ficar sem ele.

Eu o puxo para mim e o beijo novamente, desta vez com avidez, apertando meus lábios contra os dele, sentindo a pressão percorrer todo o meu corpo conforme envolvo-o com meus braços e passo minhas mãos por seu cabelo. Ele me abraça apertado, pressionando cada centímetro do meu corpo contra o dele. Afasto-me enquanto o mundo gira, e eu me delicio com a sensação.

— Ara, esperei tanto por você, tanto tempo para me sentir assim. Houve momentos em que pensei que sempre estaria sozinho, que caminharia na escuridão com o coração pesado por toda a eternidade e vagaria pelo sonhar para todo o sempre em busca da pessoa que encheria meu coração e alma de luz, e é você, Ara, é você. Amarei você até que não haja mais estrelas nos céus, até que o tempo pare e os salões do Olimpo desapareçam e desmoronem, até que os rios do submundo sequem e os homens parem de estremecer ao meu nome. Amarei você ainda além de tudo isso e, quando seu último suspiro deixar seus lábios, eu o capturarei eu mesmo e o levarei comigo por toda a eternidade.

Ele passa um dedo pelos meus lábios antes de me beijar, suave e completamente como o cair da noite, mas a escuridão reluz intensa além de nós dois. Fecho os olhos e ainda consigo vê-lo, senti-lo, saboreá-lo. Com delicadeza, ele me empurra de volta para a cama e, ao fazer isso, eu o puxo para junto de mim, seu coração batendo no mesmo lugar que o meu. Eu o beijo tão profundamente que penso que também me tornei a escuridão e o sonhar, abrangendo a lua, as estrelas e a imaginação.

Abro os olhos e me sento de repente, um suspiro saindo dos meus lábios. Hades se foi e eu coloco minhas mãos sobre o peito, viúva pela ausência dele. Olho em volta e observo o que me rodeia. Estou em uma cama confortável em um quarto grande; uma brisa suave entra pela janela aberta, trazendo consigo os sons de festejos e da noite.

Movo os dedos até meus lábios, onde os beijos de Hades repousam pesados e profundos. Sorrio e quase rio sozinha, enquanto afasto os cobertores para o lado, pronta para sair da cama e correr até a janela e rumo à noite e até Hades.

— Ara!

Viro a cabeça e vejo Theron, sentado ao lado da cama, curvado sobre ela, levantando a cabeça dos braços. Ele me vê e seu rosto se abre em um sorriso, não o sorriso arrogante que tem tido nos últimos dias, mas um sorriso genuíno, que lembra aqueles que ele dava antes dos jogos.

— Ara, você está acordada! — Posso ouvir o alívio em sua voz enquanto ele dá a volta na cama e para à minha frente. Abraça-me e eu fico completamente imóvel, estremecendo um pouco. — Sinto muito, ainda dói?

Encaro-o com curiosidade, sem entender muito bem o que deveria doer, talvez meu coração.

— O que aconteceu? — pergunto-lhe, minha voz seca.

— Os pteripos, um deles feriu você. Cortou suas costas e peito — Theron faz um gesto, e eu olho para a camisola branca e macia que estou usando e passo as mãos sobre as bandagens que posso sentir cruzando meu corpo por baixo.

— Aterrissamos perto de uma aldeia nos arredores de Giteio; alguns moradores da cidade viram os cavalos voadores quando passamos e foram ver. Levamos você para uma casa no campo nas redondezas; tentamos tirar a água que Hades havia lhe dado da bolsa, mas a bolsa estava vazia, então a curandeira foi chamada. Você perdeu muito sangue. A curandeira não tinha certeza se você sobreviveria — explica ele. — Mas eu sabia que você conseguiria. — Ele pega minha mão e a aperta contra seus lábios.

Eu a afasto dele e me levanto, sentindo minhas pernas tremendo enquanto vou até a janela.

— Quanto tempo fiquei desacordada? — pergunto, olhando para o jardim da casa e vejo algum tipo de festa acontecendo.

— Dois dias. — Ele se junta a mim olhando para o jardim. Posso ver Thalia sentada a uma mesa sorrindo com uma das garotas da aldeia. Ajax está tentando fazer Danae dançar, e eu procuro os outros e lembro que só falta encontrar Heli.

— E a missão? Os desafios? — pergunto.

— Tem estado tudo um pouco quieto... bem, no que diz respeito às missões — diz Theron, com uma risada vazia. — Os aldeões têm nos entretido. Sabe como é: é uma grande honra ter os jogos passando por suas terras e o povo daqui tem nos tratado muito bem. Acho que todos nós ficamos um pouco aliviados por ter algum tempo para relaxar... até mesmo Thalia, embora ela continue ameaçando partir sozinha e reivindicar a coroa se ficarmos aqui por muito mais tempo.

— Parece coisa da Thalia — digo com um sorriso, e não posso deixar de pensar que também parece muito com Theron.

Finalmente vejo Heli, concentrada em uma conversa com alguns moradores logo abaixo da janela. Ela ergue o olhar para nós e sorri. Theron acena para ela e ela acena de volta antes de correr em direção a Ajax e Danae.

— Ara! — Ouço Ajax gritar lá de baixo e observo-o correndo pelo jardim, seguido por Danae e Heli. Até Thalia está vindo correndo para a casa, segurando a mão da garota da aldeia enquanto a puxa.

— Tenho pensado sobre a natureza dos jogos e dos deuses — comenta Theron, aproximando-se de mim.

— É mesmo? — Movo minha cabeça para o lado para olhar para ele.

— É mesmo, eu faço reflexões profundas de vez em quando. — Ele sorri para mim e eu o encaro, incrédula.

— E a quais revelações sobre a natureza dos deuses você chegou? — Estou genuinamente interessada no que ele tem a dizer.

— Percebi que eles estão sempre jogando seus próprios jogos, às vezes, uns com os outros, às vezes conosco, mas no final das contas todo jogo que jogam é contra nós. Os dados estão viciados, o tabuleiro está distorcido, a linha de chegada é traçada por eles e não jogam limpo.

Eu concordo.

— Sim, isso parece verdade.

— Todos eles, Ara. Até Hades — diz ele, olhando para mim, sério. — Eu ouvi você chamando por ele enquanto dormia, murmurando o nome dele. Eu notei o seu olhar quando fala sobre ele, seu deus gentil e amigável.

Eu balanço minha cabeça.

— Você não entende...

— Entendo. Ele quer você e está manipulando você, Ara. — Theron segura meu braço. — Mas você não é dele, você não é um Token a ser reivindicado. — Theron dá aquele sorriso malicioso e me sinto um pouco incomodada. — Decidi jogar meu próprio jogo. Estava esperando você acordar e, agora que acordou, precisamos nos separar dos outros, seguir nosso próprio caminho até as Ilhas Esquecidas, pegar o navio que está esperando no porto, talvez encontrar uma forma de impedir que os outros zarpem para a ilha, então, reivindicaremos a coroa, juntos.

— O quê? Theron, você não está falando sério?

— Claro que estou falando sério. Merecemos vencer; é disso que sempre falamos: vencer, fazer o nosso nome, reivindicar nosso lugar entre os heróis dos Jogos Imortais, nosso lugar entre as estrelas. Juntos, Ara, você e eu. — Ele passa a mão pelo meu braço, seu toque firme. Agarra meu ombro, seus dedos apertando minha carne, segurando-me no lugar. — Sempre fomos você e eu.

Eu afasto sua mão do meu braço.

— Então, faremos o quê? Deixamos todos para trás e vamos para as Ilhas Esquecidas sem eles; abandonamos eles? — Consigo me sentir cada vez mais segura ao confrontar Theron.

— Não vamos abandoná-los. Sejamos honestos, além de Thalia, o restante deles não tem o que é preciso para vencer, e você não duraria um dia sem mim.

— Como é? Tenho me mantido por minha conta, muito obrigada.

—Você estaria com Hades agora se não fosse por mim. Eu salvei você do cavalo voador e daquela serpente de areia.

Dou um passo mais perto dele, sentindo a raiva tomar conta de mim.

— Eu trouxe você de volta do portão de Hades nos pântanos e *eu* salvei *você* da serpente de areia! E se você estivesse tocando lira, os pteripos nunca teriam se comportado daquela forma, e talvez Solon ainda estivesse vivo.

— Acha que eu me importo com Solon? Zeus confiou em mim, preparou-me para o sucesso; o que Hades lhe deu? Uma bússola quebrada e um pedaço de corda?

— Não são as dádivas que importam, Theron. São nossas ações. Não vou deixar ninguém para trás, eles não merecem isso; eu não posso fazer isso com eles.

— Então você vai perder. — Theron se afasta de mim. — Você nem deveria estar aqui. — Ele se vira para mim. — Você devia ter morrido no incêndio; teria sido mais fácil para mim do que ver você morrer nessas provações, ver você sofrer e suspirar por Hades. Você acha que é capaz de aguentar tudo isso, mas você é patética, Ara. Você vai acabar igual a sua irmã, seu corpo será devolvido aos seus pais e eles o depositarão na cripta com ela. Essa é a única forma de você voltar a vê-la, na morte.

Estou tremendo, quando ele sai do quarto e os outros entram correndo, gritando. Ajax corre em minha direção e me abraça, erguendo-me no ar. Estou chorando de fúria olhando para a porta atrás dele, para a sombra de Theron projetada na parede. Sorrio para meus amigos e enxugo as lágrimas enquanto os faço me contar o que estiveram fazendo, e afasto Theron dos meus pensamentos o máximo que consigo.

O TOKEN DA TRAIÇÃO

Não sei que horas acordo na manhã seguinte. Fiquei acordada conversando com Ajax e Danae muito depois de Heli e Thalia terem ido dormir.

A curandeira me acorda e, quando ela remove as ataduras, posso ver os cortes vermelhos profundos no meu corpo. Parece que meu torso foi construído a partir de dois corpos diferentes, já que as bordas irregulares das duas metades na frente e nas costas não se encaixam muito bem, mas a curandeira me garante que as feridas estão sarando bem, e que devo estar curada quando a colheita chegar. Tenho que usar de todo o meu autocontrole para não rir alto. Na colheita, se eu não ganhar os jogos, estarei morta, penso, e então percebo que, mesmo que ganhe os jogos, ainda posso estar morta. Penso em Hades e em seu beijo em meus lábios, e em como pretendo matar seu irmão. Entrego o odre de água à curandeira e peço que ela limpe as feridas com ele. As águas restauradoras de Erídano são reconfortantes na minha pele e nas feridas.

Ando pela casa; os azulejos frios do chão são frescos sob meus pés e me fazem lembrar de casa. Pela primeira vez sinto uma tristeza e vontade de ver meus pais. Descendo as escadas, sigo o cheiro de pão fresco atravessando o piso de mosaico e entro em uma grande sala de refeições repleta de frutas e iogurte, favos de mel e grãos. O pão que me atraiu está no meio da mesa, e pego um pãozinho redondo e o mordo com avidez; tem um sabor doce e quente, o interior macio com mel escorrendo. Engulo e, quando ele chega ao meu estômago, percebo o quanto estou faminta. Pego um pouco de queijo, que se esfarela na minha boca, rico e salgado, e solto um profundo murmúrio de satisfação.

— Quer dizer que você sobreviveu a mais uma noite! — exclama Ajax da porta e eu me viro para sorrir para ele, limpando a boca com as costas da mão.

— Quase! — respondo, pegando dois pratos e passando um para ele. Encho o meu com mais pãezinhos, queijo e qualquer outra coisa em que posso colocar meus dedos ávidos.

Sigo Ajax para fora até uma mesa de pedra em uma varanda ensolarada. Ele e Danae me contaram, detalhadamente, todos os festivais, festas e peças de teatro para os quais os Tokens foram convidados nos últimos dois dias, e agora ele continua a conversa.

—Tem certeza de que foram apenas dois dias e não duas semanas? — Eu brinco, quando Thalia se junta a nós.

—Vocês viram Theron? — pergunta, enquanto enche um prato e se senta à mesa.

— Eu o vi ontem à noite — digo. — Ele estava lá quando eu acordei.— Sei que provavelmente deveria procurá-lo, mas ainda estou com raiva dele por sugerir que abandonássemos os outros.

— Theron estava preocupado com você — diz Ajax, dando-me uma cutucada e um olhar bobo. — Ele está mais mal-humorado do que nunca desde que chegamos aqui.

— Ele só é sério às vezes. — Tento defendê-lo tanto para mim quanto para os outros. — Foca em uma coisa e é difícil para ele enxergar além. Esta busca, a coroa, é uma dessas coisas. — Mas sei que é mais do que apenas isso e não sei por que não estou sendo honesta comigo mesma ou com Ajax e Thalia.

—Ajax! — grita Danae de dentro da casa; o som de passos correndo acompanha suas maldições. — Eles foram embora! — Ela entra correndo na varanda.

— Quem foi embora? — pergunta Thalia.

Sei o que ela vai responder antes que ela fale.

—Theron e Heli, eles foram pegar a coroa antes de nós.

Sinto a raiva crescer dentro de mim e qualquer lealdade que sentia por Theron há pouco desaparece em um instante.

— Ele tentou me fazer ir com ele ontem à noite — confesso. — Mas eu disse não. Não me parecia certo; somos um time, quero dizer. Já passamos por muita coisa, perdemos algumas pessoas boas e não quero perder mais nenhum de nós. Na verdade, não achei que ele de fato fosse fazer isso.

— Como assim, então ele só trocou você por Heli? — Ajax faz uma expressão incrédula.

— Vamos ser honestos, Theron está focado em vencer os jogos desde o primeiro dia, e Heli, bem, eu nunca tive muita certeza sobre as motivações dela, mas acho que agora sabemos — declara Thalia, abaixando a faca no meio de um figo.

— Sim, bem, eles podem ficar um com o outro — diz Danae. — Tenho certeza de que ele a trairá se tiver uma chance; provavelmente ele só a levou junto para poder jogá-la para uma serpente marinha comer ou algo assim!

Ajax solta uma risada oca e me preocupo com Heli.

— Heli é mais nova que todos nós, mas é inteligente — afirmo. — Ela tem Atena para guiá-la, quem sabe, ela pode simplesmente traí-lo e ganhar tudo.

— Achei que você e Theron eram... amigos? — pergunta Thalia.

— Eu também — digo com um encolher de ombros. Mas a verdade é que não tenho certeza se Theron e eu somos amigos, pelo menos não do tipo que eu quero. — Sinto que, desde o início dos jogos, tenho visto Theron, visto ele de verdade, pela primeira vez, e não tenho tanta certeza se gosto do que vejo.

— Acho que os jogos nos obrigaram a agir um pouco fora do normal — argumenta Thalia, que abre um sorriso. — Por exemplo, sou extremamente descontraída quando não estou em situações que colocam minha vida em perigo constante!

Todos nós rimos disso, até mesmo Thalia.

Então me lembro de algo.

— Ontem à noite, quando Theron disse que deveríamos partir, ele sugeriu que fizéssemos algo que significaria que o resto de vocês não seria capaz de seguir até as Ilhas Esquecidas.

— Como o quê? — pergunta Ajax.

— Não sei, mas se há uma coisa que sei com certeza sobre Theron é que, quando ele coloca uma coisa na cabeça, normalmente consegue fazer.

Corro para o quarto e encontro minha túnica preta limpa e consertada, esperando por mim na cama. Visto-a, pego minha bolsa e começo a tirar cada um dos objetos que Hades me deu, colocando cada um deles na cama: a própria bolsa, o odre, a bússola, o anel. Toco meus lábios e me lembro do beijo. Nas costas de uma cadeira estão os sete fios da corda. Eu os recolho e os seguro como se fossem um e, como se a corda soubesse o que fazer, fica inteira de novo, recompondo-se.

Coloco-a com todos as outras dádivas na sacola junto com bandagens limpas e comida. Posso ouvir Thalia chamando e, quando jogo a bolsa ao redor do meu corpo, estremeço um pouco. Não tenho certeza se estou pronta para o que está por vir.

Não sou tão rápida quanto os outros, enquanto caminhamos da vila na encosta até o porto. A dor nas minhas feridas é constante e incômoda e há uma camada de suor na minha testa que não tem nada a ver com o calor escaldante do verão.

— Você está com uma cara horrível — fala Thalia. — Você devia ter ficado, para descansar mais alguns dias. — Ela está certa, mas eu não tenho esse luxo; se Theron e Heli encontrarem a coroa antes de nós, perderei minha chance de vencer; e preciso vencer.

— Estou bem — afirmo e acelero o passo. Não quero ser o motivo que nos impede de chegar ao porto. Vejo o olhar que Ajax lança para Danae e sei que os dois estão pensando que não vou conseguir passar por outra provação, mas preciso conseguir.

A cidade é movimentada enquanto percorremos as ruas sujas que levam ao porto.

— O que Melia disse que deveríamos procurar? — pergunta Ajax.

— O símbolo de Hermes, seu caduceu — diz Danae.

Através dos espaços entre os edifícios banhados pelo sol, consigo ver o mar azul profundo, as ondas criando manchas de luz solar prateada cintilante dançando sobre si, e desejo mergulhar e aplacar o calor que corre pelo meu corpo.

Pego o odre de água de novo, tomando um longo gole, depois passo para Thalia.

— Hades pode ser muito esquisito quando se trata dos jogos, mas estou tão contente por este presente. — ela diz, passando para Ajax.

— Honestamente, isto e a cornucópia que Deméter deu a Acastus foram os melhores presentes. Se eu ganhar, vou pedir os dois — comenta Ajax ao passar o odre para Danae.

— Não, você não vai — diz Thalia para ele categoricamente.

— O que você vai pedir *de verdade*? — indagou Danae.

Ajax encolheu os ombros.

— A minha aldeia costumava ser próspera, as terras agrícolas eram férteis, mas, nos últimos anos, a colheita tem sido ruim. Pessoas morreram, algumas se mudaram; toda a região está sofrendo. Eu pediria colheita abundante e solo fértil para sempre, a fim de ajudar minha família e meu lar; e, além disso, depois de tudo isso, acho que gostaria de passar o resto dos meus dias cultivando coisas.

— Então você meio que *vai* pedir a cornucópia e meu odre de água — digo com um sorriso, enquanto penso em como o presente de Ajax seria altruísta.

— Sim, acho que sim — responde Ajax. — E você, Thalia?

— Eu pediria o direito de governar o reino do meu pai sem ter que me casar.

— O quê? — exclama Ajax. — Espere um minuto, seu... Ah, você é a princesa Thalia de Eólia? — Ajax está encarando Thalia com os olhos arregalados, e acho que os meus podem estar iguais aos dele. Isso explica muita coisa.

Thalia olha para Ajax, com a mandíbula cerrada, antes de assentir solenemente.

— Ouvi falar de você. Quando pretendentes vão pedir sua mão, você os obriga a realizar tarefas impossíveis para que ninguém seja digno de você.

Thalia solta um grunhido baixo.

— O último pretendente chegou perto, perto demais. Além disso, todos os homens que tentaram e falharam seriam terríveis para o povo de Eólia; meu povo merece coisa melhor, merece ser cuidado, ter suas necessidades atendidas e poder ser quem quiser ser. Todos nós merecemos.

— Parece algo digno de se pedir, e você seria uma líder brilhante para seu povo — afirma Danae.

— E você? — Thalia pergunta a ela.

— É fácil, eu pediria minha liberdade e a liberdade da minha família, a liberdade de todos os escravos, se puder.

— Você é uma escrava? — pergunta Ajax, e me lembro de que não sei nada sobre a vida de nenhum deles.

— Depois que minha mãe morreu, meu irmão e eu fomos vendidos por nosso tio. Tornei-me escrava de um mestre e agora sou escrava de um deus, mas, no final destes jogos, quero ser minha própria senhora. Ninguém deveria ter o direito de possuir alguém como se fosse uma cabra ou um par de sandálias.

Uma tensão se abate sobre todos nós enquanto seguimos pelas ruas em direção ao porto. As palavras de Danae me pressionam e penso no que quero pedir; uma parte de mim sente vergonha e outra fica furiosa com os deuses.

—Vejam! — Ajax aponta para um edifício e ali, pintado na lateral, está o caduceu. Um bastão rodeado por duas serpentes retorcidas com asas no topo, iguais às das sandálias de Hermes. — Vocês acham que...?

— Com certeza! — responde Thalia, avançando e abrindo a porta.

O MEDO

Está escuro dentro do prédio, porém, não mais fresco; na verdade, está mais quente, e o suor se acumula na minha nuca e escorre pela minha espinha, encharcando meus curativos.

— Olá — chama Thalia. — Tem alguém aqui?

Como se em resposta, a porta se fecha. Ajax abre o medalhão de luar, banhando a sala com um brilho prateado.

À nossa frente aparece Hermes.

— Tokens, vocês chegaram até aqui, mas não são os primeiros a chegar ao porto; dois Tokens já estão a caminho das Ilhas Esquecidas. Contudo, não temam, a maré sempre sobe e há um navio no porto pronto para navegar naquela direção na próxima maré alta. Mas antes de deixarem esta terra, vocês devem enfrentar um medo. Somente aqueles que vencerem seus medos poderão partir.

— Outro teste? — pergunta Danae.

Hermes sorri; seus dentes brilham sob o luar, e eu fico inquieta.

O deus bate seu caduceu no chão e quatro portas aparecem atrás dele, cada uma contendo um símbolo do zodíaco. Posso ver o escorpião na porta à direita, com a cauda curvada e pronta para atacar.

Olho para os outros. Há um momento de hesitação antes de Danae assentir com a cabeça e seguir em frente.

— Vejo vocês do outro lado — diz ela por cima do ombro, enquanto abre a porta marcada com o signo de Peixes. Posso ouvir o som de festejos além, mas desaparece quando a porta se fecha com um baque surdo.

Thalia já está abrindo a porta do leão, uma luz brilhante enchendo a sala, e em seguida ela desaparece.

Não vejo o que está atrás da porta marcada com o signo do caranguejo porque Ajax e eu abrimos as portas ao mesmo tempo.

O rugido do fogo é ensurdecedor quando entro e olho ao redor. Começo a tossir e puxo minha capa para cobrir a boca. Estou de volta à câmara central do Templo do Zodíaco em Oropusa.

Eu giro devagar parada no lugar. Há fogo ao meu redor, cada uma das doze câmaras do zodíaco está em chamas. Dou um passo em direção à escada que leva à cripta e, ao fazê-lo, vejo alguém caído na escada, segurando com força o corrimão enquanto tenta se levantar. Demoro um momento para perceber que é:

— Estella!

Corro e abraço minha irmã, apoiando-a, jogando meus braços em volta dela e segurando-a perto de mim. Posso sentir o cheiro delicado de rosas de seus cabelos e da lavanda do sabonete que ela sempre usava.

— Estella — soluço, enquanto enterro meu rosto em seu cabelo. Nunca mais quero soltá-la.

Ela está exatamente como estava na manhã em que a encontrei em nossa cama, na manhã em que Zeus a devolveu, só que agora está viva. Suas vestes amarelas são idênticas às de Heli, cobertas por símbolos de Gêmeos na cor bronze. Ela está usando uma armadura dourada com raios no peito, parecida com a de Theron, e está pressionando a lateral do corpo enquanto me segura com o outro braço. Empurro minha mão contra a ferida que deixou sua túnica amarela vermelha.

— Ara — diz ela, retribuindo meu abraço. — Esperei por você por tanto tempo. Sinto saudade de você.

— Ah, Estella, senti sua falta mais do que você jamais pode imaginar.

Ela olha para mim e sorri. Lembro-me daquele sorriso, tão solto, descontraído e radiante, como o sol dançando nas espigas douradas de uma colheita abundante.

— Você cresceu sem mim — observa ela, colocando uma mecha de cabelo atrás da minha orelha. E percebo que ela está certa; eu cresci, mas ela continua a mesma.

— Nada disso importa; tudo o que importa é que eu encontrei você. Nós nos encontramos — digo a ela.

— Mas Ara, eu não estou aqui de verdade. Você sabe disso, certo?

Eu balanço minha cabeça.

—Você é real, eu consigo sentir você, você está viva. Você está aqui e eu também.

— Estou viva aqui neste lugar, neste momento, só aqui — explica ela. — Antes disso eu estava nos Campos Elísios. Estou lá... bem, não tenho certeza há quanto tempo estou lá, pensando bem.

— Cinco anos — constato.

— Tanto tempo? — Ela volta a olhar para mim. — Eu observo você, às vezes, sabe; há uma fonte que mostra os reflexos de quem amamos, e frequentemente vou até lá com Erastus e observamos nossas famílias. Eu me preocupo com você, Ara. Eu me preocupo que você não esteja feliz.

As palavras dela ficam presas na minha garganta.

— Estou feliz agora — digo a ela, e é verdade, todo o meu ser se sente iluminado de alegria por estar junto dela de novo. Por ouvir sua voz e segurar sua mão.

Ela balança a cabeça.

— Mas isto não é real, isto não é a verdadeira felicidade.

— Mas pode ser — contraponho. —Vamos, vamos sair daqui. Vamos para casa. Começo a levantá-la e, em seguida, a subir a escada.

— Ara, eu... eu não posso ir com você. Se eu sair do templo, morrerei novamente. Estou viva aqui e estou viva lá, de certa forma. — Ela aponta para a cripta, porém, não é a cripta que vejo abaixo, mas um prado de erva doce, os Campos Elísios, e parado no campo está um jovem.

— Hades? — chamo, conforme ele se aproxima do pé da escada, percebo que não é ele e sinto uma onda de decepção.

— Estella — chama o jovem.

— Erastus — responde Estella, e olha para ele com uma intensidade que faz com que me sinta ao mesmo tempo privilegiada e encabulada por testemunhar.

Um estalo ressoa pelo ar e parte da câmara de Áries desaba.

— Estella, eu... eu não quero perder você de novo — digo a ela, e a agarro. — Poderíamos ficar aqui, na escada. Só nós duas, poderíamos ficar aqui para sempre. — Começo a soluçar. Então olho para o rapaz e para os lindos campos atrás dele. — Ou... ou poderíamos ir para lá, eu poderia ir com você.

Ela está balançando a cabeça antes mesmo de eu terminar de falar.

— Não, Ara, não. Você não me perdeu; você nunca perdeu e nunca perderá. Estou sempre aqui com você — assegura ela, pousando a mão sobre meu peito. — E você está aqui. — Ela solta a ferida e coloca a mão no coração.

Ela olha para mim com uma expressão de dor no rosto, coloca a mão no meu pescoço e puxa as correntes. A placa dela escorrega de debaixo da minha túnica e bate na minha. Ela segura as duas juntas em suas mãos e solta um murmúrio baixo.

— Lamento muito que tenham levado você também — ela chora.

Não tenho palavras que correspondam à tristeza que posso ouvir em sua voz.

— Eu... eu sou uma Token voluntária — explico-lhe, e ela me encara incrédula.

— Por quê? — A pergunta sai em uma lufada de ar, como se eu tivesse acabado de dar um soco no estômago dela.

— Por você, Estella. Quero fazer Zeus pagar por matar você, quero matá-lo pelo que ele fez com você, com nossa mãe, com nosso pai... comigo. A única maneira de fazer isso é ser uma Token, vencer os jogos e reivindicar a morte de Zeus como recompensa. — Minha voz falha e minha irmã mais velha me envolve em seus braços, e sinto que nunca mais vou parar de chorar enquanto o conforto de seu abraço me envolve.

— Eu não quero isso para você, Ara — sussurra em meu ouvido. — Não quero que morra por mim. E também não quero que me vingue. — Puxa as placas e tira a dela de mim. Eu suspiro quando sinto o peso deixar meu pescoço. — Quero que você viva a vida que eu nunca tive; quero que você ame aqueles que eu não posso amar: mamãe, papai, Ida.

— Mas eu não quero deixar você — digo a ela.

— E eu também não quero deixar você — responde ela —, mas um dia nos encontraremos novamente nos Campos Elísios, e, quando isso acontecer, quero que você me conte tudo sobre sua longa vida e como você tornou o mundo um lugar melhor, apesar dos deuses.

Os pilares de Touro caem para dentro com um estalo poderoso, e Estella olha para mim.

— Não temos muito tempo, Ara. Preciso que me ajude a descer as escadas até Erastus, depois preciso que vá embora e viva e ame. Fará isso por mim?

Pego a mão dela e a guio escada abaixo enquanto ela se apoia no corrimão. Percebo que, quando a vi pela primeira vez, era isso que ela estava tentando fazer, ela estava tentando descer a escada para os Elísios, para Erastus.

Ao chegarmos ao último degrau, paramos.

— Você não pode avançar mais — explica ela. — Se fizer isso, você vai morrer, e, se permanecer neste templo, você também vai morrer. — Ela me beija na bochecha e me abraça uma última vez antes de me soltar e estender a mão para Erastus. Ele a pega e ela pisa na grama.

No momento em que o faz, ela se transforma: suas roupas se tornam um lindo vestido longo e esvoaçante e sua pele fica macia e radiante; todas as feridas dos jogos desapareceram e ela parece saudável, viva e mais velha. Ela também viveu sem mim, viveu uma vida de amor com Erastus nos Elísios.

— Vá, Ara — manda Estella. — Vá, use a bússola que Hades lhe deu para guiá-la em direção ao que você deseja.

Enfio a mão na bolsa e retiro a bússola. Olho para a agulha — ela está apontando para Estella.

Ela sorri, olha para Erastus e então seu olhar me encontra novamente.

— Estarei aqui, esperando por você, no submundo, no fim, no seu fim, mas esse momento não é agora. Prometa-me, Ara, prometa-me que você viverá.

O olhar dela é tão intenso que me lembra de quando eu era pequena, quando, como irmã mais velha, ela me repreendia por fazer algo errado.

— Prometa-me — repete — que você viverá e amará a nós duas.

— Eu prometo — digo em meio às lágrimas, e, quando olho para a bússola, a agulha se moveu.

Meus pés estão tão pesados quanto meu coração enquanto subo as escadas. Não olho para trás; não creio que seja forte o suficiente para continuar andando se a vir de novo. Mantenho os olhos na bússola e na promessa que acabei de fazer, enquanto caminho pela câmara central do templo. Não olho para a antecâmara por onde passo. Não vejo as chamas que estão ao meu redor, embora as ouça rugir, veja a sua luz e sinta o seu calor.

— Ara! — Levanto o olhar e vejo que o calor que sentia e a luz que via foram substituídos pelo sol e pelo rugido do mar. Ajax está correndo pela areia em minha direção, e atrás dele, entrando nas ondas, está Thalia. Há um barco ancorado perto da praia e, quando olho para a bússola, a agulha está apontando direto para ele.

A NAU

Entro no mar atrás de Thalia; quando a água chega à altura da cintura, começo a nadar. Sempre adorei nadar nos rios e lagos perto de minha casa, mas o mar é diferente. Só nadei no mar algumas vezes antes e em todas elas me senti como se estivesse conectada a algo maior do que eu; senti que não era nada mais do que um insignificante pedaço de destroços sobre as ondas; hoje não é diferente.

À medida que me aproximo da embarcação, olho para a imagem que está na proa. É inconfundivelmente Hermes, segurando seu caduceu no alto, apontando para o mar.

Thalia alcança a escada de corda que desce ao lado do casco do barco. Ela sobe depressa e depois some de vista. Eu a sigo e, enquanto subo, olho de volta para a praia e vejo Ajax ainda parado lá, procurando por Danae.

Quando me alcançou na praia, ele me abraçou com força; estava chorando e todo o seu corpo tremia. Não perguntei qual foi seu medo, o que enfrentou e superou no teste. Desvio o olhar da praia e continuo subindo a escada. Era isso que Estella queria, que eu continuasse subindo, que eu continuasse... sem ela, esse era o medo que eu vinha evitando há tanto tempo e agora preciso enfrentá-lo.

Inspiro fundo e o ar fica preso quando penso em Estella, em como a encontrei no fogo e na aparência dela quando ela pegou a mão de Erastus e entrou nos Campos Elísios. Espero que não tenha sido apenas uma ilusão, que ela realmente esteja feliz no submundo. Paro de subir e toco freneticamente no peito; tiro minha placa da corrente, mas a de Estella sumiu. Ela a tirou de mim no teste. Sinto um profundo conforto em sua perda enquanto me puxo para cima e passo pela lateral do barco. Se a placa desapareceu, o teste foi real; Estella a levou consigo para o submundo.

Sorrio e levanto a cabeça em direção ao sol, sentindo seu calor, e me pergunto quanto tempo faz desde a última vez que me senti tão leve.

Abro os olhos e olho ao redor do convés do navio; exceto por mim e Thalia, está completamente vazio.

— Onde está a tripulação? — pergunto.

— Eu não faço ideia! — responde Thalia da popa do navio onde está olhando para o leme.

É sinistro. Os remos do barco esperam por remadores; as cordas da âncora estão prontas para serem içadas. A vela está inflada pelo vento, que geme, ansioso para pôr o barco em movimento, como uma flecha puxada para trás em um arco pronta para ser disparada. Mas não há mais ninguém a bordo.

— Não acha que devemos navegá-lo nós mesmos, não é? — pergunto a Thalia.

— Espero que não. Eu não saberia por onde começar!— responde. — Mas, se tivermos que navegá-lo, precisaremos de ajuda.

Thalia leva as mãos à boca e chama Ajax. Ele se vira e olha para nós e depois de volta para a praia.

— Ela se foi, não foi? — pergunta Thalia, e posso ouvir a tristeza em sua voz.

— Acho que sim. Eu gostava de verdade da Danae; era gentil, engraçada e corajosa.

— Sim, a maneira como aqueles pássaros bicaram os olhos dela e ela ainda seguiu em frente, destemida.

Sinto meus dedos se fecharem em punhos e digo os nomes de todos aqueles que perdemos: Philco, Kassandra, Xenia, Acastus, Nestor, Solon, Danae.

Ajax cai pela lateral do barco e para o convés e fica deitado de costas em uma poça d'água, olhando para o céu azul.

Estou prestes a me mover em direção a ele quando a âncora sobe e o navio começa a avançar.

—Vejam só isso! — exclama Thalia, e corro para frente para ver que o leme está se movendo sozinho, guiando o barco para fora da baía e rumo ao mar.

— Bem, e daí, este é um navio comandado pelos deuses ou algo assim? —pergunta Ajax. Está de pé e parecendo temeroso ao se aproximar de nós.

Olho em volta e algo chama minha atenção. Abaixo do braço do leme há uma lacuna no convés; ajoelho para espiar.

— Há, é algum tipo de barco-máquina; lá embaixo há peças de engrenagens, todas em movimento! — explico.

Thalia e Ajax estão ao meu lado em um instante, empurrando-me para o lado para que possam dar uma boa olhada no complexo conjunto de máquinas.

— Hefesto? — sugere Ajax.

— Só pode ser obra dele — concorda Thalia.

— Suponho que devemos apenas nos sentar e esperar até chegarmos às Ilhas Esquecidas. — Ajax rola de costas e coloca as mãos atrás da cabeça enquanto olha novamente para o céu azul.

— Creio que sim — digo, sentindo-me incomodada ao me sentar ao lado dele. Percebo que não é provável que os deuses permitam que esta seja uma experiência agradável, já que a nau ruma para leste em ritmo acelerado.

— Olhem para o porto! — alerta Thalia, e eu me levanto e vou para a lateral do convés que está voltada para o norte. Todo o porto de Giteio está em chamas.

— Theron — diz Ajax atrás de nós.

— Não temos certeza disso — retruco, e não consigo acreditar que estou mesmo o defendendo; ele me disse que faria algo assim e eis os cascos carbonizados e em chamas de todos os barcos no porto.

— Ele deve querer vencer de verdade — pondera Thalia, e eu sei que ele quer, quer mesmo.

O navio se afasta de Giteio e logo não consigo mais sentir o cheiro do incêndio; o vento mudou, e o navio de alguma forma percebeu, pois dobra as velas e os remos sem tripulantes começam a remar.

— É assustador, não? — comenta Ajax.

Concordo com a cabeça. É definitivamente assustador ver os remos se movendo por conta própria, impulsionando o barco para frente contra o novo vento e as ondas do mar que ele provoca. Acomodo-me na popa do barco, Ajax próximo e calado. Ainda não é hora de ele falar sobre Danae. Sei como é não querer dar voz à perda, que uma vez falada se torna real.

— Alguma ideia de quanto tempo vai levar, sabe, para chegar às Ilhas Esquecidas? — pergunto.

Thalia dá de ombros, aproximando-se de mim, e nós três nos encolhemos juntos no convés contra o sopro do vento forte.

— Perguntei pela cidade durante o festival; ninguém nunca tinha ouvido falar de um lugar chamado Ilhas Esquecidas.

— Seria um nome meio sem sentido se todos se lembrassem dele, suponho — comenta Ajax.

Dou uma risada forçada.

— É, suponho que sim.

Tiro um pouco da comida que guardei na bolsa troiana e fico maravilhada ao ver como tudo está tão perfeito quanto quando coloquei dentro: os pãezinhos ainda estão quentes do forno e o favo de mel ainda no prato. Comemos e bebemos e quase não falamos conforme o dia, com suas provações e perdas, pesa sobre nós.

À medida que o céu escurece e o mar fica mais agitado, penso em Estella, no instante em que ela se afastou de mim. Naquele momento, quis segui-la, e não apenas para poder ficar com ela, percebo. Hades. Naquele momento eu estava pensando nele e em seu beijo em meus lábios e em seus braços me abraçando e na maneira como ele olha para mim com aqueles olhos muito azuis e no jeito que ele fala meu nome e como isso faz todo o meu corpo formigar. Mas eu prometi a Estella que venceria os Jogos Imortais e viveria, viveria por nós duas, viveria plenamente, e agora parte de mim teme que nunca serei capaz de fazer isso, não sem ele, não sem Hades.

Envolvo-me em minha capa e, quando as ondas começam a ficar inquietas ao nosso redor, sinto-me cair em um sono agitado.

O ÚNICO

— Poseidon, por mais que me doa dizer isso, Zeus está certo; ele não teve nada a ver com a morte de Danae — afirma Hades, enquanto fica entre seus irmãos.

— Como pode dizer isso? — berra Poseidon. — Ele joga de acordo com as próprias regras, distorce a verdade e quebra uma mentira para que possa apresentar cada uma das partes para você e, antes que perceba, você engoliu tudo. Não aceitarei mais as mentiras dele; vou dobrá-lo à minha verdade.

Hades levanta seu bidente e o bate no chão; Poseidon vacila enquanto o chão abaixo dele treme.

Zeus tropeça, recuperando rapidamente o equilíbrio:

— Eu deveria derrubá-lo com meus raios, jogá-lo do Olimpo e atirá-lo no fundo do mar.

Hades se volta para Zeus, com o rosto cheio de uma silenciosa decepção que apenas deixa o irmão ainda mais furioso.

— Não me olhe desse jeito, Hades. Atiro você de volta ao submundo também.

Hades faz uma reverência simulada.

— Se é isso que deseja, irei com prazer. E levo comigo minha Token e minha aposta.

Zeus lança um olhar para Hades e depois para Poseidon. Hades sabe o que se passa na mente de Zeus; é o oposto de seus próprios pensamentos.

Se Hades for expulso do Olimpo, sua participação nos jogos será anulada, Ara será liberada dos Jogos Imortais e ele será liberado de sua aposta. Mas Zeus está tão perto, perto de ter tudo. Não apenas o controle sobre os irmãos, mas o controle absoluto sobre os reinos deles, sobre todos os aspectos de sua existência.

— Não sejamos precipitados — propõe Zeus, e Hades sente o peso do nó na tecelagem recair de novo sobre ele. — Não trapaceei, Poseidon, como poderia? Obviamente, sua Token não é digna de você, nem de nós, nem desses jogos — argumenta Zeus.

— Está questionando meu julgamento? — berra Poseidon novamente e mais uma vez Hades dá um passo à frente.

Conhece bem a raiva dos irmãos; ambos seguem um curso semelhante. Vão se exaltar, debater-se e atacar até se exaurirem, e depois, como os ventos e as ondas depois de um furacão, uma calmaria vai se instalar sobre eles e será como se nada tivesse acontecido, porém, as cicatrizes de suas ações serão sentidas por outros.

— Poseidon, Danae era uma Token forte e corajosa, o medo que ela enfrentou foi extremo e brutal e, pior que isso, já o tinha enfrentado duas vezes, uma vez na vida real e uma vez neste teste, que para ela seria real. Ela merece sua empatia agora. Deve isso a ela pelos sacrifícios que fez por você; — E você, Grande Zeus, também deve honra. Mostre-nos sua grandeza de todas as maneiras, não apenas pelo poder de sua espada ou de sua boca.

— Atreve-se a falar comigo desse jeito, irmão? Atreve-se a me dizer como comandar? — fala Zeus.

— Sim, você sabe que sou o único que ousa fazer isso. E é minha culpa não fazer isso com frequência suficiente. — Hades abaixa a cabeça decepcionado com suas próprias ações.

Zeus encara Hades tempestuosamente e em seguida olha para todos os outros deuses, que estão calados observando.

Ele aponta para o salão adjacente e Hades o segue.

— Você não! — vocifera Zeus para Poseidon.

Seguindo Zeus, Hades olha para o outro irmão e percebe que outra onda está se elevando.

— Como você ousa? — Zeus ataca Hades assim que eles estão fora do alcance dos ouvidos dos outros. — Como ousa falar assim comigo em meus próprios salões?

Hades se eleva em toda a sua altura e acima de Zeus; seu rosto é uma máscara de fúria e seu bidente paira imponente.

— Como você ousa, Zeus? Como ousa brincar conosco, seus parentes? Você está tão afastado de tudo o que é divino que não conhece mais nada. Sua existência tornou-se centrada na sua própria gratificação egoísta; você é como nosso pai. — Hades sabe que atingiu Zeus, o raio acima do Olimpo apenas confirma isso. — Você nunca será feliz. Pode tomar meu reino e o de Poseidon, pode seduzir toda mulher mortal que desejar e fazer guerra contra todo homem que cruzar seu caminho, mas você nunca será feliz. Sabe por que, querido irmão?

Zeus olha com cautela para Hades.

— Por quê?

— Porque faça o que fizer, você ainda será você. É incapaz de ver o que está ao seu redor, incapaz de assumir a responsabilidade por suas ações; você é incapaz de ser feliz. Tem uma deusa em sua cama e ainda assim recorre a outras pessoas. Tem irmãos que o amam e ainda assim os despreza. Tem mortais que o adoram e ainda assim você os atormenta. Considera tudo o que deveria lhe ser mais caro com o maior desprezo e isso vem ocorrendo há muito, tempo demais, caro irmão. Os ventos estão mudando e você não vencerá desta vez.

Hades se vira para ir embora e Zeus dá um passo à frente.

— Você acha que, porque encontrou o amor com a sua Token, você sabe o que é felicidade, sabe como devo viver minha vida.

— Não, irmão, conheço a felicidade porque busquei por ela, porque a procurei na escuridão do submundo. Encontrei meu lugar, encontrei meu propósito e me encontrei. Você não consegue me ver como eu sou porque nem consegue ver a si mesmo. Estou feliz com meus feitos, minhas ações, meu caminho. Nem sempre estive e ajo para compensar isso. Mas eu era feliz antes de encontrar Ara e eu era amado; ela apenas aumenta isso. Sinto muito por você, irmão, sinto muito, porque não importa o quanto você tenha, nunca, jamais será suficiente para você.

Hades se afasta de Zeus, volta para o salão e se senta diante do tabuleiro, pronto para terminar os jogos.

A CALMARIA NA TEMPESTADE

Hades está lá, de pé em um afloramento rochoso com vista para um mar agitado; uma terrível tempestade ruge ao seu redor, o céu de um cinza agourento, cheio de nuvens escuras cujo interior fulgura com os relâmpagos que crepitam através delas.

Eu me abaixo, curvando meu corpo contra o vento enquanto caminho em direção a ele. Está de costas para mim e permanece sereno, inabalado pela tempestade que me envolve, puxando minha capa e cabelo para trás. Seguro minha bolsa perto do corpo com uma das mãos e protejo meu rosto do vento e da chuva com a outra.

— Hades! — eu o chamo, mas o vento arranca seu nome dos meus lábios. Cada passo é uma batalha, cada centímetro mais próximo dele é uma vitória, e, quando chego perto o bastante para alcançá-lo, estendo a mão e toco seu braço.

Eu solto um arquejo quando dou um passo rápido à frente; o vento e a chuva cessaram, embora eu possa ver tudo ao meu redor. O olhar de confusão no rosto de Hades desaparece em um instante e ele estende a mão e me puxa para si, passando seus braços em volta de mim, puxando-me ainda mais para perto. É como se eu tivesse chegado ao centro da tempestade e o reino da calmaria fosse Hades.

— O que está acontecendo? — sussurro para ele, enquanto minha cabeça descansa em seu peito. Está tão silencioso perto dele que qualquer coisa acima de um sussurro soaria ensurdecedora.

— Meus irmãos, meus irmãos são o que está acontecendo — responde Hades, e parece exausto.

Olho para o mar revolto, as ondas atingindo o alto em um fluxo implacável, colidindo umas contra as outras, formando picos brancos e golpeando o mar com o cuspe espumoso da fúria.

— Danae? — pergunto.

Hades assente.

— Ela faz parte disso; lança sombra sobre meu portão, e agora Poseidon está furioso. Zeus e ele discutiram e, como acontece com todas as coisas que ocorrem no Olimpo, os efeitos logo são sentidos no reino dos mortais.

— Então, isso está realmente acontecendo? Faz parte dos jogos?

— Sim e não — responde Hades, com a mandíbula tensa e os olhos ardendo com partículas de poeira estelar. — Está acontecendo, mas não faz parte dos jogos, assim como o trajeto de Apolo pelo céu.

— Mas eles não podem nos matar com esta tempestade, podem? Estava nas regras.

Hades dá uma risada curta e oca.

— Tecnicamente, nenhum deles causará qualquer destruição aos Tokens — afirma, apontando.

Estreito os olhos para ver o que ele está indicando, e meu coração afunda quando enxergo, uma serpente marinha gigantesca nadando pelas ondas, agitando a água em seu rastro, subindo e depois caindo de volta nos mares, as mandíbulas abertas e caçando.

— Aquilo é sua provação, não a tempestade, embora não esteja ajudando em nada.

Enquanto continuo olhando, vejo algo que faz meu sangue congelar.

— Aquele é o nosso barco?

— Não — responde Hades categoricamente.

— Theron e Heli?

— Sim.

— Consegue salvá-los? Consegue garantir que eles fiquem a salvo?

— Ara, eu não posso nem garantir a sua segurança — ressalta ele, olhando para mim e abraçando-me com força. — Se não posso salvá-la, definitivamente não posso salvá-los.

Meus olhos se arregalam enquanto observo o pequeno navio balançando nas ondas poderosas. Do ponto de observação no topo do penhasco, consigo ver tudo, o barquinho, as ondas se quebrando, a serpente marinha se contorcendo na água.

Penso nos deuses do Olimpo e em como eles têm o privilégio de ver o panorama completo de sua morada elevada, e estremeço ao pensar em como podem ver tudo e permitem que tudo aconteça. Um raio cai, iluminando as nuvens, e de dentro delas parece que uma mão está se estendendo, dedos avançando até o navio.

— Zeus está tentando igualar as chances de seu Token — explica Hades. — Obteve uma vantagem; tem permissão para agir.

Percebo imediatamente o poder que os deuses têm, a força, sua grandeza e magnitude, e como sou pequena e insignificante, todos nós somos. Como pude pensar que conseguiria enfrentá-los, que seria capaz de vencer o próprio grandioso Zeus? Ele me esmagaria tão certo quanto as ondas ameaçam esmagar o barco de Theron.

— E você, o que você rolou? — pergunto.

— Defesa — responde.

Dou de ombros.

— Não é tão ruim. — E ele olha para mim, aquele pequeno sorriso mexendo com meu coração. — Estou acostumada a cuidar de mim mesma e, além disso, cheguei até aqui e não pretendo me juntar a você em seu reino tão cedo.

— Não? — Ele quase levanta uma sobrancelha.

— Bem, não a menos que eu seja convidada e ainda esteja viva. Tenho uma promessa a cumprir — digo a ele, e ele acaricia minha bochecha antes de me beijar. No meio de toda aquela destruição, com sua família em conflito e diante do mar agitado, ele me beija, e sinto uma felicidade completa fluir por cada parte de mim.

Olho para Hades enquanto ele suspira, e então seus olhos se concentram na tempestade, refletindo as cores do mar e do céu, e percebo que ele é tão poderoso quanto o céu e o mar e os deuses dentro deles; a grande mão ameaçadora está presente em minha mente.

— Qual é a sua aparência? — pergunto a ele. — Quero dizer, sua verdadeira aparência.

Ele olha para mim sem expressão e percebo que o peguei desprevenido, seus olhos se apertando nos cantos, enquanto tenta processar o que estou perguntando. Em seguida, seu rosto relaxa e ele oferece aquele pequeno sorriso familiar.

— Eu assumo esta forma porque é assim que você me vê — explica ele.

— Mas eu quero ver você de verdade — peço-lhe.

— Não tenho certeza se você consegue — responde. — O verdadeiro eu não é muito diferente da verdadeira você. Você é um espírito que vivencia um corpo mortal, vivendo uma existência neste reino, e retornará a esse espírito quando entrar no submundo, onde manterá uma forma que acha familiar, com a qual se identifica.

"Eu sou um espírito, mas muito mais velho do que você consegue compreender, e estou vivenciando a divindade tal como você está vivenciando a mortalidade. Eu, assim como você, sou muito maior do que esse recipiente em que você me vê, meu formato é mais como um tom. Aqui — ele pega minha mão e a coloca em seu peito. — Feche os olhos. — Dou-lhe um olhar descontraído e cauteloso.

— Feche-os — ordena ele, e eu sorrio quando o obedeço.

— Agora quero que pense em mim, não apenas no meu rosto ou no meu corpo; quero que ouça o som da minha voz e pense nas cores que ela contém.

Vejo uma cor carmesim profunda, com um redemoinho de intensidade e um toque de luz dourada. Ele aproximou os lábios da minha orelha e diz:

— Agora pense no meu cheiro. — O ar subitamente fica cheio dos aromas escuros e profundos da terra. — Adicione isso à cor — instrui ele. — E pense em quais sensações provoco. — Ele desliza uma mão ao longo do meu braço até meu ombro, meu pescoço, meu rosto, onde segura meu queixo e acaricia minha face. Em seguida, ele me beija profundamente. Todo o meu corpo formiga com um desejo intenso que preenche cada terminação nervosa do meu ser, inundando-o com um fogo mais profundo que as chamas de Prometeu.

Depois, os lábios dele estão perto do meu ouvido de novo e ele diz:

— E que eco resta de mim quando não estou com você? — Seu toque se foi e a tempestade se abate sobre mim, o vento e a chuva passando ao meu redor, enquanto por dentro eu mantenho as sensações de Hades: sua calma, a forma como a escuridão se curva em direção à luz dele, e como o sonhar se dobra para abraçá-lo, o poder inflexível que ele tem e a maneira como o utiliza, o respeito que tem por ele, pelas almas das quais ele cuida, por mim. Agarro-me a tudo o que ele é e permito que cresça dentro de mim. Enquanto fico de pé no meio da tempestade, firme e inflexível, e permito que ele dance através do meu ser, delicio-me com a sensação. Sinto a própria essência não apenas dele, mas da maneira como ele faz com que eu me sinta sobre mim mesma: mais forte, mais audaciosa, mais corajosa. Ele me torna uma pessoa melhor e sinto que, em troca, torno-o um deus melhor. E entrelaçado em tudo isso, como um fio que nos une, há um amor profundo, não apenas anseio e desejo, mas reverência e compreensão. Eu o conheço e através dele conheço a mim mesma, meu verdadeiro eu. Certa vez, ele me disse que eu era o sol e, se isso for verdade, então ele é a luz que eu irradio.

Abro os olhos e espero vê-lo, mas não está lá.

— Hades! — grito, virando me enquanto a tempestade puxa meu cabelo, e lá está ele, parado um pouco atrás de mim e mais perto da beira do penhasco. — Hades! — Estendo a mão para ele, a tempestade morrendo ao meu redor assim que o toco. Eu o faço virar para me encarar. A expressão em seu rosto quase me derruba, lágrimas angustiadas que eu alcanço para limpar de sua bochecha.

— É realmente assim que me vê, como me sente e me vivencia? — pergunta ele, olhando para mim de uma maneira que faz com que eu me sinta tão completa.

— Sim. — Mal consigo ouvir minha voz, embora tudo ao meu redor esteja tão quieto, silencioso e calmo.

Ele balança a cabeça.

— Eu nunca... Nem mesmo meus companheiros deuses me veem assim.

— Eu fiz algo errado? — questiono, sabendo que não; eu o experimentei como ele de fato é e ele ainda vibra em meu ser.

Ele sorri.

— Ara, acho que você me vê como eu gostaria de ser.

— Não, eu o vejo como você é. — Levanto a mão e a coloco na nuca dele, puxando-o até seus lábios tocarem os meus. À medida que o mundo desmorona ao nosso redor, sinto meu espírito se expandir e arrebentar enquanto entrelaço meus dedos em seu cabelo escuro e espesso e deslizo minha outra mão para sua cintura. Ele me abraça com tanta força que tenho certeza de que nós dois somos um.

Quando afasto meus lábios dos dele, sinto-me sem fôlego e sem equilíbrio. Ele encosta sua testa na minha e acaricia meu rosto enquanto solto seu cabelo e passo minha mão pelos fios.

— Eu tinha uma dádiva para lhe dar, um cajado.

— Um cajado! — repito incrédula.

Ele sorri e passa a mão pelo meu rosto.

— Mas temo ter lhe dado algo que nem sabia que estava oferecendo — continua ele, com um rosto encantador de surpresa e alegria.

— Ah, e o que é? — pergunto.

Ele me olha mais sério agora, afastando a cabeça da minha.

— Meu coração, Ara, se eu tiver um, não tenho certeza. Mas meu amor, carinho e adoração, tudo isso é seu.

Sinto minha cabeça e meu coração tontos com a intensidade do sentimento.

Fora da calmaria que nós dois compartilhamos, outro raio formidável preenche o céu. Sinto-me amedrontada e segura ao mesmo tempo. Com certeza ninguém deveria se sentir assim; conquistar o coração de um deus é algo terrivelmente poderoso.

Hades olha além de mim para o mar. Sigo seu olhar e assisto horrorizada ao navio de Theron despedaçando-se nas rochas que cercam as Ilhas Esquecidas como dentes irregulares.

— Theron! — grito e me afasto de Hades, retornando à tempestade, meu cabelo chicoteando ao vento, enquanto chamo por Theron de novo, minha voz nada comparada ao rugido do vento.

Hades está ao meu lado; não me toca; a tempestade ainda me rodeia, mas, no vento, ouço a voz dele.

— Ele não entrou no meu reino.

Examino o mar; pequenas partes escuras do navio quebrado espalham-se pelas ondas agitadas, mas não consigo ver Theron nem...

— Heli? — pergunto, virando-me para Hades.

Não preciso ouvir a resposta dele, sei pela expressão em seu rosto.

— Ela está diante de meu portão. — Olho de volta para os destroços flutuantes. — Ara, se você e seus amigos quiserem evitar se juntar a ela, devem acordar agora — adverte ele.

Viro-me para ele e estendo a mão. Ele a pega, aproximando-se de mim, e inclina a cabeça, esfregando sua bochecha na minha, enchendo meu corpo de fogo. Quando fecho os olhos, ele sussurra em meu ouvido.

— Acorde, Ara.

A SERPENTE MARINHA

Meus olhos se abrem no momento em que a primeira grande onda atinge o barco, lavando o convés com água salgada e encharcando todos nós.

— O que está acontecendo? — grita Ajax.

— Uma tempestade e uma serpente marinha! — exclama Thalia em resposta.

— Incrível, meu deus literalmente não me conta nada! — reclama Ajax.

— Hera me deu isso. — estende uma amêndoa. — Ela me disse para segurá-la na mão e não a soltar, e isso me faria flutuar.

— Excelente — diz Ajax. — Ártemis me deu uma pena; disse que me ajudaria a lembrar, mas não consigo lembrar o que eu deveria lembrar. Talvez ela tenha me contado uma maneira secreta de chegar às Ilhas Esquecidas e evitar a tempestade?

Eu me empurro para ficar de joelhos e me inclino na direção de Ajax para tocar a argola dourada ao redor de seu pescoço.

— Ou talvez ela já tenha lhe dado algo para ajudar com o mar — digo a ele, lembrando-me de que o aro manteria a cabeça dele acima da água o tempo todo.

— Claro, essa deusa é genial! Mas ela podia não ter me deixado tão por fora.

— Há, há! — solto, depois sorrio porque, em meio a tudo isso, é engraçado mesmo.

Outra onda atinge o barco e todos nós caímos para o lado.

— Está prestes a ficar muito pior do que isso — explico-lhes. — O navio de Theron e Heli foi destruído. Heli não sobreviveu — grito acima da tempestade.

— O que Hades lhe deu? — pergunta Ajax.

Eu hesito. Não posso dizer que foi o coração dele.

— Nada que possa ajudar muito no meio de uma tempestade! — respondo, mas então percebo que a coragem que ele tem em mim, a fé e o amor, podem ser a melhor coisa que ele poderia ter me dado.

Naquele momento, algo atinge o casco do barco, virando a embarcação num ângulo estranho.

— Acho que é a serpente marinha! — exclamo Ajax com os olhos arregalados.

Os remos da nau continuam remando em perfeita harmonia, tentando trazer alguma ordem ao caos da tempestade, levando-nos direto para a crista de uma onda imensa. Dentro da parede de água à nossa frente consigo ver a forma escura e ondulante da serpente marinha vindo direto em nossa direção.

— Abaixem-se! — comando, enquanto ela se desvencilha da onda e avança sobre o navio, com as mandíbulas abertas, quando arranca a imagem da proa e puxa o Hermes de madeira para as profundezas.

Quando o barco chega ao topo da onda, para oscilando nela por um instante. Está suspenso entre ondas. Enfio a mão na bolsa e tiro a corda, pronta para amarrar todos nós à lateral e evitar que caiamos no mar. Mas quando dou um passo, o barco avança, caindo pela onda. Deslizo pelo convés e consigo agarrar o mastro; a vela ainda está presa, rasgada e sacudindo ao vento.

— Ajax! — chamo aos berros quando ele passa por mim, desce pelo convés e cai direto pelo buraco que a figura de proa deixou para trás.

À medida que a Nau chega ao fundo da onda e os remos começam a subir a próxima, aproveito a mudança de impulso para ficar de pé. Encosto as costas no mastro e passo a corda em volta dele, amarrando-me ao navio antes de fazer a corda encolher o máximo que aguento, mas ainda conseguindo respirar.

— Thalia! — chamo. Mas tudo o que consigo ouvir são as ondas, os trovões e o som do meu coração batendo nos ouvidos.

A próxima onda é ainda mais acentuada.

— Thalia! — continuo a gritar.

— Ara, eu estou bem — Thalia exclama atrás de mim. Viro-me para vê-la, mas estou tão amarrada que mal consigo me mexer.

A onda de repente começa a se elevar em nossa direção e em vez de o barco chegar ao topo, o topo chega até nós. Tenho certeza de que, da mesma forma que vi uma mão nas nuvens, vejo um rosto nas ondas; pertence a Poseidon, seus profundos olhos verdes cheios de vingança e ira aquosa.

Ele ruge, abrindo bem a boca e berrando conforme a onda avança, engolindo o barco, derrubando água ao nosso redor. Por um momento que dura a vida toda, o navio fica submerso nas profundezas do mar. A pressão da água me aperta antes que o casco flutuante erga o barco das profundezas até a superfície.

Eu ofego enquanto tusso a água do mar e olho ao redor, com os olhos turvos.

— Thalia — chamo, mas apenas as ondas gritam de volta para mim quando mais uma atinge o navio, empurrando-o sob as águas como uma folha nas corredeiras de um riacho. Sinto o navio girar desta vez e uma vibração troveja através do mastro. Ao olhar para cima, com a água ardendo em meus olhos, vejo o topo do mastro se partir e flutuar lentamente no mar; ainda ligado ao navio pela vela, que se espalha como cabelos numa piscina. Sinto o impulso do casco novamente e, desta vez, estou preparada para o navio romper a água, mas o que não prevejo é a vela caindo sobre o convés, envolvendo-me, o topo quebrado do mastro caindo pela lateral do barco, apertando a vela ao redor de mim.

A vela pesada, densa com a água do mar, prende-me contra o mastro e começo a entrar em pânico; não consigo enxergar, e cada respiração é cheia de água da vela encharcada. Tusso e ofego, tentando tirar a vela encharcada do rosto para poder respirar. O navio está subindo outra onda; eu me preparo para a queda.

— Hades — grito na escuridão que me cerca, mas é a voz de Estella que ouço.

— Prometa-me! — pede ela.

E eu prometi a ela.

Consigo colocar uma mão na frente do rosto, tentando manter a vela longe da boca. A outra mão eu movo para tocar a corda. Penso na corda ficando mais comprida, dando espaço para que eu me mova, os nós se afrouxando e se desfazendo enquanto a seguro, e o barco desce pela onda e mergulha na água.

A vela se ergue e flutua na água acima de mim como uma água-viva gigante. Eu saio da corda e entro em mar aberto. Vejo as rochas irregulares que salpicam as águas ao redor das Ilhas Esquecidas surgindo das profundezas.

O navio se choca contra elas e eu me afasto, chutando com toda a força das minhas pernas até a superfície e para longe dos destroços da embarcação. Ainda tenho a corda na mão, e ela me segue pela água, com sua luz suave resplandecendo enquanto ela encolhe.

Quando minha cabeça rompe a superfície, respiro fundo. As ondas me atiram de um lado para o outro com o restante dos destroços do barco. Não faço ideia do lado para o qual nadar. Tudo o que posso fazer é tentar manter a cabeça acima da água e, nesse momento, penso em Ajax e na sua tiara e, sufoco uma risada histérica.

Tento nadar, mas estou à mercê das ondas, que me empurram de volta para baixo sem aviso prévio.

O navio está abaixo de mim, à deriva debaixo d'água, e me pergunto se os remos ainda estão remando enquanto o vejo colidir contra as rochas repetidamente, o casco se quebrando cada vez mais. A vela e o mastro se soltaram do navio, e eu me viro bem a tempo de vê-los se aproximando de mim. Percebo que, se for pega pela vela, nunca escaparei dela, então nado até a superfície e espero conseguir chegar antes que a vela passe e me capture.

À medida que subo, olho para trás para ter certeza de que escapei da vela e vejo que logo abaixo dela, flutuando serenamente, está a serpente marinha, vindo direto em minha direção.

Meus pulmões estão ardendo, meu corpo dói. A adrenalina corre através de mim ao ver a criatura. Seu corpo longo e escamoso é poderoso; suas mandíbulas escancaradas, cheias de dentes. Subo à superfície e respiro fundo, em seguida tento nadar o mais rápido que posso na direção da corrente. Sei que nunca conseguirei nadar mais depressa que o monstro marinho e, em um momento de imprudência, mergulho de volta sob as ondas e nado em direção à vela. Vejo que a serpente mudou de direção, mas ainda vem até mim.

A vela se abre na água e eu nado ao longo dela, procurando um rasgo no tecido grande o bastante para eu atravessar. Quando encontro um, reúno coragem e me viro para encarar a serpente marinha, esperando até que ela esteja perto o suficiente para que eu veja as escamas verde-acinzentadas iridescentes que cobrem seu corpo liso, então deslizo pela fenda e nado para cima, o mais rápido que consigo. Abaixo de mim, a vela se infla e se distorce quando a serpente marinha tenta se libertar, mas em vez disso ela consegue torcer a vela e o mastro em um nó de tecido e corda, prendendo a si própria dentro dela.

À medida que me aproximo da superfície, sinto estrelas se formando no limite da minha visão. Preciso tanto respirar. A vontade de abrir a boca e encher os pulmões torna-se insuportável e a escuridão começa a se abater. Chuto com as pernas e estendo as mãos, as pontas dos dedos rompendo a superfície, atingindo algo duro. Agarro-me a isso, enquanto inspiro de novo e de novo. Ao segurar melhor, percebo que estou agarrando o caduceu de Hermes, a figura de proa do navio, e subo nele. Enquanto estou ali deitada, tenho energia suficiente apenas para a próxima respiração. Meus pensamentos vagam como o mar enquanto tremo, respiro e choro, agarrando a figura de proa e deixando-a me levar para onde quiser.

AS ILHAS ESQUECIDAS

Não me lembro quando o ritmo do mar mudou, quando as ondas grandes foram substituídas por um ondular suave, quando o ondular parou e eu acabei na praia. Lembro-me de estar deitada nela, no escuro, com as estrelas de verão faiscando acima de mim, enquanto a areia grudava em cada centímetro do meu corpo molhado e trêmulo. E me lembro de Hades, seus braços fortes me levantando, abraçando-me apertado e me carregando através da noite até a grama alta e áspera que margeia a costa arenosa.

O calor agora penetra em meu corpo enquanto algo macio e quente me cerca, envolvendo-me enquanto fico deitada na terra arenosa, cercada pela grama marinha pontuda, o som das ondas enchendo meus ouvidos. Minha cabeça está no colo de Hades, e ele acaricia meu cabelo até que finalmente paro de tremer.

Não tenho certeza de quão perto estive de morrer, mas acho que Hades sabe. Como se pudesse ler meus pensamentos, ele fala:

— Por um momento, senti que, afinal, você talvez se juntaria a mim em meu reino.

— Eu teria pensado que você gostaria disso — confesso, virando-me a fim de olhar para ele. — Eu nunca teria que deixar você.

Ele suspira.

— Mas você deixaria, Ara, você me deixaria aos poucos e por completo. À medida que sua alma viajasse pelo submundo, com o tempo você me esqueceria, assim como esqueceria sua vida e tudo o que fez, e, quando estivesse pronta, desfrutaria de outra experiência de vida e eu não seria nada para você, a não ser um deus a temer. Considerando que eu viverei para sempre, para sempre amando você e sentindo sua falta, e como um dia viverei uma eternidade sem você, por isso, quero que você viva uma vida longa e plena para que eu tenha muito o que lembrar e amar quando você não mais me conhecer ou nem a si mesma.

— É isso que acontece quando morremos? Nós, mortais, esquecemos? — Penso em Estella e em como ela me reconheceu e eu a ela, mas depois me recordo de como, quando ela entrou nos Elísios, ficou mais velha; ela morava lá, um tipo de vida diferente, mas era alguma coisa.

Ele continua acariciando meu cabelo enquanto olha para mim com um sorriso triste.

— Um dia, depois de eras, sim, e para você parecerá uma eternidade, mas a eternidade é muito mais longa para mim do que para você.

Depois de um tempo, ele enfia a mão na bolsa troiana e puxa o odre de água, depois um pouco de comida e depois o anel. Ele me dá os três, colocando o anel no meu dedo.

— Acabei não contando para você o que isso faz. Se você girar o sol e a lua para que mudem de posição, você se tornará invisível. Vire-os de volta para tornar a ser vista.

Dou uma leve risada enquanto olho para o anel na minha mão.

— Eu gostaria de ter sabido antes; poderia ter me divertido com isso. Ajax vai adorar. Espere, Thalia, Ajax, eles... estão...?

— Thalia não está sob minha responsabilidade.

— Mas Ajax? Ártemis deu a tiara para ele. — Fico confusa e então me lembro do monstro marinho. — Eu... acho que não consigo mais fazer isso — afirmo, e odeio o quão fraca minha voz soa, quão quebrada e pequena.

— Você está tão perto, Ara, tão perto.

— Todos estão morrendo e... e eu... — Não quero dizer a ele que não posso ver Theron morrer. Ele pode ter me abandonado, mas é meu amigo há muito tempo, e sinto como se já tivesse perdido amigos suficientes nos Jogos Imortais. Posso sentir lágrimas quentes correndo pelo meu rosto. Sinto-me vazia e derrotada; antes, eu tinha um fogo, uma vingança, e agora o que eu tenho?

Prometa-me. A lembrança da voz de Estella ecoa até mim.

Fiz uma promessa, uma promessa de viver, e não tenho certeza se sei como fazer isso.

O céu está clareando a leste, trazendo consigo o calor do verão, e à medida que sua luz aumenta, também aumentam todas as expectativas para o dia.

— Por favor, Hades. Conte-me como será quando isso acabar, quando eu voltar para casa.

Hades olha para o alto, como se mais uma vez pudesse ver algo que está além da minha visão.

— Você voltará para casa e seu pai ficará aliviado; vai abraçá-la e dizer o quanto a ama. Sua mãe verá você; vislumbrará a sua luz e se inclinará em direção a ela, e começará a conhecer a si mesma de novo conforme você vive, a cada dia um pouco mais confiante e radiante. Você permitirá que mais pessoas se aproximem; você encontrará alegria e felicidade, amizade e amor.

Ele olha para mim neste momento e eu levo a mão até seu rosto.

— Você estará lá? — pergunto-lhe.

— Você tem meu coração; eu sempre estarei lá. — Ele coloca a mão sobre meu peito e depois seus lábios nos meus.

Passo os braços ao redor de seu pescoço e aprofundo mais seus beijos.

Ficamos ali sentados por mais um tempo, observando Apolo afastar a noite, e então ouço meu nome ser chamado, seguido pelo de Ajax.

— Thalia! — Eu me sento e olho ao longo da praia.

— Vá até ela — manda Hades. — Pegue a capa; é só uma pequena dádiva, mas o lado vermelho vai mantê-la tão aquecida quanto o fogo das Fúrias e o lado cinza tão fresca quanto uma noite de inverno.

Eu me levanto, puxando a capa em volta de mim, e ele agarra minha mão.

— Vejo você depois da provação seguinte — assegura ele.

Concordo com um gesto.

— Prometo. — Quando ele abaixa a mão, corro na direção dos chamados de Thalia.

Eu a vejo na praia, mas tenho que diminuir o passo, segurando a lateral do meu corpo; os cortes dos pteripos estão doloridos, e minha cabeça, um pouco zonza devido ao esforço. Lembro que quase me afoguei e quando chego até Thalia, parece que ela de fato sucumbiu às águas apenas para ser trazida de volta à vida.

Tiro a capa e jogo-a sobre ela, com o lado vermelho voltado para o seu corpo. Esfrego minhas mãos sobre ela e a abraço, tentando aquecê-la. Ela está encharcada, sua pele parece pálida e seus lábios um pouco azulados. Eu a guio para fora da praia, longe dos ventos persistentes da tempestade e até o abrigo da grama alta, assim como Hades fez comigo. Uma vez ali, acomodo-a e começo a procurar um pouco de madeira flutuante acima da linha da maré. Não encontro muita coisa, mas há o bastante para uma pequena fogueira para aquecer Thalia e secá-la. Sento-me perto e abraço minha amiga. Quando ela para de tremer, ofereço-lhe um pouco de água fresca; ela bebe um grande gole e depois vomita tudo no chão arenoso. Em seguida, começa a chorar e eu a abraço mais uma vez, lutando contra minhas próprias lágrimas.

— Ajax? — ela finalmente pergunta, e eu balanço minha cabeça.
— Só nós duas. — E depois acrescento: — E Theron.
— Alguma ideia de para onde precisamos ir?
— Na verdade, sim — digo, enfiando a mão na bolsa e retirando a bússola. Ela está apontando para o leste, em direção ao sol que está totalmente acima do horizonte agora, as nuvens cinzentas e finas diante dele de vez em quando.

Tiro um pouco de comida da minha bolsa também, e Thalia e eu comemos em silêncio. Quando terminamos, ela se recuperou um pouco mais. Sua cor voltou e com ela sua determinação firme.

—Vamos, Ara, vamos ver de que nova maneira divertida Hermes planejou nos matar a seguir.

Eu sorrio; ela não está errada. Seguimos a bússola rumo ao interior, com o areal da praia dando lugar rapidamente a terreno rochoso. Com altos afloramentos e penhascos íngremes, em sua maioria calcários, e pouca vegetação, o solo é repleto de pequenas pedras brancas que deslizam sob meus pés. De vez em quando nos deparamos com sinais de um deslizamento de rochas e temos que refazer nossos passos para encontrar um caminho diferente.

Por volta do meio-dia, o céu clareia, as nuvens cinzentas evaporam, deixando lindo azul de martim-pescador. Depois, por volta do meio da tarde, no momento em que Thalia está liderando a volta pelo caminho que estávamos percorrendo, depois de encontrar outro deslizamento de rochas, ouço um estrondo como um trovão e congelo.

— Ouviu isso? — pergunto a Thalia.
— Ouvi o quê?

Levanto a mão e ficamos paradas e quietas. Então, ouço de novo, um estrondo profundo, não vindo do céu, mas da terra. Olho para cima no momento em que um deslizamento de rochas começa. Thalia se vira e corre em minha direção, e voltamos de novo. O som é ensurdecedor quando as pedras caem e tombam, levantando uma nuvem de poeira branca que rola em nossa direção enquanto corremos. Puxo minha capa por cima da boca, quando a poeira enche meus pulmões e começo a tossir. Thalia me agarra e nós duas caímos no chão, encolhidas enquanto o barulho desaparece aos poucos e a poeira baixa.

Eu ajudo Thalia a ficar de pé. O ar está cheio de uma névoa empoeirada, e através dela posso ver que agora estamos bloqueadas dos dois lados.

Dou alguns passos ao longo do caminho da ravina e paro quando vejo algo mais surgindo na neblina, algo grande que está se movendo em nossa direção.

— Thalia! — Aponto e ela se vira para olhar para trás. Enfio a mão na bolsa e chamo a corda enquanto a poeira baixa um pouco mais e consigo ver o que é.

— Pelos deuses! — exclama Thalia. Nós duas olhamos para o ciclope gigantesco enquanto ele se eleva acima da nuvem de poeira. — Primeiro umas criaturas bizarras do pântano, depois pássaros com lâminas no lugar dos bicos, seguidos por cobras gigantes de três cabeças, cavalos voadores, monstros marinhos e agora, agora, gigantes de um olho só? Já estou farta!

— Thalia, eu tenho uma ideia. Posso usar isso para amarrar os pés dele e quando ele cair, você pode matá-lo — explico a ela, enquanto aponto para sua espada e lança.

— Não, é perigoso demais; ele vai esmagar você se chegar perto demais — ressalta, e eu toco meu dedo e giro o anel que Hades me deu. Os olhos de Thalia se arregalaram.

— Ele não pode esmagar o que não pode ver. Certifique-se de voltar — digo a ela, e não espero que se oponha, quando corro pelo caminho até o deslizamento de pedras por cima do qual o ciclope está passando. Vejo seu pé descendo pela nuvem que se dissipa e me esquivo. O chão treme quando ele dá um passo à frente e sinto-me caindo no chão. Rolo para fora do caminho do outro pé quando ele desce, depois, levanto e começo a trabalhar.

Em algum lugar na poeira à frente está Thalia e não posso deixar o ciclope alcançá-la antes que eu esteja preparada.

Amarro uma rocha na ponta da corda e a jogo no chão antes de correr ao redor do pé que está no chão, depois, pego a ponta com a pedra e a amarro para formar uma tornozeleira de luz estelar cintilante. Enquanto prendo a corda, o ciclope se afasta. Eu seguro com firmeza enquanto sou erguida no ar, bem acima do solo; no topo da nuvem de poeira, consigo ver Thalia. Ela está quase chegando ao primeiro deslizamento de pedras que encontramos na trilha e está ficando sem espaço para fugir.

À medida que o ciclope abaixa o pé, a corda balança para frente, lançando-me longe. Eu caio com um baque que me tira o ar, mas fico de pé. Corro para frente, a corda se alongando comigo. Quando o outro pé pousa, estou preparada. Continuo alongando a corda até que ela cerque o tornozelo dele; ele começa a dar o próximo passo, e eu continuo esticando a corda enquanto a amarro; só quando estou certa de que ela está bem presa é que eu paro. Seguro a corda e penso que ela está ficando cada vez mais curta. O efeito é quase instantâneo; os pés dele se juntam de repente e o gigante cai no chão. Eu caio também, quando ele tomba de bruços. O gigante solta um único rugido ensurdecedor e por um momento se debate descontroladamente antes de parar. Todo o seu corpo bloqueia o caminho da ravina, então aproveito o momento e pulo na parte de trás de suas pernas e corro por seu corpo.

— Thalia — grito. — Thalia!

Eu paro na escápula do gigante, procurando por ela. Fico parada, procurando, e é então que percebo que o gigante não está respirando. Eu ajoelho e pressiono minha orelha nas costas dele. Não consigo ouvir nenhuma respiração, nenhum batimento cardíaco, nada; ela conseguiu.

— Thalia, você merece seu próprio epíteto por isso, Thalia, Princesa de Eólia, Token de Hera, Matadora de Gigantes!

Deslizo do ombro do ciclope para o chão rochoso. Ele está de bruços em uma poça de sangue e sob sua testa, onde costumava ficar o olho, eu a vejo.

O braço de Thalia está esticado, sua espada coberta de sangue ainda presa em seu punho, sua túnica dourada aos poucos ficando vermelha.

Tremo de raiva e grito tão alto que acho que os mortos conseguem me ouvir. O corpo de Thalia começa a brilhar e desaparece. Não choro desta vez. Não tenho mais lágrimas, tenho apenas raiva, tristeza e uma promessa.

Desta vez, quando digo seus nomes, não os escondo, grito-os para o mundo ouvir:

— Philco, Kassandra, Xenia, Acastus, Nestor, Solon, Danae, Heli, Ajax, Thalia! — Seus nomes não são apenas a expressão da minha dor, não são apenas uma homenagem, são também uma promessa.

Puxo a capa que Hades me deu, que Thalia estivera usando, de debaixo do rosto do gigante; está coberta de sangue. Enfio-a na bolsa e pego minha corda. Quando o gigante caiu, um braço esmagou a barreira rochosa que nos prendia. Subo no braço dele e passo por cima do que resta do obstáculo, saltando de sua mão aberta para o chão.

A ravina se divide logo à frente. Tiro a bússola da bolsa e sigo para o leste.

O TEMPLO DO ZODÍACO

Ando por várias horas pelos caminhos rochosos que se tornam mais suaves e verdes à medida que a bússola me guia. Estou me sentindo pesada, não apenas meu corpo, mas meu coração e espírito também. Sinto uma profunda solidão que não sentia desde aqueles primeiros dias depois que Estella foi levada.

Coloco a mão no coração e, ao fazê-lo, percebo que nunca torci o anel de volta; ainda estou invisível, e é assim que me sinto há muito tempo, vagando sem ser vista pelos dias. Eu torço o anel. Quero ser vista, quero ser notada e quero notar tudo ao meu redor.

Começo a olhar, olhar de verdade, o verde das folhas nos arbustos, suas flores brancas perfumadas sob o sol quente de verão. Ouço o som do vento suave que agita a copa das árvores, as quais se tornam mais densas e mais próximas a cada passo. A luz do caminho dança com a brisa e sinto o ar esfriar sob a proteção das árvores.

O caminho sombreado se abre para uma campina e no centro está um Templo de Zodíaco feito de pedra com doze lados. É maior e muito mais elaborado que o templo de Oropusa. Ando pelas laterais do templo até encontrar meu símbolo, o escorpião gravado na porta com estrelas douradas. Então, subo os degraus de pedra e entro.

Está escuro como breu dentro do templo, e imediatamente me recordo da noite da Lua de Sangue, quando Hades me escolheu como sua Token, quando me encontro em um salão idêntico. Olho ao redor e vejo a estátua de bronze de Escorpião pairando acima de mim e as estrelas no teto, e não vejo razão para pensar que este não seja o mesmo lugar.

Espero ver Hades saindo das sombras como fez naquela noite. Lembro-me do que senti por ele, suas vestes escuras esvoaçantes e seus olhos quase reluzindo na escuridão, e percebo que desde o primeiro momento em que o vi eu senti. Eu me apaixonei por ele sem nenhum aviso, sem nem perceber até que fosse tarde demais.

Ouço um movimento atrás de mim e me viro, esperançosa; acabo desapontada ao ver Hermes flutuando teatralmente com seus sapatos alados.

— Token de Hades — dirige-se a mim —, você chegou à prova final. Além desta porta está o Labirinto do Zodíaco. Está cheio de muitos perigos e no centro está a Coroa do Norte e a vitória. No entanto, os perigos do labirinto não são as únicas coisas no seu caminho; há um Token que chegou aqui antes de você e já está dominando o labirinto.

Theron, ele está vivo, conseguiu passar pelo gigante. Estou mais aliviada do que pensei que ficaria, mas em seguida o medo do que está por vir me inunda.

— As regras estabelecidas no início desta missão ainda estão em vigor.
— Hermes as repete rapidamente em tom entediado: — Todas as dádivas dos deuses pertencem ao Token a quem são concedidas. Um Token deve jurar sua total lealdade ao deus que o escolheu; nenhuma aliança ou acordo deve ser feito entre Tokens e qualquer outro deus além do seu próprio. E nenhum Token mortal pode intencionalmente derramar o sangue de outro; fazê-lo acarretará a desqualificação imediata do Token e de seu deus, e grande punição será aplicada, blá, blá, blá!

Ele se vira para mim e sorri.

— Agora queremos que este seja um confronto interessante entre os dois Tokens de Oropusa, amigos há tanto tempo, talvez até algo mais! O que posso dizer; nós, deuses, estamos interessados! Lembre-se de seus pontos fortes quando estiver no labirinto e das dádivas de seu deus, falando nisso...

Ele estende a mão e me oferece seu caduceu, mas quando olho para ele, percebo que não é o caduceu, é o bidente de duas pontas de Hades. Hesito antes de estender a mão para pegá-lo.

Não é possível que Hades esteja me dando uma arma; depois de todos os seus protestos, de todas as suas dádivas úteis, de todos os perigos que enfrentei e, agora, ele me dá uma arma?

Mas assim que eu o seguro, compreendo. Posso olhar ao redor da câmara escura e ver nos mínimos detalhes, como se o sol estivesse brilhando sobre tudo. E percebo que a luz que brilha vem de mim. Suspiro ao lembrar que Hades, com a mão em meu rosto enquanto olhava profundamente em meus olhos, me disse: *Ara, você é o sol.*

— Precisa se apressar agora, Token, se quiser ter alguma chance de reivindicar o prêmio para o seu deus — avisa Hermes. Ele faz um gesto com o braço e a porta no fundo da câmara se abre. Ando em direção a ela, o medo crescendo em mim. É agora, o julgamento final. Cheguei tão perto de reivindicar a vitória, de conquistar o presente dos deuses que cobicei por tanto tempo.

Quando a porta se fecha atrás de mim, pego a bússola. Não faço ideia de para onde é o norte, mas não importa, não preciso saber, tudo que preciso fazer é pensar no que quero. A agulha está apontando atrás de mim, para a porta. Fico imóvel por um momento e fecho os olhos, limpando a mente e depois preenchendo-a com a ideia da coroa. Vejo-me levantando-a, vitoriosa, colocando-a na cabeça. Olho para baixo e a agulha da bússola está apontando para a direita. Sigo o caminho do labirinto e pego a primeira à direita; a agulha então gira e procuro a próxima à esquerda. As paredes do labirinto são estreitas e claustrofóbicas. Seguro a bússola em uma das mãos e o bidente na outra. Tenho certeza de que sem ambos logo ficaria desorientada nas passagens escuras, e espero que seja exatamente assim que Theron esteja se sentindo agora.

O céu noturno está girando acima de mim, as estrelas se movendo muito mais depressa do que realmente fazem, e me pergunto se o tempo está andando de forma diferente dentro do labirinto ou se é uma ilusão dos deuses, outra coisa enviada para desorientar.

As estrelas parecem irradiar uma miríade de cores, iluminando o céu de maneiras que nunca vi antes; pergunto-me se é o efeito do bidente. Ao virar à esquerda, volto imediatamente. À minha frente está uma criatura da qual só ouvi falar em histórias.

Torço o anel para ficar invisível e sinto uma pequena sensação de segurança passar por mim e, ao mesmo tempo, repreendo-me por não a ter usado antes. Olho de novo para o caminho. A harpia tem o rosto de mulher mais lindo que já vi, porém, nesse momento, ela abre a boca e grasna tão alto que preciso resistir à vontade de largar a bússola e o bidente e tapar os ouvidos. Ela abre as asas e se levanta do chão, com as garras curvadas e ferozes.

Entro no corredor e olho para o bidente. Os dois dentes têm pontas afiadas que cortarão facilmente a harpia. Mas, ao dar mais um passo adiante, paro e me pergunto se não há outro caminho.

A bússola está apontando direto para a frente e percebo que há uma curva à esquerda entre mim e a harpia. Devagar e em silêncio me aproximo dela, tirando um pouco da comida da minha bolsa enquanto faço isso. Quando chego à abertura, atiro dois bolinhos de mel no corredor; eles caem com um baque surdo que chama a atenção da harpia. Quando ela avança, eu me pressiono contra a parede, a lufada de ar de suas asas me atingindo quando ela dobra a esquina. Não perco tempo e corro pelo corredor ao som dela devorando os bolinhos.

Agora me movo mais depressa, mantendo a coroa em mente e seguindo a bússola a cada curva. As passagens parecem estar se tornando mais estreitas, e o tempo parece estar escapando de mim. Em algum lugar do labirinto está Theron; ele pode estar mais perto da coroa do que eu.

Ao fazer a próxima curva, uma onda de calor me atinge e eu recuo. O chão da passagem é de lava. Eu me viro, mas vejo que a curva à direita de onde acabei de sair não está mais lá. Olho para a parede sólida com espanto e questiono-me se o labirinto esteve se movendo ao meu redor o tempo todo. Olho para as estrelas, para as estranhas radiações que elas emanam, e considero se a mudança de trajetória faz parte do jogo que os deuses estão jogando.

Eu gostaria muito que Hades tirasse algo bom, pois percebo que não apenas está ficando mais quente, mas que a lava também está se aproximando de mim. No entanto, quando olho a frente consigo ver que ela termina mais adiante na passagem. Não sou capaz de pular a lava de uma só vez, mas acho que consigo fazer em duas. Tiro a capa da minha bolsa; o lado vermelho vai me aquecer e o lado cinza vai me manter fresca. Só preciso que ela me mantenha fresca por um momento, penso comigo mesma, enquanto a jogo sobre a lava, com o lado quente para baixo e o lado frio para cima. A capa está soltando fumaça nas bordas quando eu salto sobre ela e pulo novamente, chegando ao outro lado, onde a passagem se bifurca em duas.

Olho para a bússola e sigo o caminho para a esquerda. À frente vejo um brilho estranho que se move depressa e, ao virar a próxima esquina, percebo que o brilho vem de uma figura familiar. Sinto meu coração mais leve.

— Theron!

Ele se vira para olhar em minha direção, mas lembro que ainda estou invisível. Faço um movimento para girar o anel, mas algo me impede; é a maneira como ele está parado, com o braço levantado, um raio na mão, como se estivesse pronto para me atacar, o rosto cheio de raiva. E há algo mais nele. Assim como há uma luz saindo de mim, há uma brilhando em Theron. Sua luz é débil e fraca, como se estivesse envolta em uma nuvem de poeira vermelha. Questiono-me se ele está nervoso por causa das coisas que viu no labirinto, mas então ele fica de pé ereto e me chama.

— Ara, você está aqui? Hermes disse que você estava vindo, que você era a última dos Tokens, que todos os outros estavam mortos. Eu falei que eles eram patéticos, lembra? — Há um tom de provocação em sua voz que é feio, e eu fico imóvel e quieta.

— Ara! — chama meu nome, alongando cada uma das letras; o som vibra nas paredes e treme dentro de mim. Ele está andando lentamente pela passagem, o raio erguido e faiscando em seu rosto.

— Você sabe que não pode me derrotar. Não era capaz nos campos de treinamento e não é capaz aqui — afirma ele.

Aperto o bidente com mais força. Ele está certo, e sinto um pouco de desespero me preencher, que se transforma em raiva quando ele vira a curva e faz um movimento de arremesso com a mão. Um raio atinge a parede, explodindo-a. Ouço a explosão e vejo os escombros voando na passagem mais além de onde estou me afastando dele. Ele usa o escudo para se proteger e é aí que percebo que ele está usando a luz do escudo para enxergar, como um farol. Questiono-me se ele será capaz de me ver quando a luz chegar até onde estou; se a luz divina vai me expor ou se vai me queimar como fez com Nestor. Decido não arriscar e ando mais rápido, voltando pelo caminho por onde vim e seguindo pela trilha da direita.

Todo o meu corpo está tremendo, imagens de Theron e do raio se repetindo. Uma arma capaz de matar um deus me aniquilaria. Mas com certeza ele não usaria; não apenas é contra as regras derramar o sangue de outro jogador, mas trata-se de Theron, ele é meu amigo, e houve um tempo em que ele queria ser mais do que isso.

Sigo depressa pelo corredor, olhando para trás enquanto corro, e é tarde demais para notar que estou caminhando rumo ao perigo até encontrá-lo. Viro-me e vejo um grande leão bloqueando meu caminho, arranhando o chão. Ele levanta o nariz no ar e fareja fundo. Acho que não importa se estou invisível porque é óbvio que ele consegue me sentir. Olha na minha direção, os olhos fixos no espaço que ocupo, e então abre a boca e ruge. Não penso, apenas corro em direção ao leão de Nemeia. Ao me aproximar, enterro as pontas do bidente de Hades no chão e salto no ar, pulando por cima do leão enquanto ele continua correndo para a frente. Caio no chão e corro, mais depressa e mais intensamente do que jamais corri na vida, e não apenas porque sei que o leão se virou e está me perseguindo, mas porque consigo ver o centro do labirinto e a coroa.

Largo a bússola ao mesmo tempo em que estendo a mão para agarrar a coroa e, assim que meus dedos a tocam, sinto um choque percorrer meu corpo, atirando-me no chão, enquanto a coroa cai logo atrás de mim. Estou completamente rígida, enquanto faíscas de relâmpago percorrem meu corpo. Não consigo mover um músculo e não consigo inspirar por completo; meu corpo está completamente fora do meu controle e o medo toma conta de mim. Tudo o que consigo fazer é agarrar-me ao momento e observar enquanto Theron atira um raio no leão de Nemeia, fica de pé acima de seu cadáver, e em seguida se vira e caminha até mim, prendendo-me na luz do escudo enquanto estou deitada no chão. Fico surpresa que a luz não esteja me queimando como fez com Nestor, embora ache que seria melhor se o fizesse, pois a expressão no rosto de Theron é aterrorizante.

Ele se agacha e tenta puxar o bidente da minha mão, mas meus dedos o agarram com força e se recusam a soltá-lo. Theron puxa cada um deles e eu os ouço se quebrando; sinto a dor, lágrimas silenciosas escorrendo pelo meu rosto, mas ainda não consigo me mover; o choque do raio me paralisou. Depois, ele tira o anel do meu dedo e abaixa o escudo.

— Aí está você, Ara. — Sorri para mim, todo dentes; ele me lembra os Filhos da Tristeza. — Você nunca seria capaz de me derrotar.

Ele me agarra pelos cabelos e me puxa para cima. Meu corpo está inútil. Quero bater nele, atacar, enquanto ele me move como uma boneca. Acaricia meu rosto e depois beija meus lábios imóveis.

— Não chore, Ara — pede, enxugando minhas lágrimas. — Você não chorou na noite da Lua de Sangue. — Ele me beija de novo. Quero atacar, pegar o bidente e atravessá-lo com ele. Quero que Hades apareça e me salve. Quero que Thalia venha e estripe Theron, ou que Danae jogue sua rede sobre ele, ou que Nestor o incendeie com o fogo prometeico. Mas somos só eu e Theron sozinhos no escuro; ninguém vem me salvar.

Respiro fundo; ao fazer isso, digo o nome dele. Ele aproxima a orelha dos meus lábios e eu inspiro mais uma vez falando seu nome. Consigo sentir as pontas dos meus dedos se movendo. Eu os flexiono um pouco e sinto algo inflexível e metálico próximo à minha mão esquerda. A coroa. Tudo que tenho que fazer é agarrá-la, reivindicá-la, do mesmo modo que Theron está tentando me reivindicar.

Estico meus dedos quebrados, a dor percorrendo-os, enquanto Theron segura meu rosto entre as mãos.

— Eu falei, somos você e eu, Ara. Tudo faz parte do plano dos deuses para mim. Zeus me contou o que eu sempre soube, o que minha mãe disse era verdade. Sou filho do rei de Térmera e, assim que regressar vitorioso a Oropusa, ele mandará me chamar e me dará seu reino. E você, Ara, virá comigo como minha esposa.

Solto um pequeno grito de angústia, em parte pelo que ele disse, mas principalmente porque meus dedos torcidos escorregaram na coroa, empurrando-a um pouco mais para longe de mim.

— Não se preocupe — murmura para mim. — Sempre soube o que pediria aos deuses quando ganhasse. Eu sei que você nunca me amou de verdade, que nunca pensou em mim da mesma maneira que eu penso em você. Do jeito que você pensa nele. — O rosto de Theron está tomado pela raiva. — Mas depois que eu pedir você como recompensa, ele não poderá tê-la; você será minha, não de Hades.

Deixo escapar um pequeno gemido, mas desta vez de triunfo, quando meus dedos agarram a coroa. Sinto meu aperto ficar mais firme e seguro à medida que um calor passa por meus dedos e sobe pelo meu braço, inundando lentamente meu corpo, restaurando-o. Mantenho meus olhos fixos nos de Theron e levanto o braço, colocando a coroa na cabeça. Os olhos dele se arregalam quando eu o afasto de mim e me levanto. Ele se encolhe no chão por um segundo e depois se levanta com um movimento rápido; empurrando as mãos em minha direção. Pisco e olho para baixo, então agarro a ponta do bidente de Hades — as pontas afiadas estão enterradas bem fundo dentro de mim.

— Se eu não puder ter você, ninguém terá — afirma ele, com lágrimas caindo de seus olhos, enquanto o sangue escorre do meu corpo e da minha boca.

Quando caio para trás, sinto Hades me segurar, envolvendo-me em seus braços. Ele olha para Theron, seus olhos lançando estrelas de fúria.

— Vou gostar de hospedar você no Tártaro pelo resto da eternidade — ameaça Theron, e consigo ouvir um tom sinistro em sua voz que me faz estremecer.

Zeus surge ao lado de Theron e coloca a mão sobre seu ombro, depois dá a Hades um sorriso sarcástico.

Sinto como se tivesse perdido algo quando levanto a mão e a coloco no peito de Hades.

— Hermes! — chama Hades.

Hermes chega, flutuando no ar, e, quando olho para Theron, ele parece tão irritado quanto Hades, talvez até mais.

— Hermes, conserte isso! — ordena Hades. Posso ouvir a urgência na voz do deus enquanto me sinto flutuar para longe.

OS CAMINHOS DAS ALMAS

Há escuridão ao meu redor, sufocante e profunda. Não estou mais nos braços de Hades, mas sim de alguém muito maior e mais antigo.

Aquele que me carrega me olha do alto, e eu sei quem ele é: Tânatos, coletor de almas, guardião dos mortos. Olho para meu torso; duas manchas escuras mancham minha túnica, onde Theron usou o bidente para me golpear.

— Eu estou morta? — pergunto, sabendo que é verdade, mas ainda sem acreditar.

— Sim — responde Tânatos, sua voz tão profunda quanto a escuridão pela qual caminhamos.

Olho em volta, esperando vê-lo, mas ele não está ali.

— Hades! — invoco a escuridão e lembro-me dele me dizendo que não era seu privilégio escolher os mortos. Eu realmente não entendia o que ele quis dizer então. Ele também disse que, quando eu morresse, ficaria longe dele para sempre, assim como estou agora. Coloco a mão no coração e não consigo mais sentir a segurança e o calor que havia ali.

— Hades! — sussurro o nome dele, enquanto Tânatos me carrega; ele é gentil comigo, quase maternal, enquanto me embala em seus braços como um bebê.

— Ele não pode ouvi-la — explica suavemente. — Nos caminhos dos mortos apenas as almas dos que partiram e eu viajamos; nenhum ser vivo pode vir aqui e isso inclui um deus.

— Você não é um deus? — questiono.

Ele olha para mim com olhos vazios.

— Eu sou o último suspiro que você deu, a última batida do seu coração, o último pensamento que você teve. Sou feito de uma eternidade de finais. Se eu sou um deus, sou o deus que nunca existiu, o deus que terminou antes de começar.

Sinto as lágrimas escorrendo pelo meu rosto e me pergunto como pode ser. Não tenho corpo, mas ainda assim consigo sentir; sinto os braços de Tânatos ao meu redor, sinto a dor na minha mão quebrada, nos ferimentos que Theron me causou; é surda, mas está presente. E sinto o aperto da dor ao redor do meu coração, a dor pela vida que deixei e pelo futuro que eu sei que desejava. Mas, acima de tudo, sinto a dor da perda de um amor que nunca mais terei.

De repente, há um suave brilho luminoso à nossa frente, e eu vejo os portões do submundo; são impossivelmente grandes, alcançando a escuridão contínua que nos rodeia.

Ao nos aproximarmos deles, posso ouvir água corrente. Fecho os olhos e me recordo do rio que corre nos fundos da casa que fica em meu lar, Oropusa, e penso em meus pais e em Ida e sinto uma pontada de tristeza. Eles vão encontrar meu corpo do mesmo jeito que encontrei o de Estella.

Estella. Penso na promessa que fiz a ela e em como ela ficará desapontada ao me ver nos Elísios.

Ouço um cão latindo e, conforme Tânatos se aproxima, posso ver pessoas paradas do lado de fora do portão.

— Ajax? Danae? — chamo.

— Ara! — ouço Danae chamar meu nome e depois Acastus.

— Acastus! — grito.

Posso ver todos eles agora. Todos os dez. Tânatos me coloca no chão diante do portão e Thalia corre em minha direção e me abraça, Nestor a segue, e então somos todos um nó de abraços e vozes, enquanto eles perguntam o que aconteceu. Abaixo de suas vozes está o balbucio do rio e acima, o latido do cão.

— Então, Theron venceu? — pergunta Heli, uma expressão estranha e desapontada no rosto.

Eu balanço minha cabeça.

— Não, não, eu venci — respondo, e estendo a mão para descobrir que ainda estou usando a coroa.

— Então, por que você está aqui? — pergunta Ajax.

Olho para as feridas na minha túnica.
— Theron me matou.
— Isso é contra as regras.— A voz de Solon é dura.
— Não tenho certeza se os Jogos Imortais realmente têm regras — respondo, e há um cansaço profundo em meu corpo que estou lutando para afastar.
— Têm, têm regras, sim — afirma uma respiração ofegante, e levanto o olhar para ver Hades parado do outro lado dos portões, seu cão, Cérbero, ao lado dele. Corro até ele e passo meus braços através das barras para segurá-lo.
— Sinto muito — digo. — Eu não queria morrer. Não queria deixar você.
A fechadura do portão clica e Tânatos começa a empurrá-lo para abri-lo.
Eu busco a abertura, para escapar e ir até Hades, mas Cérbero late para mim e Hades salta sobre o portão, fechando-o.
— Não — Hades balança a cabeça. — Eu me recuso a deixá-la entrar no meu reino.
Sinto suas palavras me atingirem como um chicote.
— Leve-a de volta — ordena Hades a Tânatos, e por um momento posso ver por que a maioria teme o deus do submundo.
— Não posso fazer isso, meu senhor — diz Tânatos. — O fio dela foi... o destino dela é...
— Ainda entrelaçado com o meu — declara Hades. — E eu me recuso a vê-la entrar na terra dos mortos. Os jogos não terminaram, nenhum fio foi cortado, nenhum prêmio foi reivindicado. Leve-a de volta.
Olho para Hades, para a convicção em seu rosto e para o tremor quase imperceptível em seus lábios.
Tânatos encara o senhor do submundo pelo que parece uma eternidade antes de virar a chave e trancar os portões mais uma vez.
Hades afasta a mão do portão e pressiona a testa contra ele. Cérbero o cutuca com uma cabeça e lambe sua mão com a outra. Hades acaricia o topo da terceira cabeça, enquanto olha para mim, com os olhos bem abertos.
— O que isto significa? — pergunto-lhe.
— Vá com Tânatos — manda ele, com a voz tensa.
— Não até que me diga o que está acontecendo.
— Zeus, Zeus está acontecendo, ele está tentando controlar os jogos, manipulá-los e vencer. Se você atravessar o portão, se alguma dos Tokens caídos passar pelo portão, os jogos terminarão, seu fio será cortado e você morrerá, Ara. Não posso deixar isso acontecer, eu...

Hades fica sem palavras e sinto o fogo da vingança dentro de mim novamente. Mesmo agora que venci, Zeus está tentando conseguir o que quer.

—Vá com Tânatos, de volta ao seu corpo no Olimpo, encontrarei você lá.

— E quanto a nós? — pergunta Danae.

Olho em volta para meus amigos. Hades também. Ele permanece em silêncio, mas consigo vê-lo analisando as coisas, como se estivesse olhando para aquelas possibilidades que nunca consigo ver, aquelas que o chamam e o distraem.

— Não vou embora sem eles.

— Ara, por favor, vá com Tânatos, retorne ao seu corpo, reivindique seu prêmio como vencedora dos jogos. — Ele passa o braço por entre as barras e acaricia minha bochecha, e eu me inclino contra sua mão.

— Não posso simplesmente deixá-los — digo a ele novamente.

Eu o vejo acenar para Tânatos, que me pega nos braços e me leva embora.

— Não! — grito, enquanto estendo a mão para meus amigos. — Não vou embora sem eles.— Eu luto, contorço-me e tento me libertar, enquanto Tânatos me carrega para longe dos portões, de Hades, de todos os Tokens, de todos por quem me importo.

O SALÃO DE JOGOS

Abro os olhos. Tudo ao meu redor é radiante e branco. Olho lentamente para um teto de céu azul-bebê e nuvens brancas e fofas. Dou-me um momento para testar meu corpo. Tudo parece estar se movendo, então, sento-me e olho para minha barriga, onde o bidente a perfurou. Minha túnica está perfeita; nenhuma mancha de sangue, nenhum sinal das provações marca o tecido sobre meu corpo. Passo a mão pelos locais onde fui ferida e levanto os dedos quebrados; todos são restaurados.

Estou sentada em uma laje de mármore e, ao passar as pernas pela borda, vejo que a laje está sobre um pedestal; na parte inferior do pedestal estão todas as dádivas que Hades me deu durante as provas.

Estou em um enorme salão semelhante a um templo, com um teto abobadado que se abre para o céu. Parece não haver paredes, mas a área é definida por grandes colunas que sustentam o teto aberto, e posso ver que há câmaras além, embora não consiga definir onde começam ou terminam.

— Olimpo — sussurro para mim mesma, enquanto deslizo do pedestal e vou até a mesa no centro do salão e as treze cadeiras ao redor dela.

A mesa contém um intrincado mapa do mundo.

Algo me chama a atenção em um dos nichos da sala; é semelhante ao local onde eu estava deitada, mas tenho que colocar a mão na boca para não gritar quando vejo o que está no pedestal.

— Thalia. — Aproximo-me dela e vejo melhor, percebendo que ela não está no pedestal, mas suspensa acima dele.

Ela não tem a mesma aparência de quando a vi momentos atrás diante do portão, e não estou preparada para ver a brutalidade de seu corpo, achatado e quebrado, o sangue fresco e brilhante como se ela tivesse acabado de ser esmagada.

Na base do pedestal onde estão depositadas as dádivas de Thalia há uma inscrição — TOKEN DE HERA.

Há mais alcovas, mais Tokens.

Sigo em direção a Heli; ela flutua logo acima do pedestal, o pescoço em um ângulo estranho. Os olhos de Ajax estão arregalados, sua boca aberta de surpresa e seu corpo partido em dois, um rasgo irregular correndo pelo meio; ambas as partes flutuam uma acima da outra. Danae está enrolada como uma bola, os joelhos dobrados contra o peito, as mãos sobre a cabeça, puxando-a para si. Começo a soluçar quando a vejo e penso no quanto ela deve ter ficado apavorada. Solon é o próximo, com o rosto afundado de um lado devido ao golpe do pteripo.

Os olhos de Nestor estão fechados exatamente como os deixei. Estendo a mão e toco a dele, em seguida, passo meus dedos sobre os veios de suas queimaduras; sua carne parece quente. Acastus é o próximo, e as lágrimas surgem grossas e rápidas. Seus olhos também estão fechados, e ele parece tão tranquilo; pareceria estar dormindo se não fosse pelas perfurações em seu torso, veneno e sangue brilhando em ambas.

Xenia está exatamente como eu me lembro, com uma auréola vermelha de sangue em volta de sua cabeça, a perna dobrada sob ela em um ângulo não natural, que agora que está flutuando na vertical, faz com que ela pareça estar apoiada em uma perna só. Mesmo na morte somos um espetáculo para os deuses, algo que os diverte.

Kassandra está encharcada. Galhos mortos e folhas em decomposição grudados em seus cabelos e roupas, sua boca e olhos estão bastante abertos, e eu sufoco um grito ao lembrar dela antes de tudo isso. O último é Philco. Não o conheci. Ele é tão jovem, mais jovem que todos nós; seu rosto redondo está sereno, seus cachos escuros brilhando contra o branco do Olimpo. Uma mão está caída ao lado dele, a outra em seu pescoço, buscando a adaga que o perfurou.

Sinto uma mão em meu ombro e me viro para ver Hades olhando para mim.

— O que é isso? — pergunto a ele, estendendo meu braço para meus amigos caídos; minha voz, áspera.

— Ara. — Ele se aproxima de mim, e dou um passo para trás.

— É isso que vocês fazem? Eles morrem, e vocês os trazem para cá para que possam, fazer o quê... contemplar sua destruição? Não basta tirarem a vida deles, vocês também precisam ridicularizá-los na morte?

— Não é isso, mortal tola — diz uma voz cantante atrás de nós. Viro-me e vejo Hermes flutuando perto da mesa. — Nós, deuses, honramos nossos Tokens, mesmo que não tenham atingido seu potencial. Nós os mantemos aqui até o final dos jogos, seus corpos congelados à beira da morte, seus espíritos suspensos nos portões até que as Tecelãs do Destino os libertem.

— Seus espíritos suspensos! — Penso nos meus amigos fora dos portões do submundo, esperando na escuridão no espaço entre a vida e a morte. Em seguida, penso em Estella e em como seu corpo deve ter ficado exposto dessa maneira, em como sua alma foi mantida prisioneira até que os deuses terminassem, sua diversão e seus jogos oficialmente encerrados.

— E agora, agora que os jogos terminaram? — pergunto imperiosamente. Ouço o tom da minha voz e vejo o faiscar nos olhos de Hermes.

Ele sorri e abre bem os braços.

— Hades espera uma eternidade para vencer os jogos e, quando finalmente o faz, sua Token é a vencedora mais audaciosa que já vimos em eras.

Olho em volta e percebo que todos os deuses do Olimpo estão aqui, cada um ao lado de seu Token morto, exceto Zeus, que está em frente a um pedestal de mármore vazio.

— Token de Hades, estes jogos estão chegando ao fim, mas ainda não terminamos. Há uma punição e uma recompensa a serem concedidas. Mas assim que isso for feito, devolveremos as partes mortais dos Tokens à terra e entregaremos seus espíritos a Hades.

Volto-me e olho para Hades, que se eleva acima de mim. Aqui nos salões dos deuses, ele parece inalcançável, mas sua mão encontra a minha.

Hermes se volta para Zeus.

— Zeus, seu Token quebrou as regras dos jogos; ele feriu a Token de Hades com a intenção de matar.

— Ora, vamos — começa Zeus —, todos nós sabemos o que é sentir a paixão da batalha, o calor do momento quando os trovões e os relâmpagos chegam. Meu Token foi arrebatado pelos jogos, pela emoção deles. Afinal, está apaixonado pela Token de Hades, ele ofereceu seu coração a ela e ela o desprezou.

Afrodite solta um suspiro e Atena um bufo de escárnio.

— Isso não dá a ele o direito de me ferir, de me matar! — grito, e tanto Hermes quanto Zeus olham para mim como se eu não passasse de uma mosca irritante.

— Além disso — continua Zeus, como se eu nem estivesse lá —, tenho certeza de que você descobrirá que, tecnicamente, os jogos terminaram quando ela morreu. Hades havia vencido, sua Token tinha a coroa. Se ela morrer depois disso, com certeza será justo. Ela morre, mas ele vence os jogos e a aposta. Ao passo que se for descoberto que Theron quebrou as regras e ela for restaurada como vencedora, então, acho que descobrirá que meu Token e eu seremos desqualificados dos jogos.

Zeus sorri para Hades e sei que algo importante está acontecendo, mas não consigo identificar o que é.

Hades aperta minha mão e dá um passo à frente.

— Exijo justiça para Ara. Pelo dano causado a ela.

— Eu reconheço sua reivindicação — responde Hermes. — É a vontade dos jogos que a justiça seja feita. Zeus, apresente seu Token.

Zeus bate palmas e Theron aparece no meio da sala, de pé sobre a mesa abaixo de Hermes que paira no ar.

Theron olha ao redor com os olhos arregalados, observando aos deuses, aos Tokens mortos, a mim. Quando me vê, encolhe-se.

A raiva cresce dentro de mim. Quero pegar o bidente de Hades e enfiá-lo nele, assim como ele o enfiou em mim.

Hades estrategicamente dá um passo para o lado, bloqueando meu caminho, então, olha por cima do ombro para mim e algo em seus olhos me faz ficar imóvel. Há mais coisas ocorrendo aqui do que eu estou ciente.

Zeus caminha em direção à mesa, com os olhos brilhando.

— Ara, por favor, faça-os parar, eu não tinha a intenção — clama Theron para mim, e me sinto confusa. — Eu não quero morrer. — Ele está olhando para Hades. E entendo que Theron não está arrependido pelo que fez comigo, mas sim com medo do que pode vir a ser seu destino.

— Não se preocupe, mortal, não vamos matá-lo; de que serve um castigo se não podemos ver o sofrimento? — fala Ares, deus da guerra, sua voz ressoando como um tambor, um sorriso cruel nos lábios.

Hermes ergue seu caduceu e pigarreia.

— Theron, Token de Zeus, por vontade própria você desrespeitou as regras dos jogos, e como punição viverá o resto de sua vida natural não como um herói, mas como um monstro.

Os deuses reunidos arfam em coro. Afrodite grita e esconde o rosto, enquanto Ares bate palmas de excitação.

— Por favor, eu imploro, tenham misericórdia — implora Theron, enquanto Hermes paira acima dele.

Theron cai de joelhos enquanto seu corpo se contorce. Dou um passo à frente, mas Hades estende um braço, mantendo-me atrás dele. Observo enquanto o belo rosto de Theron se transforma. Grandes presas semelhantes às de um javali irrompem de sua mandíbula, seus olhos tornam-se pequenos e vermelhos e sua testa pesada e protuberante. Cascos crescem em seus pés, seus ombros se arredondam, e pelos grossos e ásperos crescem por todo o seu corpo, os dedos de suas mãos se transformam em garras. Fico atordoada ao vê-lo chorando enquanto levanta as mãos e apalpa o rosto.

— Por favor — geme ele.

— Não permitirei que digam que os deuses do Olimpo não são misericordiosos — declara Hermes. — Portanto, vou lhe oferecer esta cura. Quando você corrigir os erros que cometeu e aqueles contra quem você lutou lutarem por você, então, será restaurado. Mas até esse momento, será evitado por seus companheiros, caçado por aqueles que são superiores a você e desprezado por todos os que são justos.

Hermes ergue seu caduceu e uma explosão de luz inunda a sala. Em seguida, Theron desapareceu.

— Para onde ele foi? — pergunto.

— Ele foi mandado para casa — responde Hermes com um sorriso malicioso. Minha mente está inundada com imagens da mãe de Theron, e dos aldeões, vendo-o. Pergunto se vão tentar atacá-lo, depois lembro que ele tentou fazer pior comigo.

— Agora, Token de Hades, é hora de você nomear sua recompensa. — Hermes acena para mim e Hades se afasta. Ando em direção à mesa.

Olho para os deuses e não posso acreditar que eles sejam tão distantes, tão cruéis e insensíveis, exceto Hades. A diferença é marcante. Ele sente tudo o que sinto, enquanto para os outros deuses as emoções são extremas; é necessário que sejam grandiosas para que sintam; eles não têm consciência da sutileza das emoções ou de qualquer outra coisa, para falar a verdade.

Paro diante de Hermes, cercada pelos deuses e pelos meus amigos caídos, e olho para Hades. Quando eu estava com Tânatos, quando estava andando pela escuridão e não conseguia sentir Hades, quando pensei que nunca mais o veria, meu coração parecia que iria murchar. Por um momento, penso em pedir para ficar para sempre com Hades como sua igual, como uma deusa. Mas isso é contra as regras, e, por mais que os deuses alterem as regras para si mesmos, não acho que vão alterá-las para mim.

— Qual é a sua recompensa? — pergunta Hermes com seu sorriso selvagem. — Diga e nós, os deuses, daremos a você.

Olho para Zeus. Eu poderia pedir um raio, só um, um é tudo que preciso. Sei que posso arremessar e, a esta distância, vou acertar meu alvo e acertar em cheio.

Prometa-me. A voz de Estella enche minha cabeça, afasta-me de Zeus e olho para Hades. Ele está olhando para mim. Sua mandíbula está cerrada e todo o seu corpo está tenso. *Prometa-me.*

Respiro fundo e olho para Hermes.

— Eu quero que vocês devolvam a vida aos meus amigos. Que lhes devolvam a boa saúde e devolvam-nos aos seus lares, às suas famílias, para terem vidas longas e felizes. Philco, Kassandra, Xenia, Acastus, Nestor, Solon, Danae, Ajax, Heli, Thalia... e Theron também.

Faz-se um silêncio que dura mais tempo do que julgo ser confortável.

— Eu disse que quero que vocês...

Hermes balança seu caduceu impacientemente no ar.

— Sim, sim, ouvimos o que você disse, é só que... bem, você não preferiria pedir riquezas, ou um reino, ou um cavalo voador?

Soltei uma pequena risada ao ouvir isso.

— Não, obrigada. Quero que vocês restaurem a saúde de todos eles e depois os devolvam aos seus lares, para que tenham vidas longas e felizes. — Tento cobrir todas as possibilidades para garantir que o que peço não possa ser interpretado de outra forma além daquela que desejo.

Os deuses começam a murmurar entre si e arrisco um olhar para Hades. Aprendi a ler suas pequenas expressões, e neste momento ele me olha com orgulho.

— Qual é o sentido dos jogos se os riscos podem ser desfeitos pelas palavras de um mortal? — reclama Zeus.

— Está nas regras que concedemos a eles o que querem, *qualquer coisa* que querem — declara Ártemis, e sua voz está cheia de autoridade.

— Exceto se tornar um deus — lembra Ares.
— Bem, sim, mas isso está nas regras — diz Atena.
— E talvez isto aqui também deva estar — responde Zeus.
— Mas e Theron? — questiona Hera. — Ele nos desafiou, quebrou as regras, sua punição deve permanecer.

Hermes me encara sério.

— Sim, Token. Não haverá negociações quanto ao destino de Theron; ele foi punido, mas está vivo e foi devolvido à sua vidinha.

Concordo com a cabeça.

— Mas os outros, eu desejo que eles...
— Sim, sim, sabemos o que você deseja para eles — interrompe Zeus, com amargura na voz.
— É possível — diz Hades. — Seus fios ainda não foram cortados, suas almas ainda estão conectadas aos seus corpos feridos, que podem ser facilmente curados. Seus espíritos ainda estão fora dos meus portões; não pisaram no meu reino. Ainda não os reivindiquei como meus cidadãos.

Há uma longa pausa, e todos os deuses olham de Hades para Hermes e depois para Zeus, que suspira enquanto balança a cabeça.

— *Estará* nas regras na próxima Lua de Sangue! — afirma ele, encarando Hermes.

— Muito bem! Como mestre destes Jogos Imortais, concedo-lhe o seu presente. — Hermes agita o braço aberto ao redor da sala e, ao fazê-lo, cada um dos Tokens nos pedestais é restaurado à vida, seus ferimentos mortais apagados, sua saúde restaurada. Eles voltam a como estavam no início dos jogos.

Olho em volta e sorrio ao vê-los todos flutuando no ar, espantados, observando os deuses ao seu redor, os corredores do Olimpo. Antes que qualquer um deles possa dizer alguma coisa, Hermes bate com seu caduceu na mesa e todos somem.

Sinto minha alegria se transformar em esperança, espero que todos vivam suas vidas, vivam-nas verdadeiramente para si mesmos, fazendo aquilo que os fizer felizes, apesar dos deuses.

— E agora tudo o que resta é mandá-la para casa vitoriosa e declarar Hades vencedor dos jogos.

— E o banquete? — pergunta Dionísio.

— Ah, sim, e dar início ao banquete — acrescenta Hermes. — Vamos mandar você de volta depois disso. — Ele olha para mim.

Hades sorri e uma onda de calor se espalha por mim, enquanto os deuses ao nosso redor começam a bater palmas em comemoração.

— Esperem. — Uma voz suave enche o ar.

Viro-me e vejo três mulheres atravessando um dos arcos abobadados e entrando na sala. Uma é jovem, a outra de meia idade e a terceira idosa; cada uma delas segura ferramentas de tecelagem nas mãos, e imediatamente sei que são as Tecelãs do Destino: Láquesis, Átropo e Cloto.

— Houve uma aposta e ela precisa ser paga — declara uma voz seca, e Cloto avança. Ela estuda Zeus, Hades e Poseidon, apontando um dedo ossudo para cada um deles. — Vocês três fizeram um acordo divino, um acordo juramentado que deve ser mantido. — Sua voz é severa. Observo enquanto cada um desses deuses poderosos se encolhe um pouco diante do Destino, parecendo quase tão infantis quanto nós, mortais, diante deles.

Zeus olha de Cloto para seus irmãos, e vejo um sorriso malicioso em seus lábios, quando ele dá um passo à frente para se dirigir às Tecelãs do Destino.

— Irmãs dos fios, tecelãs do mundo, lamento que tenham perdido tempo se aventurando tão longe de seus domínios, mas não há nada a resolver. A aposta está nula. Receio que, quando meu Token expressou seu livre arbítrio e escolheu ferir a Token de Hades, perdi meu lugar no jogo. Fui desclassificado, entendem, então a aposta entre nós três não pode ser mantida.

Algo na maneira como Zeus sorri faz meu sangue gelar e eu desejo ter pedido um raio e usado para tirar aquele sorriso de seu rosto.

Átropo dá um passo à frente; ela está segurando uma pequena tesoura dourada e, ao apontá-la para Zeus, ele estremece.

— Ah, entendo. Mas você, poderoso Zeus, não. Eu e minhas irmãs temos a sorte de poder ver todos os fios do mundo.

Láquesis se junta à irmã, com uma roca de fiar na mão.

—Você só consegue ver a extensão do seu próprio fio e, embora ele seja longo, não é muito largo.

—Você pode ter saído dos jogos, mas não da aposta — acrescenta Cloto. — As condições da aposta foram tecidas ao mundo quando vocês três a fizeram.

— O nó do seu pacto foi atado — declara Átropo.

— Se um de vocês três ganhasse estes jogos, os outros dois lhe entregariam seus tronos — recita Láquesis. — E um de vocês ganhou.

Poseidon e Zeus desviam o olhar das Tecelãs do Destino para encarar Hades. Ele está parado e bastante imóvel, com o rosto indecifrável.

— Absurdo! Fui desclassificado por causa das ações do meu Token; como eu poderia ter vencido os Jogos Imortais? — questiona Zeus.

— Não você e Theron! Ara e Hades venceram antes de Theron agir. Você, Zeus, teve uma escolha; vimos como seu fio se movia, testemunhamos os pontos que você fez com Theron, como você puxou o fio e o usou em seu próprio benefício — acrescenta Láquesis.

— Você trapaceou? — pergunta Poseidon, sua voz baixa, seus olhos faiscando com a promessa de águas agitadas.

— Como ousa me acusar de trapacear depois de tentar ajudar sua Token no teste final dela?

— Essas mentiras de novo! — Poseidon se enfurece.

Hades intervém.

— Irmãos, essa rivalidade e disputa foi o que levou a essa aposta. Vocês estão tão privados de propósito e se afastaram tanto de suas responsabilidades que estão em constante busca por autogratificação. Vocês não se importam uns com os outros e não se importam com os mortais sob seus cuidados; vejam como tratam seus campeões: isso nos diz tudo o que precisamos saber sobre seu caráter.

— Como ousa! — Os olhos de Zeus flamejam. — Sob a autoridade de quem procura me educar; eu, Zeus, o mais poderoso de todos os deuses, seu Senhor?

— Exceto que você não é — declara Cloto.

Zeus se volta para ela, com o rosto contorcido de raiva.

— Você fez uma aposta e as regras eram claras: o vencedor ganharia tudo. Hades é o governante do submundo, dos mares e dos céus. Agora Hades é o deus de todos os deuses.

Eu olho para Hades sem acreditar. Durante todo o tempo em que estivemos participando dos jogos juntos, pensei que era a única que estava arriscando alguma coisa, mas ele estava arriscando tudo e confiando em mim a cada passo do caminho.

Zeus provoca uma tempestade, raios tomando os céus escuros que se enchem de nuvens e cercam o Olimpo.

Poseidon solta uma risada baixa e dá um tapinha nas costas de Hades.

— Bem jogado, irmão. Não posso dizer que estou contente com a situação, mas melhor com você do que... Bem, espero que haja algumas mudanças por aqui.

— Algumas — respondeu Hades. — Mas, para começar, algumas coisas permanecerão as mesmas. Eu vou continuar no meu reino e cuidarei dele, e espero que você continue no seu, Poseidon, já que ninguém conhece os mares melhor do que você, e você também Zeus, meu irmão, que ambos cuidem de seus domínios e cumpram seus deveres conforme estabelecido no princípio, quando derrotamos nosso pai juntos e estabelecemos os tratados.

"Mas eu gostaria de acrescentar ao tratado que, a partir de hoje, nós três governaremos juntos, nós três trabalharemos unidos para cumprir as promessas de nossos cargos, recebendo o conselho dos outros deuses do Olimpo ao fazê-lo."

— Juntos? — fala Poseidon, esfregando a barba pensativo. Então, ele abre um sorriso. — Gosto da ideia desta aliança. Afinal, da última vez que nós três combinamos forças, mudamos o mundo; imagine o que poderíamos fazer unidos de novo.

Hades estende a mão para Poseidon, que a aperta.

— Se o mudarmos, que seja para melhor e sem derramamento de sangue desta vez — diz Hades. E eu sorrio; só ele seria capaz de pensar que o mundo poderia ser mudado com algumas cordas e acessórios úteis.

— E você, Zeus? — pergunta Hades, com expressão solene. — Poseidon e eu governaremos sozinhos?

— Vocês dois, vocês não seriam capazes de governar uma linha.

— Então, você se juntará a nós? — demanda Poseidon, e percebo que toda a corte dos deuses está aguardando o que Zeus está prestes a falar.

— Alguém vai ter que mostrar a vocês dois como se faz. — Zeus hesita por um momento antes de estender as mãos. Poseidon e Hades as seguram e sinto uma mudança no ar.

— A tapeçaria se consertou — declara Cloto.

— O nó foi desfeito — acrescenta Láquesis.

— O padrão foi restaurado, vibrante, e com intrincada precisão — completa Átropo com um sorriso.

— Que todos saibam que esta é uma nova era dos deuses, uma era de unidade, prosperidade, harmonia e riqueza, como nunca foi testemunhada antes — declara Cloto.

— Venham, irmãos, vamos celebrar nossa nova união — convida Poseidon, enquanto puxa Zeus para as mesas do banquete e os outros deuses os seguem.

Hades se aproxima de mim e fico nervosa. Os jogos terminaram. Não há mais necessidade de eu estar aqui.

— Ara. — Ele suspira meu nome e ergue a mão para segurar meu rosto. Ele dá um beijo demorado.

— Então, você está no comando agora! — digo, e ele sorri.

— É mais uma coalizão de deuses, mas, sim. E a primeira coisa que farei é me assegurar de que meus irmãos passem algum tempo no submundo, sinto que os dois precisam de um pouco de perspectiva.

— Creio que o mundo está em boas mãos — falo para ele, enquanto entrelaço meus dedos nos dele. — Acho que é hora de eu ir. — Olho para ele, um nó subindo na minha garganta.

—Ah, eu pensei... pensei que você ia ficar — confessa ele. — Provavelmente podemos torná-la uma deusa. Fizemos isso por Dionísio; quando era mortal ele inventou o vinho e nós o honramos com a vida eterna. Você conseguiu unificar os deuses, o que é um feito comparável, creio eu.

Eu sorrio e balanço a cabeça para ele.

— Comparável.

— Fique, Ara. Fique comigo para sempre — pede Hades, e sinto uma atração tão grande que ameaça me dominar.

—Vou ficar, mas não agora — respondo-lhe, prendendo seus olhos azuis demais com os meus. — Lutei muito para permanecer viva durante os jogos e prometi que viveria, então, quero fazer exatamente isso. Quero viver uma vida plena e cheia de experiências, para que, quando eu me junte a vocês, tenha muito para contar. Vai me esperar? — pergunto.

— Por toda a eternidade, se for preciso — promete ele. — Mas por favor, Ara, não me deixe esperando muito tempo. — E ele me pega nos braços e me beija. — Posso visitá-la, no sonhar? — pergunta Hades.

—Todas as noites — respondo e o beijo.

LISTA DE PERSONAGENS

DEUSES

Afrodite: deusa do amor e da beleza
Apolo: deus do sol, da música e da poesia
Ares: deus da guerra
Ártemis: deusa da caça
Atena: deusa da sabedoria e estratégia
Deméter: deusa dos grãos e da colheita
Dionísio: deus do vinho e das festas
Hades: deus do submundo
Hefesto: deus do fogo
Hera: deusa das mulheres, das crianças e do lar
Hermes: deus mensageiro
Poseidon: deus do mar
Zeus: deus do céu, deus de todos os deuses

OUTROS DEUSES

Tânatos: deus da morte

TOKENS

Acastus: signo de Virgem, Token de Deméter
Ajax: signo de Câncer, Token de Ártemis
Ara: signo de Escorpião, Token de Hades
Danae: signo de Peixes, Token de Poseidon
Heli: signo de Gêmeos, Token de Atena
Kassandra: signo de Touro, Token de Afrodite
Nestor: signo de Sagitário, Token de Hefesto
Philco: signo de Libra, Token de Apolo
Solon: signo de Áries, Token de Dionísio
Thalia: signo de Leão, Token de Hera
Theron: signo de Capricórnio, Token de Zeus
Xenia: signo de Aquário, Token de Ares

AS TECELÃS

Átropo
Cloto
Láquesis

OUTROS

Éaco
Cérbero
Erídano
Fúrias
Minos
Radamanto

MORTAIS

Erastus
Estella
Ida
Melia

CRIATURAS

Ciclope
Hidras psamófilas
Pteripos
Aves do Estínfalo

ARMAS E TALISMÃS

Bidente
Caduceu

NOTA DA AUTORA

Heróis não nascem, são forjados; e a maneira de forjar um herói, na minha humilde opinião, não é pelas coisas que nos acontecem, as provações e os desafios em que nos encontramos, mas pela maneira como lidamos com essas experiências.

Há um grande poder sobre o qual todos temos total controle todos os dias e este é o poder de escolha; nós escolhemos como reagimos a essas provações, esses desafios dos quais fazemos parte. Temos o poder de escolher como estaremos nesse e em todos os momentos. Escolhemos o que queremos que cresça em nossos corações, nossas almas e mentes. Escolhemos como queremos ser e podemos escolher ser melhores, fazer melhor. Podemos amar e viver uma vida de alegria e integridade pessoal ou podemos escolher não o fazer.

Acredito que nos tornamos a soma de nossas escolhas e de nossas ações e que agir com bondade sempre vale o esforço extra. Acredito que tudo o que é necessário para que o mundo mude é que mais de nós usemos o nosso poder para nos aproximarmos das coisas que nos unem, das coisas que sabemos que são boas e positivas.

Somos mais poderosos quando escolhemos deliberadamente quem somos e como vamos agir. As provações que enfrentamos são difíceis, mas somos capazes de derrotar até mesmo o maior dos monstros, em especial se nós, heróis, nos unirmos e vivermos todos os dias como as versões mais autênticas, poderosas e positivas de nós mesmos e então tomar a atitude de incorporar nossos valores e integridade em tudo o que fazemos.

Portanto, escolha se tornar um herói a cada momento de cada dia.

Annaliese Avery

AGRADECIMENTOS

Quando minha mestre de missões e gloriosa editora Yasmin Morrissey me incumbiu da tarefa de escrever este livro, sem dúvidas senti mais do que um pouco de receio quando comecei. Felizmente, eu tinha ao meu lado a coisa mais próxima de uma deusa, minha incrível agente Helen Boyle! Ela, junto com Yasmin, me concedeu a confiança e o incentivo de que eu precisava, e eu fui rumo ao desconhecido para buscar e conquistar a história que você acabou de ler.

Eu não fiz isso sozinha; tive um grupo alegre de escritores para me apoiar ao longo do caminho, com sessões de escrita e palavras de estímulo. Temos uma missão em comum que nos une, e caminhar com todos vocês é um prazer, Ian Hunter, Gemma Allen, Kate Perry, Alice Jorden, Teara Newell, Simone Greenwood, Leoni Lock, The Write Magic Sprint Crew, The Good Ship 2022 Debut Group e meus colegas do Undiscovered Voices, muito obrigada.

Também agradeço imensamente às minhas gloriosas amigas escritoras Cathie Kelly, Nicola Whyte, Kirsty Fitzpatrick, Vikki Marshall, Abs Tanner, Chrissie Sains e Kate Walker, por lerem as primeiras versões de *Os jogos imortais* e por se tornarem sócias fundadoras da *Hot Hades Appreciation Society* (Sociedade de apreciadoras do belo Hades)!

Vanessa Harbour, como sempre, sua amizade e risadas suavizaram minhas provações.

Minhas colegas de pizza, Yvonne Banham e Anna Brooke, vocês são brilhantes e eu valorizo nossa amizade e a pizza que compartilhamos tanto quanto qualquer presente dos deuses.

Dominique Valente, você e Chrissie Sains têm sido tão encorajadoras, e é uma alegria passar o tempo com vocês, eu voaria em pteripos selvagens com vocês em qualquer dia!

E à minha família, os Avassaladores Avery, Jason, Liberty, Krystal e Oakley, agradeço pela orientação e ajuda para enfrentar as ondas da minha jornada para escrever esta história; os mares ficaram um pouco agitados lá pelo meio, mas logo encontramos águas mais calmas e um porto seguro.

Como sempre, a equipe da Scholastic agiu com a graça e a sabedoria dos mais grandiosos deuses, meus agradecimentos especiais a Jamie Gregory, Sarah Dutton, Penelope Daukes e Harriet Dunlea. E também à minha adorável amiga Nicki Marshall, por suas brilhantes habilidades de edição, ela empunha uma caneta vermelha com precisão igualada apenas por Zeus com um raio!

Há uma pessoa a quem preciso agradecer ainda mais: o ilustrador de capa Tom Roberts. Há anos sou grande fã do trabalho de Tom e quando a Scholastic me disse que ele estava disponível para fazer a capa de *Os jogos imortais,* não pensei que pudesse ficar mais maravilhada... eu estava enganada! Aquela alegria foi superada quando vi o rascunho da capa e eclipsada quando vi a versão final. Tom, você é tão imensamente talentoso, e se eu tivesse o poder, de uma deusa ou outro, eu imortalizaria sua arte nas estrelas para sempre.

E por último, a cada livreiro, leitor e bibliotecário, as três poderosas entidades do Destino do mundo dos livros, que se apaixonou por Ara (e Hades) e viajou por estes *Jogos Imortais* e apoiou todos os seus Tokens, eu lhes dou a Coroa do Norte, pois vocês são os verdadeiros vencedores destes jogos.